U0607843

有一种力量，叫文学；

有一种美好，叫回忆；

有一种感动，叫青春；

有一种生命，在鲁院！

鲁迅文学院·百草园文集

道德动物

陈克海◎著

DAODE DONGWU

知识出版社

一个美好的女性，
足以照见这个世界的逼仄和委琐。
多少人世间的悲欢离合，
都是因爱而来的伤害。

图书在版编目（CIP）数据

道德动物/陈克海著. --北京：知识出版社，2017. 1

（鲁迅文学院百草园文集）

ISBN 978-7-5015-9372-9

Ⅰ. ①道… Ⅱ. ①陈… Ⅲ. ①中篇小说-小说集-中国-当代②短篇小说-小说集-中国-当代Ⅳ. ①I247. 7

中国版本图书馆 CIP 数据核字（2017）第 009483 号

道德动物

出 版 人 姜钦云
责任编辑 刘 盈
装帧设计 游栜渲
出版发行 知识出版社
地　　址 北京市西城区阜成门北大街 17 号
邮　　编 100037
电　　话 010-88390659
印　　刷 北京一鑫印务有限责任公司
开　　本 787mm×1092mm　1/16
印　　张 14.25
字　　数 280 千字
版　　次 2017 年 2 月第 1 版
印　　次 2020 年 2 月第 2 次印刷
书　　号 ISBN 978-7-5015-9372-9

定　　价 39.00 元

目录 Contents

没想到这园子竟有那么大

这才知道我的全部努力
不过完成了普通的生活

——穆旦

1

有一阵子，卫方正一进办公室，就讲他昨天都干了些什么，不是见了什么大人物，就是跟哪个厅局的哥们儿喝酒，一喝就喝多，连喝酒吐了几次，吐在什么位置，吐完了如何抱着马桶不放，都要形容出来。那时候，薛珊刚上班，还不明白这个同事为什么要对她说这些，待到次数多了，才意识到，这个男人是在和她分享刚刚过去的激动时光呢。她感觉自己的日常生活好像也变得丰富起来，准确地说，是她对这份工作更多了份期待，也许有一天，她也会认识更多的人，闯进更广阔的世界。是的，她当时就是这么想的。一个高中都没毕业的人都能混得人模人样，何况她还是山西大学英语系毕业的，法语出口成章，日语韩语也说得滑溜顺畅。到了后来，她除了随声附和，也会试着说点自己的情况。她说她父母都是从新疆搬过来的，虽然母亲有点文化，也只能在郊区给小孩子教教语文数学。她这么说的潜台词是，什么事靠的都是她自己。偶尔，她还会说起她母亲失败的婚姻，说起她两个调皮的弟弟妹妹。她说她一点也不喜欢小孩子，顺便表露了她对婚姻的恐惧。那时，她和李强的恋爱到了胶着期，动不动就闹别扭、生闷气。唯独说到婚姻，卫方正的话少了。薛珊只知道，他和妻子两地分居多年。他总是承诺，给他一点时间，他迟早会在太原买下车和房，可这都过去多少年了，他还是租住在后北屯。不到二十平米的房间里，除了破破烂烂的书越堆越多，工资卡上的进项却没有增加多少。他没有反省自己，反而时不时的，要面红脖子粗地质问。过去那个写诗，和他有共同爱好的女人，怎么一下子变得这么现实。怎么可以。

"你能搞清楚女人到底都在想些什么吗?"

薛珊本是来看他的藏书，哪里知道他还怄着一肚子牢骚呢?原来，他并不像他声称的那么光鲜。好在还有一个同事会插科打诨，几句话，就把卫方正的抱怨消解了。可卫方正呢，显然是真受了刺激，好几回，下午上班，一进门就要和薛珊说起跟女人的龃龉。薛珊能闻到他满口乱牙中，腐烂的白菜叶子味道。她起身打开窗户，回过身来，也没坐下去，就靠在橡木桌子上，双手抱着胸，又谈了些母亲的事。

她现在和母亲完全无法沟通了。"我娘倒是什么都看开了。千里迢迢跑到山西，就为了找个能说得到一起的人。结果呢，来了，就生了俩孩子。我跟你说说我娘的日常生活吧，早上起来做饭，等我弟弟妹妹上学，她洗了锅去买菜，做中午饭，睡到下午三四点，又开始做饭，然后散会儿步，睡觉，一觉醒来，又是从头开始。"她神经质地笑了起来。"她完全忘了最初的想法。稍微闲下来，还要拿管教小孩子的那一套教育我，说我不管做什么都得上点心。她那样一副口气，好像早就知道我做什么都不用心似的。我是真不明白女人都在想些什么。"

她这么说话的时候，显然没有把自己包括在女人之内。她总是想着，自己才二十五岁呢，有的是功夫折腾，有的是时间做自己想做的事。她有什么可焦虑的?她和这些饱受日常生活折磨的女人大不一样。她可不想知道那么多大道理。她就是想活自己。她在太原，远离了母亲的唠叨，最主要的是，她终于有了一份工作，一份堪称体面的工作。她以为自己摆脱了过去的生活。看起来确实不错，天天和新闻打交道，满城市跑来跑去，成天都像是有大事在她身边发生。她以为这就是她想要的生活。她应该保持这样的精神头，积极地活下去才对。可谁能想到，才过了半年，她就受不了了。她不明白，为什么平常的讲话总要上升到振奋人心的高度，她不明白，心知肚明的事情偏偏要搞得那么繁琐？为什么不能说点人话，活得正常些呢？她发现自己不知不觉就成了个格格不入的人。有一天录完某个剪彩活动，路过解放路的天主堂，听到人们唱着赞歌，她脑子里嗡嗡作响的官腔才终于消隐。和卫方正说起这些职场的困惑，本是期待男人附和两句，谁知道他却开始了旁敲侧击。

"卡夫卡的《变形记》，你看过吧？"

她当然看过。问题是，这个时候，她可不需要他给她上一堂文学的象征隐喻课。甚至，她有些烦他说话的方式。他为什么喜欢用反问句呢？她看了他一眼，想说什么，又忍住了。她到底是怕自己的沉默有失礼貌，像是自言自语的，又来了一句：

"真想不通大家都在敷衍谁。"

"你看过契诃夫《带叭儿狗的女人》吗？"

什么人啊？他怎么可以如此顽固？难道他看不出来她都快疯了吗？她总以为自己的痛苦是独一无二的，哪里想到不过是在重复别人？她怎么可能会和那个因为男人一副奴才相就想出轨的女人一样？她难过的可不是什么困境中的婚姻生活。难道他以为多看了几本书，就能用小说中的人物处境来安慰她？说她并不是独自一人在痛苦中挣扎？她还看过克莱尔·吉根的《南极》呢，一个富裕的女人渴望冒险，结果被一个陌生男人绑在了床上。都是些什么乱七八糟啊。她对卫方正动不动就拿小说来对比人生的做法，非常恼火。做人怎么能这样？

她以为凭着一腔热血，还有理想，即便改变不了大的环境，至少可以让自己活得舒坦些。她一直以为在这样一个单位呆着，再不起眼，总有混出头的时候。可是现在，她心乱如麻。她想不明白，卫方正怎么能在这样一个地方呆上十几年且甘受蹂躏。

有几天，领导见她买十字架，还以为她对耶稣感兴趣，送了她一本《圣经》，还说，真要写东西，更得好好研读《圣经》，“这是西文文学的源头，不读《圣经》，你就打不通西方文学的任督二脉。”听得她半信半疑。她也翻过几回，到底对那么厚的书，心生畏惧，又放下了。倒是卫方正说，领导这是向她伸出了橄榄枝，是准备下大力栽培她了。那时，她已听说，卫方正在外面搞了个国学讲习班，带一帮小孩子习射礼，拜孔子。她也看过几页曾国藩的《经史百家文钞》，但，国学她是真不懂，也不敢妄自非议。反正这男人的穿戴越来越讲究了，以前穿涤纶衣服，一个星期换一回，现在呢，不是丝绸就是纯棉，好久都没有重样。

她对工作的苦闷，卫方正也应该看出来了。有一回，他喝完酒，办公室的人都走了，他却在旁边说个没完。

“做男人，就得对自己狠一点。”

这个时候，卫方正才开始说起他的经历。他确实坎坷。出生在偏远的乡下倒也没什么可煽情的，只是他高中没毕业就辍了学，跟着哥哥一同下煤窑，用平车拉煤，黑暗的巷道仿佛永无尽头。可怕的是，他还眼睁睁地看着哥哥被埋在井底下。他靠着这笔赔偿金，娶了媳妇，过上了日子，他还是噩梦连连。他不甘心，想换个环境。拖家带口的，再去高考也不合适。好在他平日里读书多，学东西也快。辗转到了太原，换了几个单位，最终托人认识了个有点地位的老乡，就这样，和薛珊成了同事。七月的雨下个没完，卫方正挑挑拣拣说了半天，薛珊一边点着鼠标在网上闲逛，一边配合着说两句话。等到从电脑跟前抬头，才发现院子里空无人声，只有空调单调的声响。满墙爬山虎在微光里摇曳，天色暗了。

之后发生的事，就好像有人拿着涂满颜料的铁丝，刺刺拉拉地，在她的脑子里写字。铁丝能写成什么字呢？最终，她脑仁生疼，好像整个脑浆都被搅烂了，留在她印象里的，也只有那些暧昧不清又无法启齿的斑痕。空气燠热，她本来只是盼着雨早点停下来，谁知道灯却突然灭了。她还没反应过来，一张濡湿的嘴就堵到了她的眼前。她对这个比她大十来岁的男人从来没有防备之心，根本没有想到他会如此野蛮地对待她。她瞪大眼睛看着他，都忘了反抗。事情怎么会发展成这样呢？这个女大学生，满脸通红、呼哧呼哧地喘着粗气。看上去，卫方正也被自己的举动吓坏了。他只是死命地抱着她，一看见她准备说话，就一遍又一遍地凑到她跟前，好像这样就能把她的话堵回去。

手机的响动救了她。他松开了手，却没有打开灯。薛珊拢了拢散乱的头发，才接通手机。是李强。他问她在那里。她说在单位加班。他说来接她。她说不用。他问她几点回去。她说还得过一会儿。挂了电话，薛珊才想起来要生气。

“卫老师，你怎么可以这样？”

卫方正呢，像个溺水者，又伸过手来准备搂她。薛珊躲开了。她拉开门匆匆就往外跑。她跑了一阵，以为卫方正会追上来。回头一看，连个鬼影都没有。冷风吹来，激起她一身鸡皮疙瘩。土腥味不依不饶地钻进她的鼻孔。卧在墙根下的狗好像被这个惊慌失措的女人吓着了，跳起来，夹着尾巴，一个倒退，还扭过头来琢磨了她一眼。街上的人走来走去，根本意识不到她刚刚遭遇了什么。她的手汗津津的。手机又响了起来。是卫方正。她直接摁掉了。卫方正不知道是慌了，还是不死心，一直不停地打。她只好回过去一条信息：“求你了，别打了。”

后来，薛珊一直无法原谅自己，明明是这个老男人错了，为什么她表现得如此懦弱，倒像是她做了什么见不得人的事。

那一阵子，她过得很恍惚。倒不全是卫方正影响她了什么，而是她对自己目前的状态不满，又苦于找不到应对的办法。每天去了单位，也不再和人闲聊，进门出门都低着头，锁着眉头，好像在思考什么重大的事情。丈夫李强应该觉察到了她的情绪不对。有一天，他从宣纸上抬起头，扶了扶眼镜，若有所思地来了一句：“卫方正最近在忙什么呢？”

“什么？”

“感觉你有一阵儿没提起他了。”

“别和我提他。”许是意识到自己反应太过激烈了些，她又低下声来，像是这才发现他为人的拙劣，来了一番提纲挈领的评价，“他就是一个牛皮客。天天翻来覆去就那么些事儿，说得我头都大了。”

李强像是没注意到薛珊情绪的变化，感慨了几句，又低下头，接着画他的鸟。

薛珊更窝火的是，到了后来，连卫方正都辞职去了一个待遇更好的单位，她竟然还在这个地方窝着。她甚至学会了自嘲。待到新来的孩子来实习，她会举自己失败的人生作为例子：

“你们千万别以为从此就有了铁饭碗。你们以为我想在这里待着？我刚开始的时候，可能和你们抱有一样的想法，有份稳定工作，嫁个好男人。等到工作了几年，才发现这样的地方真不是人呆的。我考过研，考上了，可也只有这么一个文凭。一个文科生，想离开这个地方，恐怕也只有考博。问题是，年纪都这么大了，我根本没有心思再去背单词，从头开始。但你们不一样，还年轻，有的是机会，能走就走，别在这里浪费大好年华。”

她不知不觉就变成了她曾经讨厌的那一类人，自以为是，爱给人说教，显摆似是而非的人生看法，好像如此一来，就能证明她的人生不是那么苍白。有时候站在办公室，对着一帮年轻孩子口吐白沫，而他们还抱着双手，唯唯诺诺地站在那里，心不在焉地敷衍她，她就更加生气。没有人听她说话，她好像是对着空气练习抱怨。大家都已经习惯了她的歇斯底里。她接受不了自己的生活变得如此混乱，又毫无意义。按照正常的逻辑，事情不应该变成这个样子，怎么就偏偏成了这样呢？她想不明白。

周围的朋友能说些什么呢？她的闺蜜，孟惠说是去了北京，其实呢，住在中关村附近的地下室，杨芹倒是出了国，还是以严谨著称的德国，但好几回打起电话来，话里话外的那份辛苦、那种寂寞，也只有她们自己明白。有时候，她想到自己只能拿这些虚妄的对比安慰自己，更是彻夜难眠。

她和李强结婚七年了，还没要上孩子。过去，她是真的不喜欢孩子，怀上了，因为要考研，要读博，流了两次，现在，她想要，却偏偏不遂人愿。看着同事们成天围着孩子打转，她也只能说：

“李老师也不想要孩子。我们就想做个丁克。”

她这么说的时候，一副没有玩够的样子。好像为了自由，完全可以不用顾忌家人的感受。说完了，她就后悔得要死。她怎么从来就不知道面对真相呢？连这样的事情都要把责任推在丈夫身上。她现在仍像从前那样，上下班的时候都会给李强打电话，可是见了面，又毫不掩饰对他的不耐烦。过去她喜欢他的安静，有自己的小天地，现在呢，她看不惯他的做派。他的热爱，他的精神世界，什么书籍、唱片、玩偶、雕塑对她来说，都太过抽象。她更喜欢脚踏实地的生活，比如衣物品牌、家具选择、汽车更换，她想着也许占有越来越多的东西，就能将李强的精神挤出家门。她这么做的目的倒不是出于坏心，她就是想活得更接地气点。人人都在努力扩展自己的世界，她一个外地人都还有野心，为什么他李强一个老太原，竟然这么沉得住气？她说，你就不能过有点朝气的生活吗？她一直以为自己的想法是为他好。就像李强偶尔埋怨的那样，你总是对的，和你生活了这么多年，你从来就没有给我说过一回对不起。一想到自己在男人的心目中是如此蛮横的模样，她就更加生自己的气。她不明白自己为什么对外人那么懦弱，对家人却如此冷漠。

2

单位搞了个活动，组织人去高平闲转，薛珊也跟着去了。住的地方在荒郊野岭，连个小超市都没有，每天就是坐着大车，在山里一些断墙残垣边吊古抒怀。景点虽没什么名气，几天下来，倒也给她一些强烈的冲击，好像那么长的时间都摆在了跟前，她的那一点小纠结在时间的长河里又算些什么呢？太不足挂齿了。在一些快要倒塌的老房屋跟前，她看别人站在废墟边跟满脸皱纹的老头老太太合影，也凑过去站在旁边。偶尔听同行的人说些赤裸裸的段子，她也跟着哈哈大笑。只是笑完了，她的脸就有些僵。简直是匪夷所思，萍水相逢的人，靠这么一些虚头巴脑的话，竟然能很快熟悉起来。直到去了一个养兔场，她的兴致才高了些。她看着那些毛茸茸的兔子，心里软和得快要化了。她向兔厂的工作人员打听了半天喂兔的经验，最后忍不住，提了个冒昧的要求："能不能送我一只兔子？"

家里养了只兔子，终于有了点声色。她上网，查资料，看别人如何与兔子相处。原先她半夜睡，十点才磨磨蹭蹭地起，现在呢，不管睡得多晚，到了凌晨五点半，准时出门，去菜市场买最新鲜的胡萝卜和蔬菜。那段时间，李强的笔下，不再是模棱两可的山水，出现了兔子，还有喂兔子的女人。变化最大的是，两个人好像又都找到了共同爱好。下班了，回到家里，不再是拿起手机各玩各的，喂兔子成了饭后最有意思的消遣。她和他都没想到，当他们试着从兔子的眼里回望自己，竟然可以找到那么多有趣的话题。她和他都感到惊讶，自从家里有了这么一个小东西，他们好久都没有扔过手机、摔过碗了。

就像商量好了似的，先是李强给兔子喂了肉。看见兔子居然吃肉，两个人又惊叹了一番，好像这样的情形又把他们之前的生物常识全推翻了。到了后来，他们吃什么，就给兔子喂什么。兔子的口味也重，居然爱吃榴莲酥。直到有一天，薛珊发现，当初那个宽敞的笼子已经放不下它了。它得弓着腰，趴在那里。

能怎么办呢？只好把它放了出来。放了出来，它倒也挺乖，从不乱跑，吃喝拉撒都知道去该去的地方。有一天，李强突然和她说：

"天天把它一个人扔在家里，是不是太不人道了些？"

"什么意思？"

"我们是不是得给它找个媳妇儿？"

"你不知道兔子的繁殖能力太强吗？你不怕你家成了个养兔场？"好像这个想法实在有意思得不行。她不由得大笑起来。

"咱们可以给它买个布娃娃，就像有的男人靠充气娃娃也能满足。"

薛珊当时的头一个反应是骂男人太邪恶。她嫌他操心太多。可过了两天，她又想，男人的话是对的。不知道是营养太好，还是生活在城里不习惯，兔子的眼神越来越抑郁了。那个开始和她玩得不亦乐乎、活蹦乱跳的兔子，现在像是得了神经官能症，常常双眼通红地蹲在角落里。不知为什么，看见兔子的样子，她一下子就想起了曾经的自己：一个人的时候不停地叹气，和李强在一起时又变着法子找他的麻烦，在他跟前流泪。她都崩溃成这样了，男人还是一副纳闷的模样，好像她真是不知足。房子也有，车子也有，甚至她渴望的精神生活，他不也在给她提供吗？去北美新天地看电影，去星巴克闲坐，她到底还想要什么呢？到了最后，他把她的痛苦当成无理取闹。她想不明白，这个声称爱她的男人，怎么总能找到忽视她感受的理由。他有那么忙吗？他为什么要对她想要的生活那么不友好？她真的像他认为的那样，不过是在伪装，是在逃避？她想起那段时间，一个人窝在家里翻来覆去地掂量这辈子的积怨，到最后，也没琢磨出个所以然，还是这只兔子把她带出了深渊。现在，兔子成了这副模样，她又怎么能对它不管不顾？

她和他都没想到，兔子会如此疯狂。一个毛绒玩具兔，它竟然一天能玩上百次。而且，她和李强看着它的时候，它表现得尤其兴奋。每一天，吃东西，玩毛绒兔，睡，吃东西，玩毛绒兔……没完没了。

那段时间连李强也像是受了刺激，看她的眼神也不对了。碰到这样的时候，她更喜欢一个人出去走走。有一天，她出去买菜，路过一个小区，看见一群人在那里拉着横幅，她站在那里看了半天。原来是开发商承诺有房产证，不料几年过去，住进去的年轻人孩子都到了上学年龄，房产证还没办下来。讨要说法的人本是想引起更多人的注意，谁知道无良老板竟然雇了些流氓驱赶人群。混乱之中，一个老太太的手指头都被咬掉了。她看得心慌意乱，后来又有些庆幸，她住的房子虽然旧了些，好赖是李强父母的，不用受这样的窝囊气。进门的时候，她本想说说这些不平事，结果李强赤裸着从屋里跑出来，嘴里还像芝麻开门那样配着背景音。他双手叉腰倚在门口。任是怎么吸气，那个肥大的肚子还是往外鼓着。

薛珊一时没反应过来，手里的半斤韭菜差点掉在地上。她看了他一眼，继续往厨房走。李强跑过来，仍然一只脚斜搭在另一只上，倚墙而立，昂首挺胸地来了一句："你真的什么都没发现吗？"

"发现了，你有病，一个人在家自编自演开门大吉。"

“什么呀？你不觉得把毛都剃了，整个人都像个婴儿了？”

“李强。”

薛珊眉毛一竖，好像被李强折磨得够呛。好几回，见李强不停地抠着裆部，都会不怀好意地看他两眼。李强不停地挠头，说，“正长毛呢。”薛珊又瞪了他一眼，说，“用你解释了？”吃饭的时候，看着昏昏欲睡的兔子，薛珊说：“你说动物不懂得节制，为什么你作为人，也要表现得这么低级呢？”

李强没有接话。他好像早就习惯了女人的指责和抱怨。他讪讪地笑着，说，“还以为这样能让你高兴一下。”“这样就能让我高兴了？你把我当什么了？”她说现在能让她觉得快乐的东西不多了，倒是听到别人的郁闷能让她振奋一下。等话出一出口，她才像是惊醒过来。多少时候，听到别人的挫败，她才暂时忘了先前的焦虑。问题是，幸灾乐祸能解决什么问题呢？

尽管这些事情无法启齿，到了单位，她还是像打了鸡血般，直接讲开了兔子的疯狂。她本来不是要讲一个色情的故事，但听的人哈哈狂笑，似乎都明白了她想要表达的深长意味。等到一个人坐在桌前，她就开始抓狂。她曾经以为她想要的生活大不一样，甚至当朋友们知道她和一个画画的男人走到一起时，还表达过类似的祝福。是啊，她一心想过她艳羡的精神生活。精神生活，她苦心经营，甚至和李强百般折腾的就是为了这个？她活生生把自己搞得和之前讨厌的那些人一样了。她就像李强手中的笔，本以为能画出一副简约别致的古典山水，结果硬生生地涂成了现代泼墨意象画。有时候她想，或许真是命中注定，要不然她怎么活在这灰蒙蒙的城市里还能自得其乐呢？她本质上就是一个无聊的人，再怎么装饰，还是轻易就带出了她的恶趣味。她一直认为自己还年轻，比新来的孩子们也大不了几岁，平时穿衣打扮也还是像个小姑娘，但和办公室里的人聊起天来，她才惊恐地意识到，她真是老大不小了。包括她无意中说出的话，抱怨，唠叨，闲言，无论出于什么样的名义，暴露的都是她的孤独，兴许，还有那么几丝变态。她感觉自己还没反应过来，就一跟斗跌进了中年。

3

去郊区找房子时，薛珊还有过担心。两个年富力强的年轻人，好端端的，不在城里打拼，怎么跑到乡下来了？说她和爱人都有一份养老般的工作，恐怕也没多少人理解。既然都养老了，在城里生活岂不更好？好在也没有谁天天堵她的门，非要她说出个一二三四。大包小包堆在那里，她也没有想着倒腾出来。归整得那么齐全，完全看不出是刚搬来，还是准备马上走人。或者说，她对要在这样一个地方待下去、待多久，还没有完全考虑好。

有空了，李强不再像从前吃完饭就窝在那里不动，他会陪着她出去遛兔子，甚至，也不全是遛兔子，他说他也要减肥了。他声称他要跑步，干的头一件事就是网购了一双耐克跑步鞋，还让厂家把自己的名字绣在了鞋子上。他买了一堆关于户外的装备，就是没有想着早点起床出门。有时候，看到蒙尘的耐克跑鞋，她想说男人几句，转念一想，也没什么好说的。她和他在一起干过的不靠谱的事还少吗？再说了，要坚持十点上床五点起来跑步，太难了。还能怎样呢？她以为这辈子也就这样了。

邀了几个同事来家里吃饭，晚饭是麻辣香锅。大家说，吃了那么多香锅，数这回特别。话题的中心免不了要再夸夸李强。李强站在不远处烧烤，时不时地过来招呼大家喝酒。不知谁来了一句，说什么好事儿都让薛珊摊上了，她还能有什么不满意的呢？薛珊听得一愣，是啊，按大家的分析，这个家里，钱是李强挣得多，母亲生病住院，也是李强前前后后地跑，找各种关系。从来都没让她做过饭。甚至是看到她站起来准备去洗碗，都要拦下来。

说到洗碗，李强的话更多了。他说薛珊喜欢做饭，却不愿意洗碗，他是不会做饭，但更讨厌洗碗，他的那双手怎么能天天在油腻腻的汤汤水水里搅来拌去呢？大家说，饭哪有会不会一说，就看有没有那个心。这么一分析，好像又显得李强心机太深了。李强就那么说开了他们家关于洗碗的故事。既然都不洗碗，总不能老扔碗，李强就说要买一个洗碗机。薛珊也只是在美国电影里看到过这种情形，哪想到李强真会给厨房装个洗碗机呢？薛珊没少跑商场，一家一家地看，一家一家地比较，甚至还去过两趟北京。半年下来，她拿定了主意。只是没想到买回来的洗碗机个头儿还不小。两口子平时也不怎么在家里吃饭，有了洗碗机，想着总不能让它闲着，就天天在家里对付，可就是再加两个菜，也仍然只有那么几个碗。都是全自动，一套程序下来，得一个多小时。起初两人新鲜，听着洗碗机转动的声音，还会搂在一起，到了后来，洗碗机开始出故障，不是碗不合适，就是筷子的长短不对。前后也就开了几次机，就不了了之了。这么一大东西，又舍不得扔，放在家里，两个人时不时地瞅上一眼，又硌得心里难受。两个人都没少抱怨过。好在李强心理能力强，现在会自我调侃了。大家听完他的故事，也没有幸灾乐祸，反而说，这么好的男人事事依她，感情也真诚，她还有什么不满意的呢？完全没有道理嘛。唯独薛珊听得别扭，来了一句，“就光说我的洗碗机，你买了双耐克跑鞋，不也没跑一天步吗？”都喝了酒，李强的一段故事又助了兴，明灭不定的灯光里，没人注意到薛珊脸上肌肉的抽动。李强像是没听到妻子的不满。他兴致高得不行，又来了两句：

“媳妇儿，给大家讲讲你准备考博的事儿吧。”

“说说嘛。说说你那些朋友们考博的经历。”

薛珊没想到男人口无遮拦，说了夫妻间的腌臜事儿不算，这个时候又要她把朋友们的苦闷历程抖漏出来，之前她是把这些事儿当成笑话讲过，不过那也只是枕头边的闲话。现在呢，李强却让她当众暴露她的心机。她感觉苦心营造的形象都被李强毁掉了。接下来的半夜，她只盼着他们吃完了快些走。可李强呢，真像是个热情的主人，吃完了烧烤，又带大家去看他的画室，好像吃饱喝足了，还得品尝一番精神食粮。薛珊是压着满肚子火的，可到了后来，送走客人，她竟然忘了争吵，就在沙发上睡着了。半夜起来，听见满院子槐叶窸窣，又看了眼横卧在地下的李强，试着把他往床上拖，使了把劲，也没薅动，就拿了床毯子盖在男人身上。关了窗，她又睡了过去。

他们睡到快中午才起来。她去厨房拾掇了半天，也没找见能吃的东西，却看见李强跟一个披着军大衣的人站在路口聊了半天。薛珊探出窗户，听了半天，可惜到处都是鸟叫，听得并不真切。等到李强进屋，她切菜的刀也剁得越来越响了。

“逮住个人就要说上半天，你和我在一起有那么苦闷吗？”

“他就是问我做什么工作，怎么不用坐班。”

“那能说那么久？”

薛珊没说出来的话是，在一起这么多年了，也没见他跟她说过那么多话。李强放下电脑包，就拣起自来水管去浇花。要是不喊他，他可以拿着管子在那里冲一天。搬到乡下来，本想着是换个环境，亲近自然，尤其是有一个足够大的院子够她忙活，她就不会成天胡思乱想了。她只是没想到乡下也有人，而且他们的好奇心还挺重。有一天，住在隔壁的人过来，送了她几颗鸡蛋，说都是自家养的。又问她要不要鸡粪。她看着邻居满是泥巴的裤子，还是把她让进了屋。女人的嗓门儿很大，像是在自家院子逡巡，不停地东张西望，说她把那么大一块地全用来种开不了几天的花，太不划算了。

“你得种点辣椒茄子西红柿，日子才能过起来。”

话音落地，女邻居就往花丛里啐了口痰。薛珊当下就没按捺住厌恶。她不停地看着自己种的花，好像是要记住那该死的痰在什么位置。好像去超市买菜就不是过日子似的。她住在乡下，可没说要和城里的生活脱节。她最爱干的一件事就是，开着车先去北美新天地逛一圈，吃点小吃，顺路拐到沃尔玛买些时令蔬菜。她说她想住个宽敞的地方，并没说她就是喜欢乡下。不是她瞧不起周围的人，而是她实在提不起兴致和她们说些家长里短。她和她们有什么好交流的呢？她解决不了她们的困苦，她们也理解不了她的不甘心。

她和李强之间早就有了问题。她明白，他也清楚。虽然两个人都没挑明，但问题一直梗在那里。可能他们都以为换个大房子，重新装修一次家，一起合力做点事情，即便解决不了什么实质性问题，也可以转移两个人的注意力。不过现在很难说清楚他们当初有没有这么期盼过。他们都没有什么争吵，准确地说，不是她不想吵，而是和李强根本就吵不起来。就像卫方正形容的那样，你家李强真是个儒雅的人。一个儒雅的人，显然大吼大闹不符合他的气质。有时她气不过，就去掐他，迫切地想跟他打一架。可他还是一副饱受欺凌的可怜相，只是眼巴巴地望着她，她怎么就下得了手呢？好几回，他抬起满是淤青的胳膊，好像是举着得胜回朝的旌旗，笑着问她："你下回能不能轻点？"

说得好像他就知道她还会掐他似的。到了后来，她不犟了，跟着他一起，学画画，大幅山水不好把握，她就照着《芥子园画谱》画小人儿。乡下的院子是大，但也难免有碰到一起的时候，挨着了，两个人都像是弹了一下，马上分开。她和他，客气得很，真像是相敬如宾了。

参加同事婚宴的时候，薛珊破例把李强也带上了。她只是没想到会在婚宴上碰见卫方正。更没想到的是，李强还和卫方正聊得挺投机，握着他的手说个没完没了。薛珊看了一眼，低下头嗑了几颗瓜子，又看了一眼。这个卫方正，几年没见，梳着中分，穿着黑色中山装，竟然有点复古的意味了。后面还跟着两个跟班，也是一身中山装，哈着腰，帮他提包，点烟倒茶。婚礼快开始的时候，李强才夹着根烟坐过来。

"把烟掐了。"

李强像是没看出来女人的鄙夷，依然兴奋得很："这个卫方正，现在闹得大了。"

李强滔滔不绝。照他的转述，这个高中都没毕业的家伙，靠着死记硬背的一点唐诗宋词，竟然研究开了国学。研究开了国学也没什么，竟然还搞开了国学传播公司。整得跟个明星似的，到处走穴。社会上都是这么一些人到处忽悠，你还能看到什么希望？尽管薛珊也是这么想的，但听到男人最后的落脚点回到了学历上，还是有些泄气。学历高能证明什么呢？她和李强，学历不低了，自以为过得也还行，这些年混下来，就像被温水煮掉的青蛙，早没了奋斗的动力，就是想图谋点什么，也是力不从心。

婚宴上的热闹，薛珊都不记得了。回到家，李强仗着喝了点酒，进门就搂她。薛珊紧紧握住他的手腕，问：

“你真的爱我吗？”

“当然爱。”

“哟，这个时候不说什么天天爱不爱的，爱情又不是大白菜了？”

“什么人啦？”

“你说说我是什么人？”她一把甩开李强的双手，好像是迫不及待要甩掉什么脏东西。“你去给我好好洗洗手。”

李强洗了一下，想接着搂她，可她呢，反复让李强洗手，用了洗手液，又用洗衣粉，用了肥皂，又用香皂，好像他的手沾染了什么不该沾染的晦气东西。她也不是嫌男人握了卫方正的手，而是他表现得如此兴奋，好像他刚刚参与了什么历史大事件。她实在见不得男人前恭后倨的态度，一点城府都没有。过去她真以为男人什么都不在乎，可现在看来，李强说是追求古典世界，其实呢，想的也无非是追名逐利那一套。一想到自己活了这么多年才看明白，她不由怒从心起。

到了十月，家家户户都烧开了小锅炉，蓝色的煤烟从房顶上飘起来，远远地在阳光底下看，她还走了一截神，好像唐诗的意境隔着几千年穿越过来了。不过，等到烟雾飘进房间，她呛得眼泪直流，才意识到，要在这里挨过剩下的冬天，得多么漫长、痛苦。

4

埋掉兔子，薛珊彻底松了一口气。李强还没有意识到薛珊的情绪有什么不对，看见风吹乱了女人的头发，还过去抱了一下。

“好了，好了。我们别养兔子了，我们怀个自己的孩子吧。”

薛珊的表情谈不上悲伤，也看不出喜悦，反而有种苦尽甘来的放松。她往耳后拢了下头发，没有说话。还生什么孩子呢？她是盼过生孩子，可现在她脑子里想的都是母亲一心扑在孩子身上的画面。她可没看出什么母爱的牺牲和伟大。她从来就没想过做那样的女人。何况李强也没给她这个机会。都什么时候了，他竟然用生个孩子来安慰她。说得好像生个孩子就能把她打发了。她长吁一口气，想把心里掂量来掂量去的话说出来：这么多年了，她过得并不快乐。她才三十出头。她还想赌一把。无意中扫了眼李强，见男人一脸忧戚，她又硬生生地把到嘴边的话按住了。再说，这荒郊野外的，实在不是正经谈话的地方。一路上，她都在想着，什么样的时机说这番话，李强就不会太激动，她甚至把李强听到后可能爆发的反应都考虑到了，唯一没有想到的是，李强听了她的话，竟然有些无动于衷。他好像是终于等到了这个结果。

“如果你都想好了，如果这样能让你更开心一点……”李强都没正眼看他，“问题是我们能不能先不要对别人说，你看，我妈都快七十了。”

薛珊又看了眼李强，好像都这个时候了，他马上就没有老婆了，一心在乎的居然还是他妈的感受。和他妈有什么关系呢？是啊，他妈确实不容易，生了一儿一女，都不省心。女儿倒是生了个孩子，却像是给老太太生的，才一岁多，就扔到了娘家。有时候，薛珊看不过去，跟李强说，李强也不吭声，好像他的姐姐也是完全没有办法。薛珊头一回见到世上还有这样的母亲。能说些什么呢？偶尔她和同事说起这本经，听的人也犯难，跟着叹气。现在的儿女到底是什么样的铁石心肠？薛珊见过婆婆带小孩子的情形。她在婆婆逗玩小孩子的时候，不知怎么就想起了自己跟兔子消磨的时光。有些煎熬，只有她能感同身受。

“她迟早都会知道的，再过两年，要是她发现你在骗她，不是更难受吗？”

“这是我们俩的事情。也许过两年，你又回心转意了呢？”他又补充了一句，“我不想让人看见我们的难堪。”

他到底还是更在乎自己的面子。

“问题是你妈很快就会知道，离婚了，我不可能还跟你住在一起。”

李强本来双手绞在一起，好像生怕一松手，有些东西就再也把握不住了。“要不你去跟她解释一下，就说你要去国外再念一段书？”

别人的离婚不说伤筋动骨，至少也要脱一层皮，薛珊没有想到自己的离婚，竟来得如此容易。李强以为薛珊什么都已想好，甚至在她往外搬东西的时候，还说：

“怎么他没过来帮你？”

“什么？”

“和我离婚不是你在外面找到了更合适的男人吗？”

窝在后北屯的简陋宿舍里，薛珊双脚搁在窗台上，和远在北京的孟惠说起李强的反应迟钝，还是情绪激动。

“难道所有的离婚都是因为先在外面有了人？”

孟惠笑了起来，好像这个问题实在算不上问题。“李强的反应也正常啊。你就是现在没有别的男人，马上就会有别的男人填补这段空白。难道你离婚不是为了再找一个更好的男人？”

薛珊没有想到所有的人都是这么看待她离婚的动机。一个女人主动要求离婚，除了渴望找到更好的男人，还能有更合理的解释吗？薛珊也无法辩解。刚搬出来的那两天，李强还时不时地给她打个电话，似乎没了她，日子真是不习惯。原先他不会做的事，好像失去了，一下子就顿悟了。薛珊也接，只是兴致不高。她总是在男人啰里啰嗦地交代时，说：“行了，行了。”

单位的人知道她离婚了，好像生怕她一个人熬不过去，隔三差五总有人叫她去吃饭。饭桌上自然也有酒。不喝酒，气氛怎么上来呢？她经不住激将，也跟着喝了几杯。她酒量好的名声就这么传出去了。起初，她跟着一帮人喝酒、瞎侃，并没有什么感觉。就是酒醒后有些懊恼。她可不是因为离了婚，伤了心，所以沉溺于酒精。次数一多，难免要反省，暗示自己，不能再这么下去了。可她不懂得如何拒绝。叫她去场面上应付的人，都是单位的些小头目。是看得起她，才去叫她呢。

单位搞元旦联欢，同事们这才发现，薛珊还有跳舞的特长。自然免不了又有人恭维，夸她漂亮，身材好。这样的话，也是半真半假，不过，她还是爱听。她努着劲儿，想配合着热闹的氛围。许是想法多了些，再次喝酒的时候，还是难免心不再焉。结果别人认为她喝得不到位，一个劲儿地给她倒酒。趁着酒劲，男人还说，她挺不错，要是能听他的建议，会进步得更快。旁边的人就起哄，让她再敬酒。许是女人天生的虚荣心吧，都这把岁数了，还有男人愿意奉承她，她免不了心底发飘。这种感觉就像头一回上班，卫方正冷不丁对她说了一句，"一看见你，就对你印象可好了。"她当时高兴了好几天。无意中听到他和别的女生也是这么搭讪时，她才反应过来，并不是她有多么特别。只是现在是在酒桌上，一桌子人，这个光头男人也没必要专门来讨好她。兴许他说的，还真是心里话。她双手握着酒杯，好像是在拿捏，又像是等待他探过身来再次和她碰杯。

就是这样，她喝多了。喝多之后，男人又把她叫到办公室喝茶。她去了，才发现就她和他。她当时还是清醒的，想着这茶是没法儿喝了，得走。酒，还有茶，都是老一套了。老一套没什么不好，这些形式创造出来，就是为了消磨尴尬，或者说是谈点心里话的背景。她不小了，应该意识到即将面临的危险。她脑子清醒，身体却不由她。更没想到的是，男人竟然如此直接。他一把薅住她，湿滑的舌头硬生生顶开了她的牙关，卷住了她的舌头。到了后来，她记不清是怎么跑出来的。她出了办公室，死活找不见楼梯，就倚着栏杆在那流泪。她想不明白自己怎么就成了这副模样。有人在楼下朝她打招呼，问她需不需要送她回去。她顾不上回答。男人走出来，又将她牵回了办公室。也可能是喝了点茶，男人清醒了些，没再对她动手动脚。他像是什么都没有发生似的，递给她一碗茶，就自顾自地打开了电话。他满口脏话，说得那么兴奋，还掀起了衣服，白生生的赘肉触目惊心地晃到了她的眼前。她再次哭了起来。男人按住电话，像是有些不高兴："别像个傻逼娘们儿似的，不要再哭啦。"

薛珊吓蒙了，看见男人嫌恶的表情，不由自主地打了个嗝。从来没有人这样说过她。就连她妈也没这么骂过她。她冲过去抢他的手机，一个劲儿地喊："你说什么？你凭什么骂我？你得给我道歉。你得给我道歉。"

男人好像被她的举动吓坏了，不停地摸着她的背，说："好了，好了。我傻逼行了吧？我是个大傻逼行了吧？"

回到后北屯，她一个人在浴室里待了很久。她痛恨的不是男人对她的不尊重。老实说，男女间的那点破事儿，她早就看开了。她只是想不明白，既然有心思做那件事情，为什么要趁着醉酒。就不嫌脏吗？

那盒放了几个月的女士烟，她终于把它点燃了。香烟的味道并不好闻，呛得她眼泪直流。她打开手机，想找个人说说话，竟然不知该打给谁。最后还是拨通了李强的手机。李强那头乱糟糟的，像是在酒吧。

“在哪里呢？”她的语气还是那么冲，好像她还可以像从前那般管教他：这么晚了竟然还不回家，还是个好男人吗？

李强不知道是真没听见，还是不方便，喂了几声，就挂了电话。等她再打过去，男人竟然关机了。薛珊摁灭烟头，自言自语的，又说了句：傻逼娘儿们。泡完澡，她就想明白了一个问题，这鬼地方，不能再待下去了。

第二天，到了单位，她还没向领导说辞职的事，就听人们在议论，说隔壁一个处长昨天喝多了。喝多了也不算什么，他经常喝多。问题是，他这回竟然让打扫卫生的小王去扔床单。好端端的，扔什么床单呢？据打扫卫生的小王讲，扔了床单，顺便帮着打扫了一下，结果从床底下看到了些不该看到的东西。说的人兴奋得不行。薛珊听了一会儿，越发泼烦，就走开了。走在楼道里的时候，好像每个办公室都有人在看她。她甚至能感受到那些幸灾乐祸的眼光。他们看到她走过来，马上就闭嘴，假装在忙什么正经事。薛珊本来窝着肩，像是做了什么亏心事，不知为什么，却突然挺直了腰。她整了整衣衫，擂鼓一般敲响了集团老总的房门。

5

准备去西藏的前夕，李强打来电话，说是他妈要过七十大寿了，她能不能出现一下。看得出来，李强确实为他妈的生日做了精心准备。除了邀请彼此都熟悉的亲朋好友，李强还和某国学公司合作了一把。那是薛珊头一回见李强弹古琴。身着青色长衫的卫方正，有板有眼地主持仪式，据说完全是再现纯正的汉唐古礼。不过，薛珊还是感觉太拿腔捏调了些。倒是李强坐在那里拨弄琴弦的样子让她有些心慌。她拿不准是怕李强出丑露乖，还是怦然心动。她不是没见过男人安静的样子。只是这回好像又不太一样。她不太清楚是不是隔得太久没见，多了点新鲜感。也是这个时候，她才意识到，说是两个人同一张床上睡过这么多年，她到底没有走进他的世界，或者说，她一直都只是在乎自己的感受，压根儿就没想过要和男人有更多的交流。古琴余韵袅袅，久久盘旋不去。回到后北屯，薛珊先是泡了个澡，抽完两支烟，起来用毛巾一裹就坐到了窗前。窗外万家灯火，凝神细看，还能见到棉花糖一般的白云。她拿起 iphone，在 QQ 音乐里搜古琴，平沙落雁，梁祝大全，一曲曲听下来，本来还有点睡意，到了后来，她忍不住在空中不停地拨弄，好像在空气中摸来摸去，就能感觉到李强的手。她这样玩了一会儿，发现胳膊再酸，还是不想停下来。七弦古琴的声音如此简单，好像全世界的孤独都压到了她的胸口。这是二 O 一四年，朋友圈满屏都在秀恩爱，爱你一世，而她只记得自己已经三十一岁，没有工作，没有丈夫，没有孩子。

她想出去走一走。去了北京也有些失魂落魄。站在地铁车厢，乱糟糟的车厢全成了背景。她先是感觉有个老外在看她。老外是真老，头发都掉得只剩一圈了。好在他也只是看了他一眼，又低头看书去了。他看她的时候，其实笑了一下。她不太把握得准他笑，是因为被旁边小孩的说话声逗乐了，还是在对她致意。在这样的场合被人注意到，她还是有些不自在。老外左手拿着杯咖啡。他喝了口咖啡，又看了眼她。这回是先看她的脚。薛珊光脚穿了双回力鞋，搭的也是麻布长裙。他对她又笑了一下。薛珊也笑了下，不自然地，并紧了双脚。等老外的眼光归了位，她往耳后拢了拢头发，又对着玻璃，挺了挺胸，往下拽了拽胸前的衣服。窗外黑漆一片，时不时闪过几丝光亮。

也是那个时候，她匆忙做了个决定，先不回太原了，直接坐高铁，去青藏高原玩一趟。她根本没有想到，在拉萨也会碰到太原人——一个年轻小伙，王刚。小伙子跟一帮朋友骑行，走 308 国道，边走边卖唱。人晒得黑黑的，一笑就露出稍微有点外凸的白牙。她不知怎么就认定他是对自己生活有把握的人。她纯粹是被他说话的样子给迷住了。

“想想我们骑行的事，其实挺痛苦。不说你们旁外人了，就是我们自己，搁到现在回过头看，也挺二的。屁股都肿了。”兴许是说到了身体，薛珊还正了正腰。“真是没法儿解释为什么要骑这一段路，你去 318 国道上打听一下，看看那些骑行的，有几个人能说得出个一二三四？就是年轻，找不到事干，又蠢，又冲动。”

年轻人虽是这么评价自己，薛珊却还是感觉特别好。年轻的生命自有他动人的地方，饱满，有活力，完全不用顾忌别人。这话说得好像她也年轻过似的。她年轻时完全不一样。她从没想过要天南海北地跑，或者说她那会儿的年轻人还没有想到要这么干。没有勇气是一方面，主要是她对外面的世界不确定，满怀恐惧。这个年轻人说起路上的经历，全是新奇，两眼灿烂。

“年纪越来越大，我还是躁动不安，兴许将来还会干些出格的事，不过可能再也不可能像之前干过的那么好了。”

才多大的孩子啊，竟然敢在她面前提什么年纪。她定定地看着他，好像是在琢磨他还会干出什么更出格的事。也许还有那么些着急吧，到最后，她竟然想开解他。这个时候，还是年轻人脑子转得快，懂得礼貌，问她要电话。薛珊也留了一个，只是回到房间，她就把电话删了。她害怕喝了酒控制不住自己，胡乱给人打电话。

许是拉萨的经历触动了她。回到太原，薛珊就谋划着在柳巷开个茶舍，店名她都想好了：有间茶舍。开业的那天，李强也来坐了坐。他说他早就看出来她不是个安分守己的女人。这么说，并非质疑她的人品，而是说她为人处事有自己的一套想法。薛珊笑了笑，好像这个前夫并不是像她想的那么不懂她。她有那么固执吗？她心底还是堵着一口气。但这个时候，她学会隐忍了。

杨芹从德国回来，本来约好在茶店见面，后来又说她正好路过后北屯，问能不能上去坐一坐。薛珊说家里乱得很，杨芹说，我又不是来跟你过日子，你担心什么？进了门，杨芹看见连客厅都晾着衣服，还是有些惊讶。

“这么说，你是净身出户？”

薛珊没说话。她从没想过还要靠着别人生活。什么时候她给人留下那样一幅印象？杨芹又问了一句：“你早年那个同事呢？就是搂过你的那个老男人？”这话把薛珊听得怔了一下。她脑子过了一遍单位的几个老男人，在想自己是什么时候给她说过这些事。“就是那个后来搞国学的啊。他不是也住在后北屯吗？”

“什么啊，人家早在滨河路上买了河景房了。”

“还以为你搬到后北屯是因为他呢。好像你说过他也住在这里。”

这话又把薛珊震了一下。听起来，感觉是一个被卫方正抛弃的地方，却又被她薛珊接手了。薛珊眼皮跳了一下，干咳一声，说隔壁还住着一对年轻夫妻，声音小一点。杨芹站了起来，问她：

“你就从来没觉得不方便吗？”

“什么？”

“那么多人挤在一起。”

“我只是想着和人合租能沾点人气儿。”

“原先你不是这样的。”

“如果我说是想近距离看看别人是怎么生活的，你会不会认为我疯了？”

有些话她没法儿说出口。房子最早是她租下来的。住进来了，总感觉哪里不对劲。后来才意识到是房子太空了。她没少买东西。可还是占不满三室两厅。这才想着要合租。起初她的要求挺高，得单身，爱干净，最后还是妥协了。她就是想家里有点动静，免得一个人天马行空地胡思乱想。

“这个我倒没想到，就是在想，你就不怕受刺激？”

“你是说怕听到他们做爱吗？”

好像经了朋友的提醒，薛珊才意识到这也会成为一个问题。努力回想，她完全不记得曾听到过男女之事的声响。她倒是听到过他们为一些鸡毛蒜皮的小事争吵过。在这样的环境里生活，还会有这些欲望吗？就像她自己，有过好几回失眠，但没有一回是因为想男人而睡不着。她想要做的事情太多了，哪顾得上这些儿女之情呢？事实上，经见了几个男人，她对这个物种都产生了怀疑。

这话还是过于决绝。接到王刚的电话时，她还是走了一截神。回过神来，才掏出口红补妆。补完妆又嫌亚麻的衣服太素，索性穿了件紫花长裙。她怕 hold 不住，外面又套了件黑色小西装。王刚过了半天才来，还不是一个人，他还带了两个朋友。那天晚上，他对她都说了些什么，她全忘了。另外两个孩子，借口提前离开了，她还托着腮，听王刚说话。王刚的专业是唱歌，可他的心思好像也不在唱歌上，至少从他的话里面，听不出来他对这一行的敬畏。尽管他说的话多数都没有超出他的判断，她还是喜欢看着他，好像他上下翻动的嘴唇时刻都会闪出奇思妙想。她在想，她这个年纪都干了些什么，枯着眉眼回想了半天，竟然完全想不起来了。

“成天天南海北地跑，你爸妈就不担心吗？”

“我不想早早就工作，然后娶一个不认识的女人，生孩子，完全复制父辈们的老一套生活。”到底是年轻人，直白点评价是不靠谱，委婉点，还是单纯，幼稚。

“那你靠什么生活呢？继续找父母要钱？”

“靠自己的手艺啊。要不我来你这里打工？”王刚的眼神突然就黏上了她，烙得她心底抖了好几下。

“你这种人，”她看见他听了她的话，有些着急，好像特别在意她的评价。她怎么会胡乱给他定性呢？她就是想敲打敲打他。“我怎么养得起？”

“我是什么人啊？”

“你是什么人你自己还不清楚吗？”

这话有批评的意思了，好像是在责怪他的轻浮，又像是在暗示些什么。王刚只是直直地看着她。她有些羡慕他的年轻，连眼神都那么干干净净，一点油浮的沫子都没有。

“我是担心，别好不容易培养成了熟手，你随时都会抬腿走人。”

“开玩笑呢，我可不想在我喜欢的女人手下打工。那样，太没面子了。”

薛珊的脸腾一下就红了，好像身体里的某种东西被点燃了一样。“傻孩子，胡说八道什么啊。”对，她一直认为他还是个孩子。她只是没料到现在的孩子胆子那么大。

王刚握住她的手时，薛珊还说了句违心话。“别这样。”事实上，她浑身都在颤抖，都忘了抗拒一下。完全是半推半就了。她怕一推，男人就真的收了手。“我会害了你的。”她能感受到他紧绷绷的屁股，滚烫的屁股像块烙铁。脱衣服的时候，她有些羞涩。她生怕他看清她大腿上因为肥胖撑开的皮肤裂纹。可他的嘴像个看到米堆的鸡仔，一头埋了进去。她搂着他，好像是做梦一样。事后，他还是抱着她。她说他累了可以睡一会儿。他说他怕梦醒了她就不在了。结果，过了半个小时，他又开始摸她的胸。起初她以为自己可以忍得住，到了最后，她还是紧紧搂住了他。在他漫无边际忙乎的时候，她一直瞪着眼睛，好像生怕漏掉这些最不可思议的细节。

“哦，宝贝。”

“怎么啦？”他把头从她的手掌里挣出来。

她没有回答，再次把他的头摁了下去。“宝贝，你怎么可以这样？”

王刚像是受到了鼓舞，捂住了她的嘴。一晚上，他们都在重复这些最简单的动作。有时累了，王刚还是忍不住要说话。

“我其实做过很多不好的事情。”

“能有多不好呀？比欺负一个老女人更不地道吗？”

王刚说那会儿流行摇微信。他摇到了一个姑娘。其实聊天的过程中，他就知道这个姑娘是在出卖色相，尽管她的借口也太拙劣了些，说是就缺五百块钱。而他呢，仅仅因为她长得还行，就去见了她。见了她，就去开房。只是在干那件事之前，他给她讲了半天人生大道理，说是靠体力活挣钱没错，但不能打着这样的旗号找男人要钱。他甚至给她指明了一条从良之道。吃青春饭总有吃不动的时候，活着，还是得要靠脑子，得多读点书。他也不知道自己为什么那样说话，可能说出了那么一番道理，就能缓解他的恐惧。

听了王刚的话，薛珊好像更心疼了。谁年轻时没干过几件糟糕的事呢？她不停地摸着王刚结实的腹部，说："你真的挺好的，王刚。你不知道你有多好，王刚。"王刚好像这个时候也得说点同样的话，才对得起她的夸赞。他说她也挺好。他说他没想到她这个年龄段的女人身材可以保养得这样好。也是在王刚这样说话的时候，薛珊才有些失落。她不知道是该为自己的身材没有变形感到开心呢，还是为自己都这把年纪了还像个没见过男人的傻逼娘们儿感到沮丧。只是，这些刺刺拉拉的声响，并没有在她的脑海里停留多久。他总是有办法转移她的注意力。他太不老实了，不是手闲不下来，就是舌头闲不下来。他就像一头刚闯进大草原的小牛犊，顾不上吃草，就在那里没头没脑地跑来跑去。

荒唐啊，很多没有和人说过的话，她都说了出来。她好像一点都不害怕他会从她的话里找到什么蛛丝马迹。但她自己明白，她说的那些话是多么字斟句酌，就像台上的一个戏子在那里背台词一样，虚假，做作，目的都不过是维系她可怜的形象，不像他，什么话都和她说了，还说得那么自然，根本不担心她，承不承受得了。

6

杨芹嫁到了德国，都拿到了在德国的永久居留权，却又回到了太原。问起原因，也简单，就是习惯不了德国人的逻辑。她到处找工作，所有的单位听说她的国籍是德国，就再也没了下文，好像一涉及到国际友人，就害怕引起外交上的纠纷。和薛珊说起来，她简直有些悲愤。

"我本来就是一太原人，口音都没变，为什么人们就那么在乎形式？"

这话把薛珊问住了。她和王刚的恋爱正在水深火热之中，哪里顾得上闺蜜的苦恼。她说："你要是不嫌弃，也来茶舍帮忙好了。"

"我一个德语系的研究生，天天跟你的小男朋友厮混？"

怎么是厮混呢。男人的有些好处，薛珊也无法和闺蜜分享。她说王刚也不是在给她做事，他说是在给她帮忙，其实，更多的时候，他是在教她唱歌。

“这把年纪了还想上金光大道?”

“什么呀，你就不能想得健康点?”

那段时间，薛珊发现自己不管看到什么东西，都会想起王刚。除了王刚，她没有办法去做别的事情。怎么能这样呢？搞得跟没见过男人似的。她不停地暗示自己，要矜持，不能表现得太过分，太热情，只会适得其反，把他吓跑。更多的时候，她想起王刚运动完满是汗味的身体。无意中和朋友分享许多秘密，她都会忍不住，要模棱两可地夸一夸王刚。这个男生，跟她遇到过的男人完全不一样。

好像是生怕王刚多心，每到月底，薛珊都会给王刚的银行卡上存一笔钱。像是为了避嫌，她都没有用网银转账，而是去柜台存。出了门，就把存根丢进了垃圾桶。她担心自己的好意会被王刚误解。她不想给他造成压力，让他以为自己是个吃软饭的。这些她在心底来来回回琢磨的小心思，也从没和杨芹说起。有什么可说的呢？有些东西说出来就变味了。她总想着和李强一起背过的朱子家训：善欲人见，不是真善；恶恐人知，便是真恶。

过年的时候，薛珊跟杨芹在酒吧喝酒，酒醉了，杨芹怂恿她，说她应该和王刚表白。是啊，都好了这么久，王刚从来没说过爱她，她也没说过爱他。他总是说，你太好了。她也像是怕说出了爱他，就先低他一等。都这把年纪了，怎么好意思说爱呢？平时不好意思，喝了酒，就有些冲动。经不住杨芹激将，薛珊开口了。在电话里，她大声说：

“王老师，我爱你。我爱你，你知道吗？我这么爱你，你爱我吗?”

王刚肯定是不方便。他喂了几声，还说了句什么破信号。电话就断了。她再拨过去，电话就成了忙音。薛珊就对杨芹笑，说老天都不帮她。杨芹说，我试试。结果，电话又通了。

这个时候，薛珊才知道，王刚把她拉进了黑名单。

那些天，薛珊不知道自己是怎么过来的。她甚至都没想找王刚讨要一个说法。她像是被抽走了脊梁骨，走到哪里，要么躺着，要么卧着。事情怎么突然就变成了这样？其实一点也不突然。只是她当时以为自己的体贴、自己的宽容，能够让他明白谁才是真的对他好。可男人根本就不在乎。他不在乎，他什么都不在乎，而她还像个傻逼娘儿们似的，徒劳地努力，好像非得伤筋动骨地伤感一番，才对得起她的付出，她的真心。她的智商怎么就这么低呢？她使劲掐自己的胸，好像这样就能早些清醒过来。

他很少在后北屯待过一整夜。他没有表露过留下来的意思，她也没有挽留。只是好几回过节，她给他打电话，开玩笑似的，问他怎么也不问候她一下。他还是那种哈哈的干笑声，说，“怕过节你和家人在一起，影响到你们呢。”她当时没完全想明白他的话，只是注意到他的笑声有些勉强。现在回过头想，哪里是他怕影响到她，明明是他怕她纠缠他。

在他一点一点冷落她的时候，她还是那么热情。连他出去相亲，她都支持他。他也像是很信任她，每见一个女孩，都会详细地把过程讲出来。有几回，是他自己没看上，有两回，他看上了，讲完和女孩相处的一些细节，她都不露声色地说，还没结婚呢，就被管得这么紧，将来，你可是有得受了。他应该也听懂了她的话，果然再问，他连提都不想提了。

她一直以为，这么私密的事，他都和她讲，肯定是出于信任。而今，薛珊明白了，他为了摆脱她，不让她怨恨他，一步步试探，费尽了怎样的心机。一想到他的心机如此之深，她就恨不得戳瞎自己的眼睛。她总是回想起他们最后一次见面时的情形，他慌里慌张地跳上了公交车，连头都没有回一下。她当时还为他担心，以为他碰上了什么事。她坐在车上，看见路旁走过的行人，一个个那么漠然，没有一个人接住她无处安放的目光。她估算着他回了家，还兴冲冲地给他打电话：

“你最近怎么啦？还是因为找对象的事吗？”

“说不清楚。”

“要是你有这方面的苦恼，也许可以和我讲一讲。”

“咱们以后别聊这些好吗？太无聊了。”

他的态度那么明显，而她竟然毫无意识。她还邀请他下个星期一起去庞泉沟，参加朋友组织的徒步活动。他是怎么回答的呢？他说他不敢确定。她呢，还是一如既往的兴奋，只是问他：“就表个态吧，到底来不来？”

她根本没有别的想法，只是想着一起开开心。

现在前前后后一想，她反应过来了。他当时答应她，说去，后来又没去，态度早就表明了。之前，他着急离去，完全是不想看到她了。他连几句模棱两可的话都没和她代待。常见的桥段中，不是应该还有那么一点温情么？

现在，她是能想明白了，但并不等于她就咽得下这一口气。过了两个月，她试着拨了他的电话，竟然通了。她问他，她到底做错了什么，竟然如此对待她。她不是想吵架，但因为带着气，声音免不得有些刺耳。

他说家里人知道了他和一个离婚女人相处的事，都在阻拦他。

这算哪门子理由？她感觉自己好不容易平复的心情又翻江倒海了。

“我明白你的意思，想找一个谈得来的男人，过自在的生活。我也想和你在一起。只是，光靠希望，什么问题也解决不了。我太穷了。”

“我们可以一起努力啊。”

“这不是努力的问题。我从来没想过要靠女人的接济生活。如果我做什么都要活在你的影子之下，我还是个男人吗？”

这话多么熟悉。当年她不也是这么想的吗？以为摆脱了李强的束缚，她的日子要好过些。谁知道过了这么多年，她不过是从头开始找一个男人。她好不容易看顺眼的男人，竟然这么轻飘飘地就把她打发了。她为自己过去设想了那么多未来感到羞愧。

7

过了些天，王刚又打来电话。他说他又办了一个手机号。

“以后你就打这个专线。”

他是笑着说的，可她却听得别扭，好像她和他做的事，实在见不得人。她突然就明白了，她并不是他唯一的女人。他肯定是做错了什么事，所以被另一个女人追查了，又想不到别的解决办法，就想出了这么个可笑的方式。前因后果一分析，她越发觉得自己是正确的。王刚还在那笑，说他只是不想和人为这些事天天争吵。设黑名单的是他，不设的，也是他。薛珊本来没有那么生气，听了王刚的话，忍了那么多天的火气终于爆发了。

“我不会给你这个手机号上打电话。要是你的女人查出一个手机号全是我们的通话记录你让我怎么解释？我们的事有那么不堪吗？至于要搞得那么偷偷摸摸吗？”

“你到底做了什么让她对你如此没有信任感？”

“她那么做，不允许你跟我打电话也是对的。问题是我们现在也没有什么。你跟她摆明了什么，说我就是你的学生，就是想跟你学学唱歌。她总应该能理解。”

“你倒是说句话啊？”

王刚像是早料到了这样的结果。他把声音压得很低。

“我是个没用的男人，只是求你，不要再给我寄钱了。你和我女朋友一样。你们是不是认为给我点钱，我就会有愧疚感？”

“你怎么能这样想？我给你钱，都会找各种各样的理由，希望你不会难受。”

“可你的态度不是摆明了吗？”

“我什么态度？王刚，我真是瞎了眼了。你自己没把事情处理好，倒赖上我了是不是？”

“她不理解，之前为了摆脱她，要跟她分手，我把我们之间的事都告诉她了。”

“你说你有没有脑子。你怎么能这么做？你怎么能把我们俩之间的事搞得让第三者也知道？”

“我蠢。我没脑子。”

“你不是蠢。你就是摆明了以为一个离婚的女人好欺负。一而再、再而三的让我难受。过年把我拉进黑名单是一出，换专线电话又是一出，现在又说你女朋友在查你是一出。王刚，你没把自己的问题处理好，就告诉我这些，摆明了就是以为我一离婚女人，懦弱好欺负是不是？我跟你说，王刚，我们认识多少年了，你清楚。现在，你因为一个刚认识没多久的女人，就这样对我，你还是个人吗你？你怎么可以这样对我？我跟你说，王刚，还没有一个男人这样对待过我。我跟你说，王刚，别把我逼急了，逼急了，老娘非把你堵在家门口剁了。”

“你把我剁了你会好受点吗？”

薛珊又歇斯底里地说了一大堆。

王刚不再说话。

“你倒是说句话啊。”

“我不知道该说些什么了。如果我们都没有那么多糟糕的事，如果你不是老给我钱，也许我们会相处得更自然一些。”

他说了“如果”之类似是而非的话。他好像对两人最后说了这样几句话感到如释重负。

怎么说得讲究一点、体面一点，也许那样她就不会怨恨他。他本质上就是想做一个好人。都到了这个时候，他在乎的还是这可怜的形式，想着也许能好聚好散。她在乎吗？小白脸。那么自私。还想事事都合他的意，以为搞得精致一点，场面就不会那么难堪了。她怎么可能不怨恨呢？甩她就甩她，用得着这么冠冕堂皇么，用得着这么铺排吗？好像她实在是个难缠的麻烦。过去她以为他和别的男人不一样，现在她才明白，还是她把有些东西美化了。都说吃一堑长一智，可她在情感的道路上，从来就没有进化过。

“我跟你说，王刚，我不允许自己瞧不起自己。我不允许自己再懦弱下去。”

她暴跳如雷，从房间里出来，眼泪忍不住掉下来。她不停地走，到最后简直像是在奔跑。只有她自己明白，世道真的变了。只有满脸泪水能看出来，她是在纳闷，像是一个从来没想到会把日子过成这样的女人。

那些天，是她最沮丧的时候，为了暗示自己，她没少想办法，比如改 QQ 签名，每天贴些“真正的强大不是没有恐惧，而是带着恐惧勇往直前”之类的话。她再也不给王刚打电话了，心里却又在盼着他打来电话。她甚至都想好了，如果王刚再给她打电话解释，她会如何回答他。她会听他说完，然后说：“还有什么要说的吗？没有，以后就不要骚扰我了。”然后毫不犹豫地挂掉电话。

这个男人都轻松撤退了，她不允许自己还像个傻逼娘儿们似的在那里做无谓的思念。她认为自己熬过了一关，就算捡回一条命了。她以为会很难。谁知道她会拿这件事和结婚作对比呢？她意识到，她自以为对王刚好，其实呢，那些起心动念，未必是真对王刚好。那段时间，她跟着一帮朋友天天研读《菩提道次第广论》，虽然读得艰难，到底是熬过来了。一想到自己过去也是在不停地扮演烂好人的角色，她更是多了几分惭愧。

像是早就想好了似的，毫无征兆地，她就跑起来了。太原也没什么跑步的好地方，她就围着后北屯跑。后北屯马上要搞城中村改造，要整体搬迁了，但按摩店仍在正常营业。后北屯到处都是按摩店。到了凌晨，那些粉色的店铺还亮着灯，衣着暴露的年轻姑娘还在那里坐着。她总会时不时地看她们一眼。看着她们的时候，她就会想起和王刚好上那一阵子，他给她讲过的故事。是啊，他劝过那么多女人从良，现在轮到她了。这些想法混乱，又牵强，等跑到极限，她的脑子才会跟着身体疲惫。

一圈下来，也有两三公里。她竟然坚持了好几个月。每天临睡前，她入了魔怔般，就在那看跑步的文章，到了凌晨五点多，一个鲤鱼打挺，径直竖起来。有一回，她无意中触摸到自己的臀部，像是烫了一下，她没料到自己的两瓣屁股竟然如此结实。她像是不放心似的，又捏了一把。她在镜子跟前挺了挺胸，胸还是那么小，但浑身好像都充满了力量。

弟弟妹妹读到高二，母亲松了一口气，她再给薛珊打电话，话里话外都是马到功成的放松。但神经也没全松下来，得知弟弟学校的校长病了，在北京 301 医院住院，母亲又急了，直问薛珊怎么办。薛珊说，“能怎么办？以你的性格，不去看一看你还能睡得着？”结果薛珊带上母亲到医院看了一眼，就去吃炸酱面，商量下一步去哪里逛一逛。薛珊还拿着手机搜去南锣鼓巷的路线呢，母亲却说，新闻里不是说地坛这两天在摆书市吗？母子三人又去逛北京地坛。一路上，母亲都在大声感慨，这么多年，她尽忙着照顾她们三姐妹，都没好好看过书，这回去了，一定要多买点书回去好好读一读。母亲的口气那么大，好像再多读几本书，她的人生就要发生大的改观。母亲这么说一句，薛珊在心里顶一句，好像是哪里不能买书，竟然要跑到北京地坛买书。可到了书市上，母亲完全忘了几分钟前说过的话了。好像书市那么大，完全不着急这一时半会儿的功夫，着急什么呢？她的兴致更多是被各种小商品牵绊住了。结果，母亲也没买什么书，竟然买了五个青瓷碗。买了碗，又说去 798 看看。这一路上，碗都是薛珊提着，转地铁，搭公交，薛珊的手指头勒得又木又肿。一趟 798 逛到天黑，也没转明白。到处都是乌泱乌泱的人，薛珊看得眼晕。母亲说：“没想到这园子竟然有这么大。”

也是这一天，薛珊正坐在咖啡馆里活动手指呢，李强打来了电话。李强问她在干吗？她说，“能干吗？闲得无聊，在 798 跑步呢。”不怎么开玩笑的李强来了一句：

“你这也是玩起了行为艺术？”

李强说的话有些生硬，还有那么点阴阳怪气，薛珊也没在意。她问他妈身体怎么样，他说他的工作室又雇了几个人。他们说得那么自然，完全看不出来横亘在他们中间的巨大隔膜。她一边举着电话，一边看着咖啡厅摆着的一架古琴。走近了，才看见琴边蹲着一只小猫。见她走来，小猫也不跑，就在那里歪着头，楚楚地望着她。她心一慌，都没敢接它的眼神。愣怔了半天，只是瞪着它糊花的脸。李强还在说。他说自从他的国画跟着卫方正的国学打包捆绑销售后，日子好过了不少。薛珊听得有些恍惚。她走到古琴边，拨弄了一下。古琴发出的沉闷钝响吓了她一跳。无意中抬头，看见镜子里的脸，可能是走了半天路，印堂处积了一层油。她把电话放在一边，掏出吸油纸细细地擦了一遍，又对着镜子描口红。李强还在那里说着话，也没管她到底听没听。等化完妆，她接了句，是吗，那还不错。好像中间错过的东西对现在毫无影响，两个人又继续说了一阵家常。

北塔山的鹰

1

小麻挺着个大肚子走进门，定了定神，才看清横在沙发上的人是酣睡的母亲。王葵香的呼噜弄得小麻心烦意乱。她径直走到阳台，拿起手机，想发短信，又删了，直接拨通了电话。

“姥姥去世后，我和我妈就成了两根木头。你理解吧，还是湿木头。偶尔碰到一起，也能撞出几声闷响。有首歌怎么唱的？对，你说你孤独，就像很久以前火星照耀十三个州府，你那样孤独，你在夜里哭着，像一只木头一样哭着，像花香的土散着香气。我也不知道我为什么想给你唱歌。让你笑话了，老乔。我喜欢叫你老乔，感觉我们好像认识了很久。我说到哪里了？对，木头。好在我们家还有两根木头。”

她正想说她是不是说得太多了，突然传来一阵吆喝：“豌—豆—黄—来，澄—沙—糕。”

声音未落，一个穿白罩衫的老头弓着背推辆平车从巷子里挪了出来。他都这么大年龄了，居然还在卖糕？他也搬到乌鲁木齐来了？

小麻探出头去，想看个仔细，电话那头问她怎么啦？结果，小麻没头没脑来了句：“你吃过豌豆糕吗？”

也不管对方的回应，小麻全说了出来。

2

一切早就注定了。

才两岁，小麻就被扔到了北塔山。把小麻送到这么远的地方，王葵香也是被逼的。男人说是出门打工，孩子都能满院子跑了，仍是了无音信。阜康是不大，但她要上班，一个人也忙不过来。姥姥待在北塔山，看起来事不多，其实也没闲着，谁让整个牧场就她一个赤脚医生呢？小麻又好动，怎么办呢，只好把她捆在床上。开始小麻还哭，后来嗓子哑了，可能意识到再嚎也没有用，就学会了跟自己玩。她扑闪着眼睛，看暗黑的屋里。咦，她看到了一只老鼠，老鼠小尖嘴嗅着案板，见她瞪着它，唇须乱抖。又一回，她看见几只蜘蛛就在她脑门跟前晃来晃去，很神奇的，居然就荡过去了，荡了那么几下，一张大网就织成了。她的眼神跟着它们转。那天，她正瞪着窗台上不停往玻璃上撞的蜜蜂，一拨人突然掀开门帘走了进来。姥姥跟在后面，眉开眼笑的，忙着从角落里搬凳子。小麻见到了新鲜东西，小眼神转得更溜了。他们逗她，她用劲攥着他们的手，好像是希望他们把她从这捆绑中解脱出来。

这些事情，要不是姥姥重新提起，她早就忘了。有那么几年，姥姥突然话就多了，动不动就把小麻过去的事当成笑话讲给她听。

“你小时候就聪明，看见参观的干部们进来，小手揪住他们就不放。”

这事儿有意思吗？姥姥说得眉飞色舞，小麻心里却是七上八下。七岁之前的事情，她只记得天天在北塔山下和一帮小孩为争几个汽油瓶盖差点打破头。她在冰凉的栏杆上滑上滑下，有时看看无边无际的怪石乱山，偶尔还会为空中盘旋的老鹰走神，那鹰转着转着，一振翅就飞到铁丝网那边，去了蒙古。光这些就够她琢磨了，哪里还想得到几百公里之外还有一个更年轻的妈？

她从没觉得自己比王葵香小。读小学那一年，王葵香把小麻接到了阜康，可日子远不如北塔山痛快。不过，怎么说呢，阜康纵有千种不好，小麻也忍了。不为别的，只为她吃到了贾大爷的豌豆糕。她肚皮都吃撑了，可听说姥姥要回北塔山，她放下糕就跟着撵。姥姥有什么办法？她只说再出去买糕。小麻就那么舔着最后一丁点儿糕，盼着姥姥回来，硬是没等着。小麻就急了。

还是因为不适应。阜康倒是人多，可她一个都不认识。每天放学就回家，回到家里还是一个人。王葵香天天出去跳舞，动不动折腾到半夜。小麻搬着板凳坐在卫生间门口，以为母亲洗完澡会陪她玩一会儿。可王葵香披头散发地出来，总是双手高举，打着呵欠问："作业都写完了？你可要长点心。将来学不好，变得和你妈一样笨，只有被男人骗的命。"

这话说得，好像王葵香天天都在被男人骗。她天天被男人骗，还搞得那么起劲，这是什么样的逻辑？当然，小麻哪里想得通透其中因果。她分辨不出母亲的话里哪一句是重点，只要听到这样的话，头就炸了。

兴许是从那个时候起，小麻的压力就很大了。她对学习没什么兴趣，尽管没有兴趣，成绩却还不错。学习是枯燥，和小时候一个人困在床上比起来，还是要有意思点。但她更喜欢写写画画，胡乱涂鸦。那些动的、不动的东西，已经在她脑子里转了多少年了，连蜘蛛生气鼓肚子的模样，她都能径直画出来。

她本来还有心思和王葵香说说同学早恋的事情，见母亲懒洋洋的，小麻也没了说话的欲望。她每天守在家里等母亲回来，可不是为了看王葵香这副嘴脸，搞得好像她真是个天大的麻烦。

小麻不能和人说起这些。想想都不可思议，别人家都是父母操心操肺地等着孩子，回来迟了免不了一通责骂，甚至是暴揍，只有她小麻每天在家等着王葵香疯完了回来。小麻倒不是看见别的孩子被打被骂就开心，她想的是，要是王葵香也能突然坐在家里等她一回，把家里弄得鸡飞狗跳，感觉似乎也还不错。可这样的情形偏偏就没出现过。小麻不喜欢在路边和别的孩子为几个弹珠费尽心机。这么小儿科的游戏，她早在北塔山就玩够了。王葵香呢，根本就没心思去管孩子的学习。有什么可管的？小麻都那么乖了。

也是在等待母亲回家的过程中，不知是哪一天，小麻开始看小说。可能是有回去新华书店吧，别人都在翻漫画，为五颜六色的世界一惊一乍，独她，捡起一本伍尔芙。拿起来，就放不下了。她几乎是像贪吃蛇般，又翻开了纳博科夫，甚至是陀斯妥耶夫斯基。当然，就像她后来声称的那样，“最喜欢的还是托尔斯泰。”在书店看不过瘾，还掏出攒了几年的零花钱，从书店买回来。

她在灯光下看得入迷，累了就去窗台望一下。好几回，卖豌豆糕的老人都收摊了，一脸浓妆的母亲从人行道上慢慢走过来，昏黄的路灯追着她，长长的影子不紧不慢地跟在母亲身后。她知道母亲出去跳舞没什么特别的意思，也就是解个心乏，打发一下寂寞，从没弄出些不着四六的传闻。有时候王葵香看见她读的书，会说，“不好好学习，看什么小说？”母亲话里话外对小说有几丝轻蔑的意思。那么严肃，那么正经的书，怎么在母亲的眼里就好像很不堪呢？她不知道该如何向母亲说清楚。十四岁的她，已经懂得隐忍了。但，小麻满了十六岁，王葵香有些发疯的迹象，好像是没了男人体贴自己，就拼命买衣服。衣服也不是瞎买，都是看了些时装杂志，精心挑出来的。发展到后来，商场里找不到，她就买了个缝纫机自己做。等到屋里有了工人装修，小麻才发现，王葵香可不是绣个花儿什么的小打小闹，她准备大干一场。

在阜康还没听见谁靠做衣服发财。巷口那个浙江人的裁缝铺都快开成了百年老店，也没见有什么生气，常去的也不过是些老头老太太换个拉链裁个裤边。靠这个发家致富？明摆着是往死胡同走嘛。可王葵香却声称，她做的是时装，和南方人开的小门面完全是两码事。可能是为了扑腾声势，她直接在临街的一面开了个门，灯也换成了水晶吊灯，好像这样才能对得起她在缝纫机上的良苦用心。

平日安静得快要窒息的家，突然要改天换地了，小麻也莫名兴奋。倒不是说她被她妈的乐观情绪搞得激动了，而是王葵香腾不出空闲出去跳舞这件事，让小麻觉得她和她妈的生活说不定就此走上康庄大道了。可怎么说呢，摊子一铺开，王葵香就借口一个人忙不过来，得找个帮手。当然，王葵香的话还是挺讲究的，她说她需要一个设计师。小麻对母亲的瞎胡闹本来没有什么意见，荒谬的是，王葵香竟然雇了个男人。天天到家里来。看着母亲为几块破布和那男人朝夕相处，小麻接受不了了。

“这算怎么回事嘛。”

3

小麻本来成绩很好，和人说话也客气，但那段时间暴躁得惊人，连一直喜欢她的田立丰给她送了个三百钱的书包都安抚不了她。她认为田立丰只知道用钱来哄她，实在太低级了。主要还是田立丰说话不过脑。有一回路过汽车站，看见一个遛鸟的，田立丰马上就说：“你看那鸟在笼子里多好，我要是这个人就好了，把你关在里面，我溜上，多美气!”小麻马上不乐意了，美你个头，凭什么啊？田立丰说，“这样你就想飞也飞不了了。”小麻脸色更难看了，说，“要关也是你被关在里面。”

说到底，小麻是不喜欢学习差的男生。学习差也没什么，问题是田立丰还刻薄，本来嘛，她兴致高时，哼哼歌，唱陈奕迅，唱陈绮贞，唱蔡健雅，图的是个心情，动情就行了，田立丰却开始纠正她的发音，好像不指出她的跑调，不嘲笑她卖弄玄虚就会死。

当然，她对田立丰也没什么反感，个子高，长得也大方。可惜时机不对，她眼里见的都是母亲的落寞，脑子里想的也是小说里的悲伤，哪里顾得上自己的爱情。可王葵香不这么认为，她还没有把自己的事情弄舒展，就开始插手女儿的感情生活了。

“才多大，就懂得送东西讨女人欢心了？他有万贯家财吗？”

这话还真是说对了。小麻漫不经心地说：“你不知道他们家很有钱吗？我们班主任说了，就是把我们全班人的家当归拢到一起，也赶不上田立丰家的资产。”

王葵香本来踩着缝纫机，听见这话，抬起头看了女儿一眼：“他那么有钱，是看上了你哪一点？你是白玫瑰还是红玫瑰？”当时小麻也没顾上理解母亲的话，反而有种惊喜，好像这才发现母亲是个深藏不露的人。原来她也读过张爱玲的小说啊。可是越听下去，小麻明白了，王葵香所有的意思都不过是在暗示：她小麻有什么吸引人的东西呢？还真拿一枝臭椿当香花了。这是王葵香说话毒辣的地方。小麻的脸就僵住了。

她不反感田立丰，是因为他身上有股诱惑力。当然跟他的穿戴没什么关系，尽管小麻不得不承认，他穿得确实挺有品位，同样是高中生，别的男生还缩在宽大的校服里，而田立丰呢，已经知道怎么把自己健硕的臀部露出来。当然，他的目的不是露什么臀部，而是搭配得体。小麻可不是什么没有见识的人，她从小在王葵香的时装观念熏陶之下，对穿衣吃饭早就有自己的判断了。

小麻没有顺着母亲的话讲。王葵香说一句，小麻在心里顶一句。她在心里顶撞，也不是真和母亲过不去。母亲的老三篇字字珠玑，问题是，有必要升华到那么高的角度吗？听听王葵香的忠告：“离田立丰远点，有钱的男人都不是什么好东西。”

小麻在洗手间里还对着镜子做了个鬼脸：“那你每天不都是想着办法赚钱吗？谁和钱天生有仇啊。”王葵香在外面喊，问她一个人在洗手间和谁说话，小麻洗了半天脸，没再吭声。

高中三年，田立丰送了她一堆东西，最后实在被逼得不好意思了，小麻用母亲的缝纫机给他做了件棉麻衬衣，做了件棉麻衬衣好像嫌礼物太单薄，又让他当模特，给他画了幅素描。

这已经有点你情我愿的苗头了，至少田立丰是这么想的。可人生呢，往往就是这么残酷，两个年轻人高中还没毕业，就得开始考虑未来了。田立丰依了父亲的意思，去当兵。临别的前一夜，小麻正在复习英语，田立丰来了。看到田立丰进门，王葵香没说话，这小子总算是要离开阜康了，她松了口气。因为不用再每天为姑娘担心，王葵香显得很大方，冲着里屋喊：“田立丰来了，你们出去聚一聚吧，几年同学也不容易。”

王葵香的话也挺含混，她想说的是田立丰追了你这么多年，总得道个别吧。田立丰站在门口搓手，脸上也是一口一个阿姨，满脸讨好的笑。小麻走出来，也没和母亲说话。还是王葵香追出来："拿上钥匙，我今天去打会儿麻将，不知道几点回来。"

街上有什么好走的呢？像是为了怀旧，两个人走到了中学的操场。田立丰就说，知不知道，你天天在这儿读英语，我就假装在那里打篮球？其实，我哪里有心思打篮球，都是为看你。小麻看了田立丰一眼，想，这个男生到底是喜欢她哪一点呢？心里想着，嘴上就顺口问了出来。

"我喜欢你认真的样子。"

天，一个众人眼中的纨绔弟子，居然说他喜欢做事认真的人。但小麻不笨，她听清了田立丰的话。这个家伙，要求还挺高。班里比小麻长得漂亮的女生多了去了，但小麻更耐看。照田立丰的话讲，乍一看是大众脸，但越细看越有味道，"典型的第二眼美女"。美女这个词儿宽泛了，小麻确实长得鼻子是鼻子，眼是眼，越看越舒服，这种舒服里还透着些隐而不发的忧郁，在那个年龄的少男少女中，显得格外引人注目，就连古板的数学老师也给小麻起了个小名：冰美人。这个冰美人，一叫可了不得了。都是十七八岁的孩子，男生嘴唇刚长出细绒毛，女孩才学会照镜子，小麻就已经出落成美人了。有一回两个老师为小麻长得更像梁咏琪还是陈道明的老婆杜宪，争得没完没了。上厕所的田立丰听见了，就在门外说，长得像谁，和你们有什么关系啊？听听这口气，就像别人是在议论他老婆的是非。

小麻搓了搓手，好像没地儿放，就把脸上的几根头发往耳朵后面捋。田立丰的手毫无征兆地牵住她了。小麻的手心发热，田立丰的手也满是汗。小麻说，"这样不好。"可田立丰不说话。小麻就说，"我们都还小。"田立丰仍是不响。小麻又说，"我们不可能的，马上就要高考了，你是故意要让我考不好吗？"田立丰还是没说话，但手却攥得不那么紧了。

那天晚上都做了些什么呢？好像什么也没做。田立丰连话都很少说，就是偶尔讲两句，也是低声细气的，生怕声音高了吓着她。后来，不知怎么走到了步行街，小麻突然兴奋起来，说要不去影楼照一组艺术照吧？照相的时候，摄影师问，要多换几个姿势吗？小麻还没说话，田立丰却像是得到了命令，一把抱住了小麻。见有外人在，小麻也不好意思骂人，但她的手却一直揪着田立丰的大腿。他贴得太近了。

照完相，两个人像是完成了什么隐秘的仪式，彼此心知肚明了。她问他将来有什么打算，他说当了兵提不成干，就得跟着父亲天天泡工地了。

小麻应该是理解了田立丰的话，明显是谦虚嘛。时髦的话怎么说的？对，低调。兴许是在影楼里当众抱了小麻一回，田立丰的胆子越来越大了。把小麻送回了家，喝了一杯速溶咖啡，也没有要走的意思。他又去抓小麻的手，小麻却说了句非常不合适的话："别这样，被我妈看见了不好。"

可田立丰像是得到了鼓励，他不光抓紧了她的手，还把嘴巴也贴了上来："小麻，小麻，我快死了，小麻……"

小麻还没想明白这话里的意思，就感觉身子已经悬了空，田立丰竟然把她抱了起来。等她意识到该骂他时，他已经把她弄到床上了。床上可真不是个适合谈判的地方，她连喊的力气都没有了，只是拼命想顶开身上的男人。后来小麻没力气了。他凶残的舌头撬开她的牙齿时，小麻只是睁大眼睛，好像这样就能用眼神杀死面前的这个伪君子。

不知道王葵香多会儿进的门。

第二天，田立丰早早地过来找小麻，可她把自己锁在房间里。她听见田立丰和母亲说了会儿话，就走了。走的时候，田立丰还在门外气势汹汹地叫道："小麻，等着我，我很快就会回来的。"

小麻再次出门的时候，已经是高考那天了。王葵香还紧跟着喊，别忘了带考试用的证件。小麻脸色铁灰，一句话也没说就去了考场。

填志愿时，她报了天远地远的重庆，一辈子没出过新疆的母亲，找了半天才琢磨出阜康到重庆有多远的距离。倒是从湖南过来的姥姥很支持她："我们家小麻是个有主见的人，想做什么都能做成。"

她不知道姥姥为什么会有这样的印象，反正这话鼓励了她。刚拿到通知书，还有将近一个月才开学，她骑着自行车到了重庆。本来白白净净的，晒得像个民工。当然，同宿舍的人知道她是新疆的，好像都豁然开朗了，紫外线强嘛，难怪这么黑。那个紧接着问，“你们那的人是不是都骑骆驼？”小麻很认真地点点头，“你算猜对了，你们的课间操时间，我们都用来喂骆驼。”另一个又问，“那你们那有出租车么？”小麻配合着她的无知，睁大眼睛说，“有啊，你们打出租，我们打骆驼，骆驼脑袋顶上放个计价器，可美气啦。”这时候，她们才听出来小麻话里有话。

小麻的不简单，就这么留在她们的印象中了。

八个人每天挤在一个窝里，太不自在了。宿舍里的人也嫌她，大半夜还要吃宵夜，搞得一屋子都是粥饭、方便面的气味。为此，又和人几天没说话。等到第三个月还没来例假，小麻就意识到坏了。她终于知道自己为什么胃口这么好了。都上下一样粗了，她还以为是自己自暴自弃在和过去的小麻赌气呢。

先是疯狂联系田立丰，手机没有信号，又打到他家，接电话的是田得雨。田得雨说他弟可能被拐到阿富汗去了。小麻可没有心思和他开玩笑。过了几天，她还是没忍住，又打到他家里，是他姐姐田有苗接的电话。田有苗说她弟弟去了部队也不给家里写信，据说是和一个姑娘搞对象失恋受到了打击。小麻快崩溃了。她没想到她碰到的是这样一个男人。他口口声声说他喜欢她。她为了让他方便联系她，到了重庆，也没想着换电话号码。可是这个伪君子都不知道试着拨一下她的电话。她每天顺着墙根走，还是躲不过楼管看她的眼神，好像她做了什么见不得人的事。也不敢和王葵香说，只好找姥姥要了一笔钱，一个人跑到石坪桥妇幼保健所打胎。可是医生告诉她，胎儿都这么大了，打胎太危险。

“就没有别的办法吗？”

医生抬头瞪了她一眼。

小麻不知道怎么走出的医院，车也坐错了，稀里糊涂到了朝天门的客运站。看着来来往往的人，小麻的眼泪大颗大颗地滚出来了。在阜康的时候，县城小，她和田立丰也没什么地方可以玩，就走啊走，走到客运站就挪不动脚了。田立丰的意思是，别把他逼急了，说不定哪天他就会随便坐上一辆车离开这里。她当时还以为这个男人是在开玩笑，年轻人嘛，都以为生活在别处。现在小麻明白了，田立丰早就谋划好了退路。这就是他，碰到了问题，不是想着解决，而是逃跑。也是因为想明白了这一点，小麻又站了起来。她沿着朝天门的江边一直往前走，看到嘉陵江汇入长江，河水逐渐变得开阔，小麻好像又明白了什么。不管田立丰到底是怎么想的，这是她小麻的孩子。

4

从南京回来，小麻胖了一圈。

胖还不是最主要的，宿舍里没法儿待了。只要她一进宿舍，有说有笑的她们，突然就不吭声了，安静得能杀死人。不说话也没什么，她和她们也没什么好讲的。她天没亮就起来跑步，沿着长江，来回一圈五六公里下来，浑身泛酸。这个时候，她就在广场英语角背新概念。有一天，正背得高兴呢，一个姑娘走过来用英语问候她。这是小麻头一回发现，原来不用中文对话感觉那么好。小麻用英语问她的名字，姑娘说她叫小莫。小莫学的是生物，生物虽然很复杂，但小莫很简单，从英语说到美国，两个人像是找到了接头暗号，心照不宣地成了朋友。那天是中秋吧，小麻端着两杯奶茶去英语角找小莫，没见到小莫，倒是一个男生和她开起了玩笑。男生露出一口白牙问她，是不是推销奶茶的，要不然为什么长得那么像奶茶婊？她正想发作，小莫却从后面转出来，说，“原来你们认识啊。”这才知道，他是小莫的男朋友，费伊。多年后，小麻还不断地回味：“我们成了很好的朋友。刚毕业那会儿，去大连找他玩，他住的地方是日本人当年修的房子，又破又旧，但他好像并不在意。我待了四天，吃了四天素饺子。去年他准备要小孩时，还找我借过钱，因为在大连买了房又要还房贷。他从初三就开始借钱。他不是超生嘛，从小就是跟着爸妈东奔西跑，他父母也没文化，什么苦活都干，擦鞋，拉煤，卖鸡蛋灌饼，被城管掀过摊子，被同行挤兑，可以说早早就看清了生活的狰狞面目。念高中时，成绩还不错，但想退学，让弟弟妹妹上。班主任劝他，说谁有都不如自己有。用坚强来形容他都不足够。他就像北塔山的石头，看起来不起眼，可风吹日晒了这么多年，仍坚挺在那里。他不知道我喜欢和他处，是因为我至今没见到像他这么乐观的人。"

主要还是那段时间小麻没缓过来。三个人一起去观音寺玩，小麻在那里举着香念念有词时，小莫费伊并不怎么理解。小麻当然没告诉他俩，那天正好是自己孩子的生日。费伊还说："婚姻的事，求菩萨保佑用处也不大吧？"

费伊的意思是，凡事得靠自己。他天天在学生食堂洗盘子，手都洗得掉了皮，也没抱怨过什么。他一心想的是，等到大学毕业，找一份喜欢的工作，娶一个他爱的女人，就不用再这么受苦了。

"还有三年。只有三年了。"

费伊一副幸福指日可待的样子。确实，日子能数得过来，黑暗能看到尽头，心总是欢喜的。小莫也一副崇拜的眼神，里面全是盲目的幸福。尽管和费伊说话很开心，但到了后来，小麻也不好意思天天凑到他俩跟前。有时候闷了，她更喜欢先点上鸳鸯锅，配上一堆水灵灵的小菜，然后把费伊小莫叫出来。在空间大点的地方，感觉做什么都不一样了。

一个人的时间怎么打发呢？除了去画室，就在图书馆里泡着。有一阵儿也每天逛逛重庆的论坛。她喜欢在网上和人争论，看见不顺眼的，忍不住要跳出来说几句，但是偶尔，也会在自己的空间里写些情绪，比如："你能想象一个绝望的女人买了丰胸紧实乳每天夜里独自躺在床上揉捏自己的胸部么？"

跟帖的人看见她这样说话，差不多血脉贲张了，上来就找她要联系方式。只有一个叫杨随喜的在担心她，准确地说，他也不是担心她，他和他们一样，只不过换了一种表露方式，他用物理学中的能量转换规律证明人很容易被自己的话蒙蔽。

"负能量一多，你就成了奴隶。"

小麻被杨随喜的词儿吸引了，也不能完全说是吸引，只是觉得他的名字有趣，杨随喜，随喜。她默默念了两遍，随手就打出一行字，“问他是不是信佛？不信佛干吗取这样一个名字？”杨随喜就说：“我哥叫杨全喜，我弟叫杨凤喜，我们是喜字辈的。”原来是这样，小麻听到这样的解释，有些兴奋了：“这么大一家子，岂不是很热闹？”杨随喜就说：“岂止热闹，小时候，我们家一大家子，二叔家一家子，搞得我爷爷逢人就讲，每天都像在开席。这话体面了。”体面什么呢？杨随喜忙着解释，说哪里是开席，为争个麻糖都要打得头破血流，他满脸残存的疤痕就是证明。但小麻并没有想到这些，她想到的是一家子人吵吵闹闹也挺有意思。

有时心情好，她会和他聊几句，但更多的时候，她选择的是不搭理。杨随喜好像也不急，从来没问她是哪个学校的，学的什么专业。不过只要她一露面，杨随喜也出现了，说出来的话谈不上多么高明，但恰恰就击中了她的心窝。他没说喜欢她，只是说，读到她的话总让他想入非非。她的好奇心起来了，想着这是怎样的一个男人呢？他默默地关注了她这么久，就是为了等着半夜在电脑前跟她说两句闲话？

他们终于还是见了面。说是见面，其实是正好赶上《赛车总动员》首映，两个人差不多同时表达了对迪士尼动画的喜欢。杨随喜还加了句，“现在有个新的动画公司做的电影也不错，是乔布斯旗下的一个公司，皮克斯。”

两人约好在解放碑购物中心的电影院碰头，小麻早到了半个小时。成双成对的男男女女在大厅里说着悄悄话。小麻没事干，就从包里抽出一本王小波的《黄金时代》。她读得入迷，还是发现身边有个男生老在盯自己。可能是觉察到被她发现了不求上进的一面吧，男生先是玩了会儿手机，鬼鬼祟祟地，也从包里拿出一本书，J. K. 罗琳的《哈利·波特与死亡圣器》。等到约定的时间一到，她打过去电话，声音竟是从旁边传过来的。他说的第一句话就是：

“原来是你。”她还没说话，他又递过去一句，“你也是王小波的门下走狗？”

走进了电影院，两个人还说了半天读书的事。他说他没读进去，偶尔会飞快地扭动脖子，看她两眼，假装是在等门外的人。他还以为她是个高中生，身上有股淡淡的香味。他喜欢她搭的一身衣服，咖色长风衣里面套了件白色棉麻衬衫。他话里话外都是一副碰到意中人的欣喜。

小麻被杨随喜说话的热情劲儿带动了，甚至提议去公园的游乐场里夹娃娃。自然，花了几十块钱，一个娃娃也没夹上。走了一截路，眼看着快到宿舍熄灯时间，他才打车把她送到黄桷坪。

后来杨随喜承认，那个时候，他是自卑的，都二十六岁的人了，都博士快毕业了，还去见网友，委实可怜。最主要的是见到的这个姑娘，纯纯的，一点也不像随便的人。这让他更泄气。号称阅人无数的杨随喜，居然说他太紧张了，都没敢去抓她的手。她那么年轻，他没好意思把自己罪恶的黑爪伸过去。

能怎样呢？他以为也就这样了。

还是小麻主动联系了他一回，把他的心又给荡起来了。小麻居然喜欢喝茶。这个年纪的姑娘不是应该泡夜店喝咖啡吗？喝茶就喝茶吧，还非得喝生普洱。用的词也耳生，动不动就叫茶艺师再来一泡。

杨随喜可能感觉到了小麻在看他，故意慢吞吞地给她倒茶，也不多话。都弄妥了，才说：

“我见过汤唯呢。”

这毫不铺排的话搞得小麻起初没反应过来。听下去，才知道，杨随喜是要表达这么一种意思，本来他以为汤唯是他这辈子见到的最漂亮的人，没想到今天才意识到自己的判断错了。小麻本想装作没听懂，但她还是说：

“你说话有谱没谱啊？再这么胡说八道，我再也不敢来见你了。”

小麻的话很明显了，她又不是十五六岁的小姑娘，怎么还会吃他这一套？但，杨随喜的话也不全是恭维。小麻是有点汤唯的劲儿，看人的眼神，还有那嘴唇，似笑非笑的表情。小麻看起来一副再也不相信男人的样子，但好像对杨随喜的一番开场白并不反感。聊得久了，反而觉得这个杨随喜和她认识的男生不大一样。

又过了几天，杨随喜打过去电话，问她忙不忙？小麻说，“和朋友们在一起逛街呢。”杨随喜哦了一声。小麻好像兴致不错，又说，“怎么你要请我们吃饭？这里还有俊男美女你想不想见啊？”杨随喜打上车就过去了。饭吃到一半，小莫就问他，都二十六了，怎么还不找对象，是不是博士都比较奇怪？杨随喜悲愤地说：

“怎么没找？大学四年，我的时间就光想着追姑娘了，后来才想起来我把方向搞错了。你知道我是怎么干的吗？我天天和公寓的阿姨说话，为的是混个脸熟，将来有女朋友了好带到宿舍来。结果呢，枉费我花了那么多心血，姑娘一个也没追上，倒是那个楼管每回看到我，都是一脸幽怨。”

小麻差点就被呛住了。小莫在旁边拍着小麻的背。费伊还直问杨随喜：“后来那个楼管呢？你是因为她才赖在重庆交通大学不毕业的？你们理科男都是这么追女生的？”

有朋友的好处就是，有些话并不需要自己打听。看见小麻身边的朋友一直旁敲侧击，杨随喜有些兴奋了，他讲他们宿舍追姑娘的糗事。话题是有些伤感的，但经过杨随喜的表述，好像又有些荒诞。小麻想，这个男生挺好玩，也不只是好玩，其实她心里不怎么愿意承认，杨随喜挺好的。本来开始去见他，纯粹是打发无聊，没想到见了面才发现，杨随喜挺好的。当然，这些话小麻后来才和他说。说也没说透，她是拿他和田立丰比较呢，很多方面都比田立丰更好，也不是真的更好，而是比田立丰长得要耐看点。意识到自己原来也是以貌取人的家伙，小麻的眼皮还狂跳了一阵。

吃完饭回来，费伊小莫还帮小麻出了半天主意，中心意思很快就归纳出来了，杨随喜还不错。照小莫的原话说是：

“像个男人。”

“什么呀，他本来就是男人嘛。”

“男人和男人不一样。你没看见吗？他有胸毛。”

这话暧昧了。小麻白了小莫一眼。什么话嘛，说得好像她小麻口味就那么重，杨随喜快成了她的男人一样。小莫见小麻剜她，忙说：“你别乱想，我对毛多的男人没兴趣。”说完又看了一眼费伊，好像是让他不要多心。小麻鼻子里哼了一声，似乎这才意识到，原来小莫费伊两个说笑了半天，不过是拿小麻未遂的故事刺激他们自己的想象。

杨随喜疯狂追了小麻一阵儿，不是送花就是送巧克力，但小麻并没有多么感动。这些都太老套了。小莫吃着小麻的巧克力，直说，“要是有个男生对她这样，早就从了。”小麻说：

“你个见异思迁的家伙，还真是没见过好东西。”

到了大二那年冬天，转折出现了。小麻好不容易回了趟阜康，进了门，见有一个陌生男人在家里吃饭，小麻百爪挠心。王葵香说，“你这是吃错了什么药？你就不能有礼貌点吗？几年都不回来，回来了又是这么副德性。”王葵香越说越气：

“你要是这样，以后也不用回来了。”

小麻拖起箱子就冲出了门。在巷子里碰到了卖豌豆糕的老人，见到小麻过来，老人起劲儿地喊：“豌—豆—黄—来，澄—沙—糕。”本来小麻都走远了，她还是折回来买了一大块糕。她买豌豆糕也不是想吃，就是觉得这么多年了，他怎么还要出去卖糕？子女们不管他？当然，最后，她还是把豌豆糕吃了。她吃了一路豌豆糕，还是气鼓鼓的。她好像突然理解了那个从没见过面的父亲为什么会玩消失。谁能受得了这样的中年女人？说话刺啦刺啦的，好像不把人惹烦就显示不出她的能耐。小麻在心里推敲着父母不幸福的原因，似乎也为自己跑到那么远的地方读书倍感庆幸。

杨随喜第一时间看到了小麻留在博客上的话。他家在山西代县，从代县去太原要坐汽车，从太原到重庆可以挤火车，也可以坐飞机，他几乎后脚赶前脚一般，飞到了重庆。大年夜，外面爆竹连天，她和他在简陋的出租房抱了一夜。她摸他时，杨随喜浑身筛糠般，声音也发抖：

“在娶你之前，我是不会碰你的。”

杨随喜脑子里是这么想的，身体却没由他。小麻一次次地亲他，一次次含着他的舌头痛哭，杨随喜受不了了。他翻身上去。这个时候小麻还是清醒的，她说，把灯关了。把灯关了她也没脱衣服，给出的理由是，她不习惯。杨随喜还能怎样呢？他什么都没想，也许他想了，女人不喜欢开灯太正常了。有的女人就是比较保守，害羞嘛。他只是一次次火烧火燎地分开小麻的腿，说：

“我苦熬了二十七年，终于等到你了。”

5

杨随喜在海棠溪租了处房子。

小麻起初不愿意搬过去，主要是杨随喜的理由太荒唐，说是为了见她方便。这可不是小麻想要的答案。明显还是男人想省事嘛，还没怎么着呢，连到学校找她都嫌麻烦了。

后来经不住纠缠，答应了。但也有个条件，那就是不准勉强她。什么意思呢？就是她不想的时候，不准抱她上床。还有，就是上床，也得是在晚上。这话有些莫名其妙了。杨随喜为了让小麻过去，鸡啄米似的点头。但，小麻说了一大通条件，到最后，还是没过去。她才不会上当呢，男人点头的时候全是精虫作祟，根本就没听清她在讲什么。

这是春天了。杨随喜邀小麻去放风筝，小麻却说：“先陪我去趟庙里吧。”

说是庙，其实叫观音寺，就在重庆交通学院边上。虽然离得这么近，杨随喜却是头一回毫无征兆地跑到庙里。看见人来人往地烧香，他有些恍惚。转到大殿旁边，亮堂堂的太阳底下，空无一人。他晒了会儿太阳，神情缓和了些，转过身去，一只大黄狗从阴影处目中无人地踱出来。真是只大狗，膘肥体壮的，神情肃穆得很。他像是被撞了一下，连忙走到门口。小麻还举着三炷香跪在香炉前。

拜完佛，杨随喜还开玩笑，问她许的是什么愿？小麻梗过脖子来说，跟你这种没有信仰的人讲了也是白讲。杨随喜那时不知怎么就有些冲动，说：“你不会是在为我们的婚姻许愿吧？我跟你讲，我也想着结婚呢。我们老家我这样的年轻人，孩子都都这么高了。”

杨随喜比划着，好像他的孩子迟早也能长到这么高。小麻嘴一撇："你想得美。结婚结婚，你拿什么和我结？房子呢？你是看着我好骗吗？"

虽然被小麻呛了一通，杨随喜仍是乐呵呵的。到了夏天，姥姥病情加重了，王葵香在电话里说，"你姥姥就是不放心你，说你总是心太软，你是不是还在和田立丰搞对象？尽快带回来让姥姥见一面吧。"

结果，小麻把杨随喜带回了家。在路上的时候，小麻还一个劲儿地嘱咐，我姥姥看人很准的，你要是有什么花花肠子，可别想躲过她老人家的火眼金睛。

听说杨随喜在念博士，还是自动化控制，在床上歪了几个月的姥一下就坐了起来。她不停地摸着杨随喜的手，问：

"你是哪里人？"

"父母做什么的？"

"兄弟姊妹几个？"

"将来准备在哪工作？"

杨随喜一一答了。姥姥又说，"你看上去不像个坏人，以后不准欺负我家小麻。"姥姥还当着杨随喜的面对王葵香几姊妹说，"这回小麻的眼光不错。"见老人这么喜欢杨随喜，王葵香绷着的脸也缓和了些。

姥姥去世后，要给姥姥姥爷立碑，王葵香就问小麻：

"你和那个博士有戏吗？"

"什么意思？"

"碑上要刻子孙们的名字呢，要不然将来还得补上。你看大姨二姨连孙子名字都要往上刻，你也先占一个。"

小麻本来觉得不妥，但还是匆匆答应了。因为想着杨随喜的名字都刻在了姥姥坟头墓碑上，小麻对杨随喜又好了一些。和杨随喜说起这些时，小麻有点咬牙切齿："你以后要是对我不好，我姥姥就会起来把你的名字抠下来的。"

"这是要清理门户吗？"

杨随喜还是笑嘻嘻的，但他很快把话题转到了同居上，理由也很明显，他的名字都上了小麻家族谱了，都铁板钉钉了，她想赖也赖不掉了嘛。

小麻没辙了。

搬出去的时候，费伊小莫还过来帮忙。就像是送姐妹出嫁似的，小莫眼睛还有些红。小麻说，“就是出去和杨随喜鬼混一段时间，你干吗这样？”小莫说，“你真了解杨随喜吗？我是在担心你。”小麻还没说什么呢，费伊就来了句：“什么呀？人家小麻是提前享受生活，要是发现杨随喜有什么不对劲，想撤出来也方便。不像我妈，等到结了婚才发现我爸百无一用，后悔都来不及了。”

也没什么东西，一人一辆自行车就推了过去。到了海棠溪，闹腾了一番，几个人就坐在客厅嗑瓜子。杨随喜在厨房又是切菜，又是洗锅，忙得满头大汗。姑娘们的嘴还没闲下来呢，他又端出一盆西瓜。等到厨房的抽油烟机响起，小莫说：“这样的好男人不多见了。”

小麻好像听不得别人夸杨随喜，嘴角一撇：“好什么好，我还不知道他的那点鬼主意，他是心怀鬼胎，别有用心。”

晚上的时候，杨随喜躺在地板上直喘气。小麻拿起扇子扇，还是没有风。小麻又吃了口西瓜，不小心弄到了胸口上。杨随喜一个鲤鱼打挺翻起来，说：“我帮你舔。”

该死的杨随喜可能是疯了，天气热得要命，折腾得小麻浑身是汗。关键时候，小麻只记得自己喊了句“关灯”，可杨随喜哪里顾得上关灯。

他看见她松软的肚皮上全是触目惊心地竖条纹。这是怎么啦？感觉皮肤像是炸裂了。小麻系上减肥腰带，才想着生气：“怎么你现在嫌弃我胖了？”

杨随喜还是知道了真相。他学的是自动化控制专业，知道怎么对付女人的谎言。杨随喜没头没脑地揍她，不知道是恨她不争气，还是后悔自己晚上了一步。

小麻呢，还以为是男人不过是岛国片看多了。男人嘛，总有些怪癖。不曾想，到了后来，杨随喜竟然揪住了她的头发，打她的脸。响亮的一巴掌，把杨随喜自己也吓着了，小麻当时没反应过来，还在笑："你个变态，你就喜欢虐待人啊。"

见小麻还笑得出来，杨随喜顿时怒火上来了。他打上了瘾。应该是从那一次以后，打她骂她就是常有的事了。可小麻呢，心里却贱贱地想，打吧打吧，打得越痛，她心里才会好受些。杨随喜打她的时候，小麻咬着牙，从来不吭一声。好像杨随喜只是拍打捂了一冬的棉被，扑扑地响。她越是这样，杨随喜越是生气，好像不弄出点动静来显示不出他男人的威风。

打完了，小麻要是跑，杨随喜还会生气，他竟然跟踪她。那真是暗无天日的一段时光。问路的男生和小麻说句话，杨随喜都会暴跳如雷。说来也是奇怪，杨随喜都这样了，小麻竟一点也没觉得杨随喜有什么不对。毕竟事后，还有道歉，还有巧克力。

"原来爱情还可以这样！"

小麻认为这才是爱情要有的样子。什么是轰轰烈烈呢？小麻的心里鼓荡着风帆，全是爱情汪洋上的狂风暴雨。

按杨随喜的意思，等他博士一毕业，就结婚。大学还没毕业，就要结婚，小麻还一点都没有准备呢。她给出的条件是，等她工作了再说。但这样的问题，也不算什么大问题，有什么好争的？有时费伊小莫来海棠溪玩，小麻一边修着指甲一边叹气，叹完气就说，这个杨随喜居然逼我一毕业就结婚，我可不想天天窝在家里当家庭主妇。费伊就说，结了婚也不错啊，呆在学校里相夫教子，还要怎样呢？

"我妈还不把我杀了啊。你知道我妈天天跟我灌输的什么道理吗？千万别依靠男人，自己挣的钱自己花才痛快。"

"问题是有男人给你花钱不花白不花，他不给你花也会给别的女人花。"

"太恐怖了，一想着天天做饭洗尿布我就心烦。"

这样的担心挺多余的。大四下学期，小麻在外面实习，领到了头一回工资，约好杨随喜去吃博多拉面。杨随喜做了半天实验，让她等着。小麻说，"不用等，骑车就过去了。"男的就吼："这么大的雨，又要拿东西，又要骑车打伞，一点都不安全。"可她还是骑车去了。她不仅把车骑了过去，还把车扛到了学校公园的小亭子上。

这是摆明了和他较劲了。杨随喜当下就把小麻推倒了。她从台阶上滚下，还没爬起来，杨随喜几个飞步跑过来，揪着她的头发又是一顿暴打。她当时就懵了，也顾不上喊，只是觉得丢人。搞不清楚有多少双眼睛在往这边看。她当时不知道是被雨淋得麻木了，还是被打得失去了知觉。他住手了，但还是骑在她身上。她可以听见他的喘息声，呼哧呼哧的，就像是在哭泣。她问杨随喜，"准备怎么办？"没想到杨随喜却说："就是想让你淋淋雨，看你脑子会不会变得聪明点。"

搞了半天，她想要的爱情，到头来却是不分青红皂白的家庭暴力。也是那个时候，小麻才明白，自从第一回主动亲他时，她就输了。他一直让她觉得她比他更有经验，他所做的一切，接吻，爱抚，都是在她的引诱下做的，搞得好像他并不明白这一切到底是怎么回事。现在，被他打了这么多次，小麻才看出来，他从头到尾都是在伪装，好像只有他心地单纯，而她小麻早已不是良家少女。

小麻不干了，东西也不拿，就回了宿舍。

意识到把小麻打跑了，杨随喜才有些慌，有事儿没事儿买上花去楼下站着。小麻似乎铁定了心思，就是不露面。杨随喜天天进小麻的空间，还要动不动发几句感慨，比如：第一次觉得，重庆美术学院真是大，大到一个活人，一个和他天天亲热的女朋友，居然就这么不见了。

这个时候小麻要是还信他的鬼话，明显就是智商不够了。她不断地告诫自己，要忘掉。有时候控制不住了，她就躺在床上昏睡。

到底是小莫不忍心，把费伊叫了过来。费伊对站在宣传栏前的杨随喜说："小麻那么好的姑娘，你到底做了什么惹着她了？"

杨随喜也不敢看费伊，只是低头看脚尖，等到费伊数落完了，才把一包小吃递给费伊："算了，你们分着吃了吧。"

又过了几天，杨随喜疯了一般冲到公寓楼下狂喊小麻的名字，喊了差不多半个小时，楼上的窗户纷纷打开，有的骂他，也有的骂小麻。费伊还劝杨随喜赶快走。

这时小麻却从楼里走出来了。

杨随喜看着小麻一脸冰冷地走过来，心里也是灰灰的，她身上穿的还是不久前两人一起逛街买的黄色毛衣，走路的样子仍是那么轻盈，但感觉和他一点关系都没有了。

离他三四步远时，小麻站住了，也不看他，说："你是嫌我还不够丢人吗？"

"你不能就这么把我甩了？"

"那应该怎样，等你把我打死？"

"你非要分手，那你把那个戒指还给我。"

"什么戒指？"

"我俩好上的第一个星期，我给你在解放碑买的那个戒指。"

小麻这才死死地看着杨随喜，说："我不是跟你讲过吗？姥姥去世的时候，我把那个戒指装在她衣兜里了。"

杨随喜当然记得，他怎么会忘呢？那会儿，两个人好得没心没肺，小麻给姥姥守灵的时候给他打电话，说姥姥一直不放心她，头一回见了杨随喜挺放心的，想着姥姥这一走也没什么能陪伴姥姥，就把杨随喜送她的戒指放在姥姥身边吧。

杨随喜也不过脑子就来了一句："那我不管。要么把那个戒指还给我，要么别甩我。"

"你怎么能这么无耻？"

可能是经不住杨随喜的一哭二闹三上吊吧，等到全楼的人都用怪怪的眼光看她时，小麻知道杨随喜的阴谋得逞了。

"你就是要把我搞臭，这下你满意了吧？"

小麻是带着气回到海棠溪的。就像费伊说的，杨随喜就是性子莽撞点，北方男人嘛。小麻小莫能成为朋友，还有一点，就是都喜欢北方男人，照小麻的话说，是大气。身体高大，见识格局又能差到哪里去？这些道理不知道从哪里得来，反正是经过费伊这么一安慰，小麻好像也认了。就是后来有几回看到杨随喜和别的女人有说有笑，小麻也没什么感觉。说实话，想到杨随喜可能跟别的女人睡觉了，小麻并没有生气。她看过各种各样人们睡在一起的书，电视里明星们的各种八卦不就是睡来睡去吗？叫她不能忍受的是，杨随喜装出一副他纯洁无辜而她小麻风骚浪荡的样子。做人怎么能这样没有原则？好几回，睡觉的时候，杨随喜习惯性的要关灯，小麻却拦住了她。

“你不是害羞吗？”

“该觉得羞耻的是你。我就是想搞明白你为什么从来不觉得羞耻。”

也许从那时起，小麻就做好了最坏的打算了吧。毕业的时候，小麻一句话也没讲就买了去北京的火车票。等到杨随喜打来电话时，小麻正从厕所出来，咣当响的绿皮火车坐得她腿都酸了。接起电话，小麻想了会儿，才说：“我还是走吧，走了我们就都解脱了。”

6

从西站出来，小麻不知是被明晃晃的阳光弄晕了，还是被眼前的人潮吓着了，或是因为来之前失眠了两晚，她拖着箱子挤到广场上，定了好大一会儿神。硕大的电子屏幕上王宝强正在卖东风小康，小麻心里一振，北京就是好，什么样的人都有出头之日。

工作说起来还不错，名头很炫，做企业高管的培训，挂靠在北师大。在重庆收到面试通知的时候，小麻嫌工资低，才两千五，等到了公司，分管她的小领导说，暂时没地方住，可以到他合租的房子将就一段时间，正好他有事回湖南。这么一算，房租也省下了，月薪差不多有半万。

房子就在蓟门桥北。正是夏天最热时候，小麻没带铺的，也没拿盖的，就一个箱子。热得睡不着，就去附近的九亿大厦蹭空调。三个小时，她就在里面走来走去，饿了，买一个果子面包。她不愿意在租住的地方多呆，主要也是和先住进去的两个姑娘没话。她温饱都还没解决，她们天天谈论的却是减肥。她在北京遇到的每一个人好像都在减肥，个个都是一副物质极度过剩的骄横。这也太伤人了，小麻没有办法，只好躲。到了凌晨，她才悄无声息地贴着墙走上楼。

她脑子里全是在超市里蹭冷气时看到的画面。那是台湾人陈文茜采访郭台铭的视频，郭台铭是这么说的："人就是要有一段时间把自己清零，哪怕你身价上亿。"当时的富士康有几个月老出事，郭台铭把自己关了三个月，声称要和自己拼了。

小麻的规划是先站稳脚跟。

可问题还是来了，比想象的来得还要早。才干了两个星期，老板就让她去北京朝外SOHO找一个人。先是公交车坐反了方向，等到了地方，看见那么一大栋楼，找到十一点愣是没找见入口。

小麻浑身瘫软，在北京的大街上走着，车子在轰鸣，热火朝天的塔吊上上下下，路边的人群也在喧闹，但她什么也听不见。偌大的城市没遮没拦地堵在她眼前，好像有她没有她，都没什么区别。小麻想哭都哭不出来。这样的事怎么能发生在她身上呢？她又不是头一次进城。

她没勇气回去，直接给老板打电话，说要辞职。老板还劝她，说不要嫌工资低，慢慢来，过了实习期，就给她涨工资。而且，等到九月份的企业高管培训课一开，事情就轻松了。

小麻直接挂掉了电话。

挂了电话，还是心底憋闷，就给费伊打。说了半天，也没讲起先前的败兴事儿，只是说在自己在北京没带枕头。

小麻的话里有股硬邦邦的劲儿，摆明了是不服气。那头的费伊却心疼了，听说最好的朋友在北京混，连个枕头都没有，就说，来大连吧，我代表六百万大连人民欢迎你。

费伊说得很夸张，其实他的处境也一般，在一所初中教孩子们生物，和小莫在筒子楼里过得苦巴巴的。但这个时候，哪里还有比好朋友的宽慰更能熨帖人心呢，小麻拖起箱子就直奔山海关外。

在大连呆了一个星期，小麻还是决定回北京。费伊搞不明白小麻为什么还要回北京。小麻居然用的是回北京，好像北京才是她该去的地方。说起来，小麻的理由也简单，去大连人才市场转了一圈，发现招聘的职位全是和打杂有关，这样的地方怎么锻炼人呢？太没有创造性了。"也就是个靠海的北塔山而已"。和小麻的梦想比起来，差的不是一截两截。

可北京就不一样了。

小麻不知道人们为什么建造了北京，重要的是这城市给了她挑战，好像只有在这个仍以几何倍数速度膨胀的城市待着，才对得起她酝酿了二十三年的梦想。费伊还劝，你这又是何苦呢，大连六百万人民都活了，还养不活个你？

小麻说："我不是小莫。"

费伊说："你就是太要强了。"

走的时候，费伊给了的哥三十块钱，又给了小麻一个枕头，说，"有工作了告我一个地址，我把我妈弹的铺盖给你寄一床。"

窗外飘着雨，小麻心底一酸，没敢再看后视镜。

再次来到北京，虽然身上还是拖着一个行李箱，背着一个包，但走在北京西站前的那条大街上，小麻感觉不一样了。阳光正好，有点点冷的风，金黄色的落叶就在她脚下往前延伸。

蓟门桥是她熟悉的地方，仍是和人合租。同屋的刘姑娘也有意思，上了一段时间班，就不上了，去北影蹭课，一心想考导演系。小麻对刘姑娘印象不错，看到别人为了梦想都在努力，小麻的心也绷得紧紧的。她是把刘姑娘当朋友处的。刘姑娘每回临出门的时候，就说，衣服在盆里，帮我洗洗吧。小麻不光洗了衣服，还打扫了家。到了晚上，还会去蓟门桥北公交站牌下等刘姑娘。

那是她过的最无聊又操心的一段时间。每天睡觉的时候小麻都会打开收音机，收听一些类似心灵鸡汤的情感类节目。一个上岁数的男主持用快要消耗殆尽的声音，很职业地讲故事。失足少年因为某人的一句话就改变了人生，某人在下雨的车站为一个亿万富翁挡雨尔后平步青云。主持人讲得心花怒放，小麻却气得嘴角生疮。小麻一边听一边批判，批判到心潮澎湃的时候又开始劝自己。主持人终于不说了，放出一首多年前流行的《九妹》。有这么一个声音在耳边闹着，小麻好像和这个喧嚣的世界离得还算不远，早上醒来发现流了一枕头涎口水。

有时候睡不着，小麻心里也急。但现在好赖有了目标，就瞅准一个方向，要么进报社做美编，再不济也要和文字工作有关，不能像之前做什么公关。等面试通知的时间虽然不长，却也非常煎熬。有一回她从超市回来，无意中却听见刘姑娘跟人打电话：“和我住在一起的这个姑娘太强了，不铺不盖，也不枕。”

小麻哪里是强呢，身上虽然只有五千块钱，也打定主意，再不找王葵香要一分钱了。房租是一个月一个月地交，洗发水买的是五毛钱一袋的飘柔，一买二十袋，想着用完了一袋，或许就可以抬脚离开这个鬼地方。

她每天都要去蓟门桥北，好像这样一来，一天的事情就完成了。她对刘姑娘是用了心的，谁知道这个姑娘看见她迟迟不工作，竟然说：“如果实在找不到事做，就去卖盒饭吧。”

小麻有些窝火。她贴着热脸待她，以为刘姑娘懂她，明白她也有梦想，没想到努力了半天，换来的却是这么一句话。

小麻也只是笑了笑，她的脑子木木的，还顾不上和人计较。

终于等到了《人民消费报》的通知，面试完通知她明天就来上班时，小麻却腿软了。坐上地铁的时候，她缩在那里，好像所有的力气都用完了。

她应该是睡着了的，要不然怎么会醒来才发现，乌泱泱的人群里有个男人离她那么近？男人脸上刀刻斧凿般，全是沧海桑田。等她缓过神来，才意识到他是在和她搭讪。她当然明白男人想要干什么。北京的奇葩太多了，连约炮都不想掏钱。也许他认准了她是个傻姑娘。

“刚来北京吗？”她瞪了他一眼，没吭声。老男人却像是受到了鼓励，见一击不成，又改变了招式，“我见你气色不好，可能是跟住的地方有关。你应该搬离现在的住处，往东城或南城走，或许能改改你的运气。”

她连翻白眼的力气都没有了。但鬼使神差地，第二天她就开始找房，终是从蓟门桥搬到了永定桥，贵是贵了点，可离单位却近了不少。

搬到永定桥后，她就把刘姑娘的联系方式删了。她告诉自己，我那时候不是脑子傻，只是有点僵。

到了永定桥，交通方便了，买个东西也不用走老远的路，小麻的心情好了点。有了第一回的经验，小麻找到了迅速适应北京的方法。她惊奇地发现，如果每天仅仅是坐地铁回家和去单位，那么北京一点都不大。

她努力把生活的半径缩小，感觉北京就在她的掌控之中了。

但也还是不能完全放松。因为是在试用期，小麻老担心被刷下来，每天到了中午又生气又绝望，害怕一周完了，工作还是没有什么进展。到了星期六，别人都去约会、逛街，她呢，仍是惯性地往报社跑，总想着加班多做点事。其实也没有多少事情可以干。不料这事儿被老板发现了，老板和她聊起来，说面试时见她穿一个蓝色宝宝衫，就认定这孩子好乖。

“这样的孩子，如果我不给你一个机会，在北京这么大的地方怎么落脚？”

尽管明摆着得到了老板的同情，小麻心里还是没有底。说是习惯去报社，其实也是没有别的地方可去，那个时候她还没有兴致逛什么博物馆看什么后海。到了六点，天黑了，才回永定桥，想着这一天终于结束，可以交代了。

地铁入口一堆人正围着蜡烛过生日，小麻站在旁边看了半天，想起杨随喜当年也是这么追过她的，而现在呢，自己却失魂落魄地在这里咂摸别人的故事。她倒也说不上落魄，虽然到了北京半年都没买什么新衣服，但至少会穿戴得整齐。然而现在站在这一群人的旁边，她还是感觉到自己的格格不入。

杨随喜似乎心有灵犀，居然不早不晚，打来了电话。头一句话也有些莫名其妙：“居然打通了。你怎么还用阜康的号？”

“换了电话你们能找见我？”

杨随喜笑嘻嘻的，好像知道了小麻的行踪非常高兴，又问她过得怎么样。小麻像还在赌气：“挺好啊，一个人自由得很。”

又反问他结婚没有。也没等杨随喜回答，小麻几乎是尖叫着说，她这辈子最郁闷的就是有个无知又愚蠢的老娘，还没怎么着，就把他那无耻的名字刻在了祖宗的墓碑上。

杨随喜就在那头笑。

小麻不知道这有什么好笑的，等到挂了电话，她才意识到杨随喜喝高了。

这之后，杨随喜像是经常郁闷，动不动就喝酒，喝多了就给她打电话。喝醉了的时候，他性子也不那么暴躁了，很多不要脸的话都会说出来。说得那么温情脉脉，好像他和她之间什么也没发生过，又好像什么都发生了。

也是从那一天开始，有些东西好像又不一样了。大家都在笑，搞得好像就她自己一个人这么苦。为什么要这样呢？她掐了自己一把。

一切确实逐渐好起来了。

工作第五个月，小麻第一次去买衣服，一件紫色的毛衣。她穿着去上班时，碰见一群不知是菲律宾还是印度尼西亚的运动员，其中一个人过来用英语找她搭讪。同样是搭讪，但感觉变了。这回凑上来的可是个年轻运动员。事实上，她高兴的不是别人找她搭讪，也不是什么有外国人找她聊天了，对她而言，这可不是什么简单的邂逅，而是她窝窝缩缩了这么久，差不多都快自暴自弃的时候，居然还有人用英语来问候她。因为用的是英语，好像她突然被拽到了另一个完全崭新的世界，有那么一刹那，她是享受的，就像一段酣畅的甜梦，那么踏实，完全不用操心现实中的事情。

就是这么一件事，给了小麻自信心，认为回北京的选择还是对了。连同事都好像被她的精气神给震了一下，说：

“小麻，我看了你半天，才发现有句话真是至理名言。”

“什么？”

“人靠衣装马靠鞍。”

“什么呀。”

小麻脑袋一歪，走起路来，新做的波波头跟着她的步调也是一起一伏。

多年后，和乔飞谈及这段经历，小麻反复声称，不是因为性别上的优势被男人注意到了让她感到振奋，而是这个城市给了她惊喜，这么大的城市不知不觉就把它神奇的一面打开了。

确实，北京的机会太多了，要不然她怎么会认识乔飞呢？

同样在干监督工作，同事们会做事，天天上网，三下五除二就能套住大鱼。有一天，和她同一天入职的同事看到了一条消息，当然也是负面的，直接就给天安县委宣传部把稿子传了过去。还没到星期一，宣传部长就飞过来了。飞过来也不找他们领导，直接就要和她的同事吃饭。哪里是吃饭那么简单，胆大妄为的同事两年下来，不光脖子肥了一圈，还在望京买了房。

小麻要是这么干，成为北京人不过是迟早的事。看起来她也天天在网上扒着，心思却用偏了。别人恨不得天天出现负面新闻，她呢，到处逛社交网站。当然，按她当年对人世的理解，觉得自己还算有点品位，至少她认为自己添加的人差不到哪里去。她喜欢比自己年龄大的男人。起初也没有具体的想法，就是想找人聊聊天，后来她的思路一下就清楚了，她想看看有没有兴趣一致聊得投缘的男人。

想着自己的折腾最终也不过是为了找个男人，小麻胸口也是一紧。好在无意中碰到的男人居然也贴心。比如说这个乔飞。乔飞也有男人的通病，话里话外，拐弯抹角，都嚣张得不行，好像浑身上下就只长着一个器官。但是呢，她无意表露的情绪，乔飞能记住。小麻认为乔飞是个有心人。

慢慢地话就多了。

在网上闲聊耗费了不少时间，小麻到底也做成了几笔生意。年终发奖金的时候，小麻领了一笔钱。钱不多，和有的同事比起来，寒碜。但小麻还是高兴，装着这笔钱，连走路都慢了许多。在路上晃的时候，她脑子里冒出了一个又一个念头，就像阳光下的肥皂泡，透着五彩的光。她决定了，要拿这笔钱去投资开个小店。

地方都看好了。

小麻看着人来人往的方庄胡同，想着自己的店说不定也是人头攒动，就有些情不自禁，连鹅黄的柳芽好像也温暖可人得不行。就是这个时候，她又接到了杨随喜的电话，说他想她了。小麻问了句，是吗？说完又像想起来了什么，补了一句：

“知不知道我最近发了笔横财？”

她绕着弯儿地说她想把这笔钱花在值得的事情上。本来是想和他分享一下准备开店的计划，结果她说她想买一张到重庆的飞机票，好像买飞机票才是她目前最值得做的事情。杨随喜就说，“是不是？你多会儿来？”想吃什么？好像连用的三个问句还不足以表示他想见她的迫切心情，又来了句：

“我这就下楼去买菜。”

当然最终促成小麻去重庆的原因，并不是男人的态度，而是她的好多东西还放在杨随喜那里。不管那些东西重不重要，问题是放在杨随喜那里，让她特别难受。她受不了自己的东西放在他那里，感觉好像是为回去再找他的一个借口。她让他把她的东西寄到北京去，可他呢，嬉皮笑脸地说东西全寄走了，连点念想也没有了。有时候，她真搞不清楚他是个什么样的人。

她痛恨他说的“念想”。

7

饭店的名字有点意思，上面是三个字：“去哪儿”，下面紧跟着：“妈妈厨房”。好像是一问一答。杨随喜先前跟着导师来过一回，七八个人，大鱼大肉点了一桌子，又上了两瓶诗仙太白，算下来还不到四百。第二回来的时候，杨随喜轻车熟路了。喝到半酣，电话响起来，小骏在旁边起哄：

“走，咱们去老地方洗脚。”

往日碰到这种事，杨随喜不积极掺和，至少也不会拒绝，但这回他说不了。一个光棍汉，大周末的，竟然着急回家，而且还是回海棠溪。离学校那么远，谁知道杨随喜会不会中途拐进别的小胡同。小骏看出其中的问题了，明显就是金屋藏娇，不想让别人看见嘛：“一看你情绪就不对，说吧，是不是家里有人？”杨随喜笑了笑，不置可否。他怎么和这些天天把实验室当家的人解释呢？没法儿解释。

等了半天公交，好不容易过来一趟，全是人，他挤了上去，掏出手机看豆瓣。过了长江大桥，他冲下来，平时路两边都是小摊，卖鱿鱼的，卖臭豆腐的，卖手套袜子的，人们坐在尘烟满天的街上吃得嘴角流油，可今天没人。他缩了缩脖子，才想起今天是“小雪”。

差不多是在跑了。电梯上了二十三楼，门一开，他就看见小麻靠着墙。他走过去，抱住她，搓了搓她的头。她往后躲，直笑，你又抽烟了，一身酒味儿。他掏出钥匙，去开门，她在背后递过来一瓶水，让他帮着打开。

进了门，小麻也不脱外套，先是满屋子转了一圈，才问：“这么久了，你怎么还没找个女朋友？”

什么话！他没接她的茬，又去搂她。她说：“你个骗子，早知道你这样，我就不来找你了。”话是这么说，他剥她衣服的时候，她也没怎么反抗。脱了衣服，她还在讲：

“你不要这么对我，我真是过来拿东西，拿了东西就走。”

杨随喜堵住了她的嘴。都过去一年了，她还是没有原谅他，嘴巴抿得紧紧的，像鱼一样，碰了两下，就躲在他耳根后面去了。

到底是没拗过他。当然也挣扎了，只不过用她后来的话说是：

“自从生了孩子，我的力气都用完了。”

不知道怎么睡着的，半夜他醒来，口渴，却懒得动，才想起没洗漱就睡过去了。小麻仍窝在他胸口，他动，她又凑过来亲他的胸，这回没忍住，连抽屉里的杜蕾斯都忘了去取。事后，小麻推他，让他去买毓婷。杨随喜说：

“给我生一个孩子吧。”说完好像不过瘾，又加了一句，“反正你也生过，再生就不会那么难受了。”

“不要。我才二十三，你是想再把我弄死一回吗？”

“有那么难吗？那你为什么要生那一个？”

“我那时没有钱。”

“打个胎能要多少钱？”

“我听我同学说，可贵了。”

“那也没有怀孕花的钱多吧？放心，我养你一年。”

“才不。我一会儿要去观音寺。”

“干吗？”

“给我孩子烧点香。”

“你孩子不是在别人家活得好好的吗，烧什么香？”

“你个冷血的人，什么也不懂。”

总是这样。杨随喜好像喜欢挑着她的痛处戳。也许故事开始她就骗了他吧。是的，她跟杨随喜讲的是另外一个版本的苦情故事。一个十八岁的姑娘，因为母亲天天忙着跳舞，她在家等了快十年，终于让她瞅到了机会，高考志愿报了个天远地远的大学，四川美术学院。从阜康到重庆，她是骑着自行车过来的。也是一路骑行的时候，她认识了一个男人。那可能是她这辈子最孤独的时候。人一孤独，难免想着靠别人来改变命运，结果命运是改变了，只不过是往更坏的方向。她碰到了一个骗子。等到肚子逐渐大起来，她才感到恐慌。出了这样的事，她先想到的不是找家里求救，而是跑到了南京。她想的是找个人生地不熟的地方，把孩子生下来，一切就过去了。孩子是送到了一个好人家，可惜，她再也没有见到他。

和杨随喜说起这段往事时，小麻能明显感觉到杨随喜的厌恶。因为他的厌恶，她想，这个男人还是有上进心的。于是想把这段故事说得更不堪，好像如此才能让她更清醒地认识到过去的自己是多么愚蠢。不过，有时候，她还是难过，觉得自己这么年轻，皮肤白嫩，五官也精致，仅仅因为肚子大腿上有点妊娠纹，就应该放任他如此暴跳如雷吗？

小麻去观音寺的时候，杨随喜仍在床上呼呼大睡。

从观音寺回来，杨随喜问她饿不饿？小麻说想吃面。杨随喜也没说话，就给她煮了一碗重庆小面。煮了面条，他对小麻说：“这两天腰都快断了，我再睡会儿。”

看着眼前的面，小麻有了胃口，吃了几口，听见杨随喜在房间里打开了呼噜，又不想吃了。她捡起桌上的笔，开始在本子上写：

老杨：

此刻你在打呼噜，我眼前这碗面还不错。突然想起以前给你写过一封信，想必你没看到吧？我喜欢叫你老杨，感觉这样我们好像认识了很久。就像王小波给李银河写情书，直愣愣就是句：李银河你好啊。当然，我可没有自比为李银河的意思。谢谢你这两天陪着我，让我可以在大街上拉着你，公交车上靠着你肩头。总的来说，我是个缺爱的人。那天阳光不错，我觉得司机开得太快，靠在你肩头的那一刻甚至想到，就这样去死也行。和你在一起的时候很舒服，尤其是省略在床上几个字。我喜欢你研究许多我这辈子都可能再没机会听说的东西，感觉世界那么神秘，比起我们小小的自我来说，美好又广阔。

有时想，什么事情只要当时爽一下就行，想得太多反而怯懦。当然，不是指杀了一个人，硬上了个男人。对我来说，现在坐在这里吃碗面，还可以继续恬不知耻地骚扰你就很爽。那天来找你，给我的感觉完全不一样，特别沉静，踏实，又理智，把自己的生活安排得还挺有条理，有希望，不，是有巨蟹的那种感觉。感觉好像这才认识你一样。

2008 年过得真快。这话我也会在 2009 年说的。我们算是好过吧。我不知道你还记不记得去年我为什么非要离开重庆。我们在床上，我想去尿尿，你死活不让我下床。这真是太让人崩溃了。你知道吗？我小时候就受够这屈辱了。和你大闹了一场。可是闹完了，等到提上裤子开门，我就后悔得要死。我知道我又要一个人了，没人陪我玩了。我要孤独一段时间了。于是我傻逼地告诉你，我错了。可你呢，严肃得可怕，兴许你比我更早知道我有神经病了吧。能怎样呢？我去了北京。一待一年就过去了，我从来没有告诉别人我为什么去北京。别人去北京都是为了梦想，我去那里不过是想找个人多的地方。事情的经过就是这样。

正写到这里，杨随喜醒了。抢过她的本子，看了几眼，又说：“我们做爱吧。”

“做毛线，你都射不出来了。”

“你妈，不带这么嘲笑人的。”

“要不打电话给你叫个女的？”

“去哪儿找？”杨随喜从沙发上坐了起来，“要不叫上你同学？”

“叫你同学，叫你的男同学。尼玛，去红灯区。”

“什么是红灯区？”杨随喜贱兮兮地问。

“卖淫的地方，鸡窝。”她边说边笑，眼睛眯成一条缝，双眼皮闪了几下。好像是呛了一下，麻辣香干掉在了她的棉麻衬衫上。

杨随喜突然站起来：“你这么喜欢怀念啊？要不我们录一段视频吧？”说着就一把薅过小麻，往床上拖。他把她摁倒在床上的时候，打开手机放在了床头。小麻又嚎又踢，可哪里反抗得了精虫上脑的男人。他屁也不是，竟然也想扮陈冠希。小麻火透了。杨随喜不管不顾，只是埋头脱她的衣服。小麻突然就咬开了，逮住什么咬什么。杨随喜开始还笑着躲，见咬不到杨随喜，小麻一口白牙生生咬住了自己的胳膊。

这个时候，杨随喜松开了手，一屁股坐了起来：“你这是何苦？我说了不过是想留个纪念，大不了你可以删嘛。”

小麻不说话，裹着被子坐在阳台上，从地下捡起衣服一件一件地穿。她抖着身子，看到他过来，就像是看到了阎王，又嚎了一声。她弓着腰，嘴里呜呜着，提起皱巴巴的裤子。头发也没梳，就抱着东西出了门。杨随喜在旁边一直没说话，只是递给她一堆零食：“这些也是你刚刚买的。”

她看都没看，一巴掌就把它们打到了楼道里。灰暗的过道，铺满了花花绿绿的包装袋，她提着大包小包从上面踩了过去。

到了楼下的花园，周围的人走来走去，小麻在阳光中开始整理乱七八糟的自己。她仔细收拾好红围巾，才拖着一个旅行箱、一个蓝色的整理箱在大街上慢腾腾地走。

也是走在大街上，小麻才想起，本来这回到重庆是准备和杨随喜坦诚布公的。她最初怀了孕，并不是和什么路上认识的陌生路人，而是田立丰。可是怀了孕，就联系不上田立丰了。她鼓起勇气给他家里打过电话，对方却问她是谁。她想着只要他想和她联系，总会找得到她。从重庆到了北京，她用的还是阜康的手机号，仿佛就是为了等他一句话。谁知道到了北京，却得知田立丰已经结婚了。这个时候，她有的不是愤怒，而是惶恐。她着着急急地回到重庆，说是想从杨随喜那里拿走剩下的东西，其实是想等着他挽留她。可他呢，只知道脱她的衣服，拍什么狗屁视频。

她实在是受够了。

8

老板说话也算数，还不到一年呢，就把小麻提成了行政助理。升了职，有点龅牙的主任就冲着小麻笑，说，老板这么快让你考核是看得起你，再说也算半个老乡，一起吃饭吧。

算哪门子老乡呢？就因为她是重庆来的？但老板的身份太压人了。小麻就勉强坐下来和他们一起吃饭，一共五个人，就她一个女生，还有一个社长、一个律师、一个老板、一个主任。她不熟悉，也没敢多吃。要她敬酒，她也愣愣地端起酒杯去碰。虽然是红酒，虽然是小口小口地抿，但经不住四个男人豪气干云地和她碰。这些男人喝红酒就跟喝凉白开一样。小麻夹菜的手开始晃了。喝到最后，又说要去唱歌，几个中年男人接二连三报了歌名，什么《鸿雁》、《两只蝴蝶》、《吻别》、《梅花三弄》。终是没抵过他们的要求，她也唱了。她唱曾轶可的《最天使》。唱歌的时候，男人们就说，“哟，你们年轻人都喜欢绵羊音啊。”其实小麻唱到“我们会有大大的房子，你会送我一首小诗”时，不知怎么就想起了田立丰。她有多久没唱歌了啊。好像自从她一唱歌，就会想起田立丰的嘲笑。她心里其实是有点恨的。但现在，她只看见中年男人们的鼓掌和口哨。唱到后来，可能是酒泛上来呛着了喉咙，小麻觉得有点恶心，又被劝了两杯啤酒，才散。

躺在硬板床上时，小麻打定了主意，这地方不能呆了。

不靠谱的感觉从春天就有了，社领导把北二外学葡萄牙语的学生也招了进来，说什么是为了加强竞争。照这么扩张下去，指不定会出什么样的乱子。她们做的这个工作，说得好听点是监督，难听点，其实就是敲诈。

这和坑蒙拐骗有什么区别？

辞职后的生活，谈不上好，也谈不上不好。刚开始做些手工，后来还是卖起了衣服。她还买了台缝纫机，不忙的时候，自己剪裁。

突然不用上班，小麻的生活闲下来了。她又开始跑步。有几回，她跑进中央戏剧学院的操场。操场里光线昏暗，她喜欢这样的地方，没人注意她，也没人看得到她的脸。跑了一圈就开始喘气，听旁边的一对男女在调情。女孩儿操着东北口音的普通话说："你有没有觉得我很与众不同啊？"男孩儿说："当然了。"小麻又跑了两圈，坐在台阶上打开手机，听了会儿莫西子诗的《要死就一定要死在你手里》，然后把手机放进上衣胸前的口袋里，一边听一边接着跑。小麻越跑越觉得凄凉；她想她一定是这个操场里第一个听着这首歌跑步的人。这时她看见一个中年男人兴致勃勃地在给另一个人讲些什么。她好像在地铁上见过他。上次见他的时候他也在兴致勃勃地给另一个人讲什么。又跑了一会儿，她觉得有点头晕，就站住了。本来也想跟着扭一会儿广场舞，可总是跟不上节奏。她走到味美多买了瓶北冰洋、两个果子面包。出来时，她抬手擦额头的汗，看见对面的楼房，星星点点地亮着灯。有一家离她很近的，能看到一家三口都在阳台上忙着做饭。小麻掏出手机给母亲打了个电话，王葵香忙着和人打麻将，没顾上和她多讲。

从重庆回来，很快就到了夏天。有一天上QQ，陌生人一栏里突然跳出来一个人，说要给她介绍对象。小麻这才发现是被她删掉的刘姑娘。也是经过了点事，小麻突然发现刘姑娘并不是那般面目可憎。闲扯了几句，刘姑娘说，那男生不错，是个海归。小麻本来想问，既然条件那么好，干吗要介绍给她？但还是忍住了。

这头刘姑娘刚说完，海归就迫不及待打来了电话，自我介绍也挺有礼貌的，话里话外，都是对她的恭维。打了好几回电话，海归先是问她的兴趣，后来又问她喜欢吃什么，东拉西扯了半天，小麻才明白对方是想约她晚上见个面。问起去哪，说是去朝外 SOHO。小麻头一个念头就是，这个男人是不是把姑娘们都往朝外 SOHO 带去玩过？她对这个地方的印象太深了，好像不把他想得可恶一点，就对不起曾经的遭遇。

相亲的过程比较乏味，两个人大夏天地看了一场无聊的爱情电影。电影散场就去吃饭。那个男生呢，久久沉浸在电影的幻觉中不能自拔，好像是为了展示他对电影的研究，甚至说到了蒙太奇。小麻心想，他已经多久没有接触过有趣的东西了？有多久一直生活在机械重复、欲求不满、暗无天日的周折中了？

心情不爽的时候，小麻喜欢给人打电话。太熟的人说了不好意思，不熟的人，也说不出口。挑来挑去，她还是认为乔飞最合适。小麻一边抹着丰胸紧实乳，一边举着电话。说完了自己的相亲经历，差点就把去医院体检的事也吐了出来。她在医院碰到的医生是位帅哥，说的话也中听："嗯，我个人认为你产后肌层恢复得相当不错。"这话多熨帖人啊，但她还是忍住了，到最后竟然开始反省自己："当年田立丰那么处心积虑地追我，让着我，把我当小公主一样对待，可我就是觉得没劲。杨随喜不过就是大年夜跑到重庆和我搂了一晚上，我就发了疯，以为是碰到真爱了。"

乔飞没说话，只是静静地听她讲，等她反省完了，才来上一句："谁年轻的时候没碰上几个混蛋？"

小麻像是对乔飞这么评价她的前男友们有些不满，叹了口气说："其实，偶尔不吵的时候，我们也挺好的……是是是，我承认我犯贱。"

其实有些事小麻没敢和乔飞全讲。比如，田立丰结了婚，不知怎么又突然开始频繁联系她。小麻呢，好像为了报复似的，话里话外都在暗示他当年是多么对不起她。控诉完了他的不是，又讲：

"幸好你结了婚，要不然我怎么有机会撞到这些海归人士？"

"你们这些在北京的人连相亲对象都要比我们高几个档次，动不动就是清华北大海龟，你看看我，娶了个神经病。"

田立丰说的是实话，结了婚，他才发现妻子精神有问题。熬了三个月，两个人就分居了，又过了两个月离婚。田立丰觉得在乌鲁不齐呆不下去了，死活要离家出走。当然，他出走，不是像一般说的那样，随便上一趟绿皮火车，走到哪里黑就到哪里歇，他是要他爹给他在海南三亚买房。

也是那个时候，田立丰看见小麻从308国道骑行进藏，也想着这么搞一回。等到真的上了路，田立丰才知道这哪里是一般人受得了的苦。在遥远的贡嘎山，他给小麻打电话，声音哑哑的，说起一路的感受，话里话外好像因为这么来了一遭，更加接近了小麻。小麻似乎看见了田立丰在外风吹日晒，整个人变得灰头灰脸的模样，语气里不免多了几分柔情。她想，要不拉他一把，这个人可能就废了。

“你来北京吧。”

9

小麻没料到田立丰会肿起来。

每当想起在外奔波的田立丰，小麻眼前浮现的都是他脸颊深陷的样子，他一个人在烂泥淖里左冲右突，发乌的眼眶里，那双黑漆漆的眼睛无辜地望着她。

可是田立丰身上所有凹陷的部位都鼓了起来，皮带都看不见了，甚至他说话的声音也感觉圆滚滚的。

“这就是你伤心后的样子？”

“你不知道我精神上的绝望。”

因为说到了精神，还提到了绝望，小麻鼻子里哼了一声，没再多话。这两个词儿可是在她的心底滚来滚去滚得她都快千疮百孔了啊。

他还是那么夸张。她还没说什么呢，他就买了两个钻戒向她求婚，好像这不过是那年他当兵前应该干的事情。他做得那么坦然，对于多年前的事故，好像压根儿就没放在心上。

小麻牙根磨得嚓嚓响，想说句狠话，终是出不了口。她说给她点时间。事实上也没有怎么考虑，不过是没回家过年，而是去了平遥。

在太原转车时，小麻给乔飞打了个电话。乔飞要比视频里看见的更瘦些。尽管一起吃了饭，小麻的心却是乱乱的，就像没了魂儿一样，跟在乔飞身后。她后来还反复说，要是他挽留她，她可能就停在太原了。太原也不比平遥差，不都是看些老房子吗？可乔飞呢，拖着箱子径直去了建南汽车站。坐上大巴，小麻关掉了手机。

从灰暗的太原走出来，沿路的山野更凄凉。

小麻想，这样也好。

一个人在清冷的平遥古城呆了两个多星期，小麻看够了，又跑到碛口。别人家又是放炮，又是打鼓，独她每天在黄河边上走来走去。河风刀子般，刮得脸生疼，她好像清醒了些。房东女儿闫晓雨晚上来送开水，还和小麻说了几句话，意思绕来绕去，就是劝她，凡事往明亮处想。

“你们是怕我跳河？”

闫晓雨连呸了好几声，好像小麻真是口不择言。大过年的，说什么生死呢。小麻被闫晓雨的举动逗乐了，也没心思再翻书，就给闫晓雨看自己拍的照片。闫晓雨翻到最后，问：

“这是你男朋友？”好像问完了还不过瘾，又说，“他怎么不陪你来？”

该怎么解释呢？关于她之前的故事，编得太像个拙劣的电视剧了，烂俗又夸张。小麻叹了口气。院子里老板娘喊闫晓雨吃饭。闫晓雨说：“走吧，新烫的油糕，吃了节节高升呢。”

又在店里帮着包了几天饺子。

也是在热气腾腾的灶边忙活了几天，小麻不纠结了。

田立丰再打过来电话时，小麻说：“来接我。”

田立丰花了三天时间，开辆卡宴过来。

吃饭的时候，田立丰话特别多，还有点没头没脑：“可总算是等到你了。知道吗？前两天去澡堂子拔罐，师傅说我的火气真大。你想不想看？乌黑乌黑的，像甲壳虫。其实我当时是想和师傅说，一个离婚单身男，还每天吃六味地黄丸，火气不大才怪。也是听到师傅的话，我才反应过来，我一个人吃那么多六味地黄丸干吗？我还不到三十岁啊。吃那么多，是为了养精蓄锐吗？”

他的眼里泛着光，和之前在北京见到的那个田立丰不一样了。小麻嘴角挤出几丝笑意，差点把她有段时间半夜给自己涂紧实乳的事说了出来。但这也没什么好说的，就为了衬托这气氛吗？那个时候，小麻想，很多事情可能真的是命中注定。

然而，真的到谈婚论嫁，王葵香却瞪大了眼睛：“你又和田立丰搞到了一起？你真是要钱不要命了你？”

谁的亲生母亲会这样说自己的女儿，小麻和王葵香吵了一架。小麻像是吵完了还不过瘾，大声地喊：“我的事不用你管。你连自己的事都解决不好，现在倒操心起我了。”

说完了小麻也有些后悔，好像这么多年的委屈，终于找到了源头。其实呢，她是害怕母亲讲出实话。母亲的话也许是对的。问题是王葵香是一个没有丈夫的女人呀，她对什么没有抱怨过？在她的眼里，这个世界本来就是变形的。这样的女人怎么能指导她小麻的人生？

小麻脸色铁青地从小区门口冲出来时，田立丰赶快拉开了车门。从后面追出来的王葵香看到田立丰，已经有些气急败坏了，她几乎是指着田立丰的鼻子说：“你你你还有脸来勾引我女儿？当初我真是错看了你。”

可以说，到最后，完全是因为王葵香的剧烈反对把两个年轻人逼到了同一阵线。

甚至，连田立丰不想重新装房子，小麻也没多话。

“干吗浪费？也算是新房，当初结婚，就搬进去住了半年。东西都是新的，有的还没拆封呢。”

这个真不是什么好理由，他难道把她当傻子了吗？说到后来，小麻听明白了，田立丰并不是为了省钱，他是害怕。照他的话讲，头一回结婚把父母折腾得够呛，这回就不要大张旗鼓了。

尽管没有为她着想，可小麻也有小麻的考虑，平时看起来没什么主见的田立丰，这回态度这么坚决，应该就是他爸妈的想法。既然他爸妈都这么想了，她再坚持有什么意思？不就是晚上找个睡觉的地方嘛，再讲究又能怎样？

可王葵香不认这一套，凭着她多年的经验已经发现，光骂已经弄不醒自己的女儿了，得提着菜刀吼田立丰，吼完了他不懂事，又说田家人太不讲理，欺负她是孤儿寡母。来提亲的媒人，腿一抖索，差点就拉开门跑了。还是小麻理智，往王葵香跟前一站："是我嫁人，你激动什么？不就是套房子，房子有那么重要？"

王葵香没脾气了，手一软菜刀掉在了沙发上，抱住小麻号啕大哭："傻闺女，你总有一天会后悔的。"

小麻有什么可后悔的？她后悔的事情太多了。就是那个时候，她想的还是，王葵香的脾气这么暴躁，那个从未见过面的父亲是不是就是这样被母亲吓跑的？没准儿他早就被她杀掉了。

小麻心里一惊，不敢多想了。现在终于耗上罪魁祸首田立丰，她可不想违拗了他，再生出什么变故。甚至，一度她还有些心疼，这个田立丰也不容易呢。

小麻的脖子好像被王葵香箍疼了，她头昂得高高的，向外挣。

婚礼也没有大操大办。田立丰好像怕小麻理解不了他，反复给她做工作："要我再登一回那台，是想让我死吗？我受不了别人的眼光。"

小麻对婚姻并没有什么明晰的想法，或者说，对这些仪式看得很淡。结婚是自己的事，何苦做给别人看。她可不想将就别人的眼神，供他们说三道四。

她就这样住进了旧人的新房。

住了进去才发现，一切和想象的不一样。田立丰确实对她够好，她说什么，他都听。最主要的，还是老一套，给她钱。可她待在家里能花多少钱？而且她并不怎么爱花钱，几摞钱就放在玄关处的盒子里，时间久了，基本上成了摆设。

坐在家里能干吗呢？她天天看书。搞到后来，好像她每天最开心的事情就是盼着快递员送书上门。有时婆婆过来，帮着收拾家，小麻也没心思搭理。婆婆的脸色就有些难看，背后还跟田立丰说："你说你，怎么命就这么苦？刚送走一个神经病，又请来了个更神经的。天天看书，书能当饭吃？”

婆婆的意思太明显了。这个小麻，不好好操持家，每天捧着本书，也太不接地气了。

相较而言，公公还算理解她。他对小麻看书好像没什么意见，看见小麻买的书逐渐霸占了几面墙，做瓦工出身的公公，好像还很高兴。一高兴连心里话都捂不住了：“只要你给我们老田家生个孙子，别说是买书，我都可以给你建个图书馆。”

小麻听到图书馆本来蛮开心，但一想到代价是要给他们生孙子，还是别扭。本来顺理成章的事，怎么经过他们的表述，好像就成了她小麻的责任了？她看着越堆越多的书想，和这一家人真是讲不通道理。

她一个人就在房间里成天琢磨，心情不好了，会抓起电话问田立丰怎么想的。田立丰能怎么想呢？他正在工地上，她的话还没讲完，他就急着挂电话：回家再说。可真等到回家，小麻又没了兴致。

田立丰不归家，小麻也觉得没什么。

问题是他一走就是几个月。

说她很理解，肯定是假话。有时一个人在这房子里待得久了，不免抓狂。打起电话来，也是他不解释清楚她绝不善罢甘休的架势，直问他把她关在这房子里，是不是成心要折磨她？

田立丰性子慢，小麻再激动，也不生气。好几回，打完了电话还要发短信：“天光未亮，已经准备出发，沥沥小雨中可以听到鸡鸣与犬吠，宁静而安谧的草原遍地开着蓝色的小花，它的名字叫勿忘我。”

小麻早过了为点小事就一惊一乍的年纪，但这回挺着大肚子从床上醒来时，还是给他发了个笑脸。

男人在工地上跑来跑去，还不是为了多挣几个钱，她又何苦无理取闹？她起来泡了个澡，化了个浅妆。逛沃尔玛的时候，又拐到附近的联通营业厅，重新办了张手机卡，卡上第一个名字，她存的是：啊老公。

10

临产前，输了半天催产素，也没生下来。小麻站起来就走，当时窗外正下大雪，医生和家人都吓坏了。婆婆还以为是小麻嫌没给她找个好医院，生拉硬拽着，又把小麻弄到了友谊医院。上了床，半天没动静，医生拿来大瓶小瓶，又要输催产素。小麻挣下床，还没等家人反应过来，她已经到了门口：

"不要这么折腾，我自己生。"

"出了事谁负责？"

"我自己的命我自己管。"

她不知道从哪里来的气，直接就回了家，路上踩了个水坑，差点在半路小产了。

生了个姑娘。

田有苗说是来看她，但说的话可不像安慰人的话，满嘴喷着酒气："小麻，是不是你知道是个丫头，才想着自己生？"

什么混账话？你以为谁都和你一样要钱不要命了？

她把头扭向一边，好像再多看他一下，都是苦了她的眼睛了。

田有苗说："我就开个玩笑嘛，你不要这么气鼓鼓的。"

能不生气吗？开玩笑也不选个好时候。小麻生气的倒不是田有苗和她开玩笑，她是心烦。这一家子人到了她家一点都不见外，进了门，也不管床上的小麻，一个个歪在那里嗑瓜子，说东说西。说话声音大，房门也不关，好像光天化日之下，他们口无遮拦的一切都清清白白。

其乐融融得都丧心病狂了。

这个家就是再凄清，非得要拿她们的热闹来衬吗？小麻撑起来，撞上了门。

她的火气大得惊人。等到屋里安静下来，小麻才开始爆发。田立丰呢，在那里忙着收拾，也不和她争，等她骂完了，才递过一碗八宝粥："吃点东西吧，刚生完孩子，哪里还有力气骂人。"

本来都端起了碗，听到田立丰这么说，她又放下了。她只是觉得喉咙紧，想挣起来的力气都没有了。她挪到阳台上，夜风一吹，她似乎清醒了。过了会儿，她才发现不是远处的灯光模糊，而是自己正在流泪。她擦了把眼睛，眼泪却止不住，哭噎的声音又短又钝，隔了老远还有回声。

等到月子坐完，小麻还真的听了乔飞的建议，找过心理医生。先是五个小时的上机测试，接下来又是几个星期与大夫的交谈，诊断结果出来了。大夫高兴地拍着她的肩膀："恭喜你，姑娘，你的精神完全正常。"

小麻当然知道自己是正常的。折腾了半天，她可不是仅仅想让他证明她是正常的。心理医生的桌子上放着一张甜蜜的家庭合影，不知怎么，小麻就被激怒了。他家庭幸福，怎么能理解她的痛苦，怎么可能帮得了她？

"继续说吧，想说什么就说吧。"

小麻瞪了他一眼，翻拣着他话里的每一个字，就像在大连的海边翻拣滑溜溜的石头，生怕它们突然变成海蟹，伸出刺人的钳子。

心理医生说的那一套，她都明白。因为都清楚，她反过来又给心理医生讲了半天道理，心理医生唇角抖动，脸色都变了："你要再这么固执，神仙都救不了你。"

谁还指望神仙呢？她只是不服气而已。

有回小麻还动了手，见说了半天对方没反应，就杵了正在打游戏的田立丰一拳。打没打疼是小事，主要是害得他那关游戏没过。本来话就少的田立丰开上车就出了门，在路上跑了几十里还是郁闷，一气之下开到了克拉玛依。找见了朋友，田立丰也不讲前因后果，直愣愣地说老婆如何不通情理。朋友好像也理解，陪着喝了两天酒，到了第三天，明摆着撵他走了：你还是回吧。田立丰眼睛一瞪，好像连处了这么多年的朋友也不帮他。朋友就说："和你家小麻比起来，我要惨得多，至少小麻不打你吧？你知道我老婆怎么对我吗？动不动就和我拼命。"

田立丰不信，那个在他眼中既贤淑又能干的女人怎么可能是那样的德性？朋友好像也发现了他的疑惑，又说："好在我现在学会怎么对付她了。她不就是一根筋，眼里只认得钱，只认得当官嘛，我就拣她顺耳的说。有时和她单位领导吃饭，我胡侃，国学，时事，政治，一通下来，她单位领导夸我有涵养，风度好。我老婆呢，也觉得我给她争了光。总之啊，别和女人较劲儿。退一步海阔天空，直线达不成的事，你可以曲线变通嘛。"

"要是我知道小麻要什么就好了，问题是她喜欢和你谈心。你知道半夜把你叫起来一本正经地谈人生，有多恐怖吗？"

田立丰一心想的是搞实业。每回看到一夜之间拥有数百万上千万进项的同龄男人，他就焦躁得不行，似乎担心，长此以往，所有的机会都会被别人夺走。他正在为人生前途担忧，女人却为点家长里短不依不饶。

矛盾就这么出现了。小麻和他吵，本是想和他沟通，可田立丰总认为哪个女人不爱吵？他忍就是了。他从来没想过结了婚，还得和女人谈心。谁知道小麻不这么想，吵完了，就一定要把他弄出声响。小麻向往的那种家庭关系就是应该什么话都能说出来。田立丰呢，想做什么，也从来不明说，好像他真是和她心照不宣了。无论她问起什么，总是无辜地看着她，好像她面对的不是一个活人，而是一堵厚厚的墙。这把小麻惹火了。她不信了。就是面对一堆劈柴，把它烧了，也能感受到它们燃烧后热烈的样子。就算田立丰是一根滑溜溜的生木头，她也要把他晒干。

这么说，也不公平。有时候，兴致高了，田立丰也会聊几句。比如，半夜跑到克拉玛依，期望朋友开解的插曲，他也告诉了小麻。只不过有所取舍。他是笑着讲的，说他比起那个朋友来，还是好多了，至少小麻还没动手打他。

跑了四百公里只为找个说得上话的朋友诉苦，这在小麻看来，简直比她还要疯。小麻有些泄气。她泄气是因为，田立丰太不像个男人了，他把她的委屈当成了耳边风，好像只有他爸妈的圣旨才值得遵守。

11

大嫂第四胎终于生了个男孩，一副大功练成的样子，有事没事儿就抱着儿子来找小麻。有回不知怎么说起了生死，大嫂说："总算是可以歇心了。他们田家真是欺负人，你知道他爸怎么说的吗？他说生了儿子，死后就能入他们田家的老坟了。"

大嫂说这番话的时候好像是漫不经心，但小麻还是听出了其中的惊悚处。太可怕了，好像这辈子活着忍受了那么多屈辱与疼痛，只为了死后在田家的坟堆里有个位置。

小麻的心揪了起来。

每天洗脸，她总会对着镜子说一句："还能怎样呢，忍了吧。"每天都这么说，说是忍，其实是变相地提醒自己，她忍不了。

小麻现在也不和田立丰吵了。她一度以为是自己的问题。女儿囡囡两岁就送进了幼儿园，小麻先是跟着一个老师画油画，后来又教一个澳大利亚男人学中文，再后来去学裁缝。她的精力大得惊人，用她自己的话讲就是："我在想，有一天离婚了，我也可以用一门手艺养活我自己。"

这已经是未雨绸缪了，好几个关系近的朋友知道了她的想法，都劝她。说来说去，也就一句话，跟谁过不是个过，算了吧，还能怎样呢？从头再来说不定还是这样。可小麻不这么认为，她几乎是声嘶力竭地喊：

"我错了，我改不行吗？"

"改？你怎么改？你以为婚姻就是一件衣服，可以改大改小，由着你折腾？"

第二次怀孕的时候，婆婆多了个心眼，让小麻去做 B 超。知道怀的是女孩，婆婆眼皮都没抬，说打掉吧，我们田家不缺女孩。老公公也嘀咕，不就一付药的事嘛。这些都没什么，气人的是，田立丰居然一声不吭，好像和他完全没有关系。

打掉了孩子，婆婆没来看小麻，第二天就支使田得雨把囡囡送了过来。小麻拖着小产后的虚弱身体，在旧人的新房里走来走去，还是拨通了乔飞的电话。

“我跟你讲，老乔，我烦她们，可能是因为她们都是女人，我也不知道我为什么对女人有偏见，可能是从小受够了我妈。有时候你真的会发现女人是不可理喻的生物。”

当然，小麻也承认，她这么想，其实也不对，比如姥姥，同样是女人，但给人的感觉就是另外一种人。她甚至还给自己来了一番自我分析，琢磨自己与田家的女人们为什么合不来：“从小长在北塔山那样的地方，性子野，哪里受得了她们的那些规矩。”

小麻的话是哽着嗓子说的。她哭是为了她没有达到自己对生活的设想：她做什么，没人逼她，能理解她当然最好。嫁给田立丰就该是这样的生活，因为他们家什么都不缺了，但到头来她才发现，连最起码的顺心都做不到。他们不关心她坐月子，不说点中听的话，连一向不爱说话的田立丰也跟着起哄：“你就是书读得多了，所以才瞧不起我们。”

这和读书有什么关系？读书那么美好的事，这些从不读书的家伙居然跳出来指手画脚。

她是想好好和他算账的，可晚上等了半天他也没回来，打过去电话，说是在陪领导唱歌。到了后半夜，小麻坐在沙发上，一件件地捋，才发现男人的举止不正常。她硬撑着等到田立丰进门，什么也不说，就递给他一个塑料袋。田立丰拿着空塑料袋从卫生间出来时，小麻举着他的手机问：“说吧，她是谁？”

田立丰看都没看她举着的手机，脱口就说：“谁也不是，我也不知道她的名字。”

“你他妈连她的名字都不知道就瞎搞。”

“就是酒店的一领班，她让我帮她照张相。”

“你品位真高，居然直接找领班，是不是服务员玩腻了？”

尽管小麻并不想肯定这个女人有多好看，但她还是得承认，田立丰有品位了。打心底里说，有了早年杨随喜对她的折磨，小麻对于男人搞出这档子事来，并没有觉得有多意外。她甚至有些欣喜，这个田立丰终于有主见了。

因为想到了自己可能的处境，小麻想着是不是该出去找个男人睡一觉，就这么把这件事扯平？一个又一个计划在她的脑子里上蹿下跳，就像一群争抢腐肉的秃鹫。但临到头来，她也只是翻开旧手机，手机里有些号码还不算陌生，都是从前相过亲的朋友，但她到底没敢拨出去。有些火还是只能朝当事人撒，她和田立丰摊牌了：

“我们离婚吧。”

“都什么时候了，你还给我说离婚的事。”

“什么什么时候？”

“大哥都生儿子了，我跟你讲，当务之急是生个儿子。”

“我不是你们的怀胎机器！”

“你看你，等生了儿子，不管我们还在不在一起，日子不会过得差到哪里去。”田立丰的意思很明显了，有了儿子，在家中就有了话语权。小麻想起有一次小姑子怀了孕，两口子就把工作辞了，老公公呢，给了女儿两个门面房，当时是在大嫂儿子的百天宴席上，老公公作出了这样的决定，就问了大嫂一句行不行。照理说，问完了大嫂，也该问问她小麻，可是没有。后来，小麻还嘲笑过田立丰，说因为他的无用，连他的女人都跟着没地位了，不曾想田立丰说，女人没生儿子，在他们田家就相当于是外人。搞了半天原来她就不是田家的人。这话把小麻刺激着了，也是带点赌气，想反正你们也不把我当成一家人，干脆离了算了。

“放屁。你他妈是什么逻辑？”小麻虽然骂得更凶，但差点就被田立丰说动了。是啊，孩子将来分到了家产，她们为人父母的，不管和谁过，又能差到哪里去？因为想到自己和田立丰一样冷血，她开始痛恨自己的不争气，好像非得说点粗活才能显示她的气急败坏。

“婚姻就是这样，生活就是这样，我们祖祖辈辈都是这样。你干吗非要对着干？”

“那是因为你们田家没见过好东西。”

吵了半天，两个人谁也说服不了谁。后来，小麻明白了，田立丰是看出来她不会和他离婚的。铁定了心思离婚的女人怎么可能还会想着说服他呢？

小麻尖叫着朝他扑了过去。

田立丰看见小麻变形扭曲的脸，抱上囡囡就出了门。

等到家里真的剩下一个人，小麻一屁股坐在地上。这辈子，她还从来没有像现在这样镇静过。她一丝不苟地将房子砸了个稀巴烂。砸完了厨房，掀翻了卧室里的床，好像还嫌不尽兴，她又把所有的颜料扔进水里，几盆泼到了客厅的墙上。

12

小麻问乔飞在干吗？乔飞说，在看小说，哈金的《等待》。

乔飞描述了半天，小麻才意识到，乔飞是想表明，离婚不是件简单的事。等到看完他传过来的电子版《等待》，她兴冲冲地说：

“那个结尾太糟糕了，孔林太懦弱。太懦弱的人哪里配得到爱？”

聊了半天小说，还是回到了乔飞的现实问题上。

“你怎么还不结婚？要不我给你介绍个女朋友吧？”

“谁？”

“就在你们太原。”

“你的关系可真广。”

“认真地说，你想不想见？姑娘人可好啦，她爸妈在碛口开旅店。”

小麻先是在乌鲁木齐把闫晓雨的电话告诉了乔飞，让他主动点。可是半年过去，还是没有动静，小麻坐不住了。可能是嫌这两个单身男女进展太慢，小麻直接飞到了太原。她刚走出武宿机场就给乔飞打电话，说是已经把闫晓雨约了出来，中午要一起吃顿饭。

吃了饭，闫晓雨先回了单位，小麻就问乔飞，怎么样？乔飞说，“先不聊这些，说说你最近的事吧。”小麻就笑，“我能有什么事呢？一个已婚妇女的烦恼无非是鸡飞狗跳婆短媳长。”

等到去了盘古一号，在晋阳书院喝茶，两杯茶下去，幽暗的气氛好像把小麻的心境衬出来了，乔飞这才知道，小麻的问题大得很，她想离婚。

“我都还没结婚呢，你就想离了，这个世界真是不公平。”

乔飞仍是那么玩世不恭，尽管他表现得好像悲痛欲绝。

小麻顾不上乔飞的玩笑。茶馆清幽，小麻没能藏住眼角泪光。都说有钱的人家境好，照理说不应该有这样的待遇，可偏偏就让她撞到了。她都这样了，他居然还笑得出来。小麻咧开嘴，苦笑了下：“对不起，老乔，让你见笑了。”

乔飞的表情倒是有些凝重：“小麻你可要想好了。”

还有什么好想的？都这样了，他看不出她的困境吗？难道所有的人都只知道劝合不劝离，不懂得站在她的角度考虑问题？心里想着，话也从嘴里炸了出来：“乔飞，我是不是没救了？”

但乔飞不敢看她，只是瞅着在旁边跑来跑去的凼凼，声音低低地问：“为什么叫凼凼？”

“四川话啊，就是水坑的意思。生她的时候，我踩到了一个凼凼，才早产的。”

乔飞暧昧地说，他这辈子要是有这么个女儿就完美了。他又把话题扯偏了。

小麻又叹了口气。叹完气，她说田立丰还要从大同过来看她。田立丰的业务做到了大同，正跟人开矿。

这是要说再见了。

过了两天，小麻又给乔飞打电话，说想去喝茶。

乔飞说，换个地方吧。

见了面，乔飞就说，有回相亲，被安排在这里，发现环境还不错。

是挺好。就在鼓楼附近，叫清凉月素食清茶餐厅。坐下来了，乔飞掖了掖腰间的衣服，才问，“怎么没带凼凼出来？”小麻说，“她爹陪她玩儿呢。”听说田立丰还在太原，乔飞不自然地笑了笑，手好像也没地儿放。倒是小麻坦荡得很。

“没事。他的脑子都用在承包工程上了，哪里想得到那么细的问题。再说，我们又没有做什么见不得人的事。”

坐了一下午。两个人又回忆了半天认识的过程。聊得开心的应该还是读书吧，至少小麻把乔飞当成了知己，好像终于找到了个能够说得上话的人。

但因为之前说了那么多美好的东西，小麻从自己的处境中突然看到了不美的一面。小麻愤怒了，她的语速越来越慢，所有的话归结为一点：她在那个家庭过得不幸福。不幸福的家庭也多了，主要是她得不到尊重。

“这就是我活着的价值吗？我需要的是一个家。你知道吗？我去闫晓雨那儿，见她有妊娠反应，动不动就干呕，她婆婆马上就追到厕所去拍她的背。而我呢，我都小产了，还给我老公公端洗脚水，他一脚就踢到一边去了。你明白吗？就因为我怀的是个姑娘。我都不想和他们说，生男生女我做得了主吗？有些话真是说不出口。我想改。我错了我想改还不行吗？”

小麻说她要改的时候，嘴是咧着的，泪水就在眼眶边转，一不留神就能滚出来。她说她终于成了自己瞧不起的那个人，她说她现在一点办法都没有，把希望都寄托在别人身上了：“做梦都想有个男人把我拐走，不是那种拐，就是用手把我一下子从这个火坑里拽出来。”

乔飞没吭声。

一泡生普洱喝完，小麻对乔飞说：“给我五年，我会把婚离得妥妥的。”

小麻已然把离婚当成一件大工程做了。乔飞说：“非得走到这一步吗？我给你唱首歌吧，宋冬野的《董小姐》。”

远处隐约有唱经声。哼到安和桥北的时候，小麻眼圈有些红，说在北京的年轻人真不容易。她反复声称，倒不是北京是什么年轻人心中的圣城，而是在北京的那段经历，就像抻面条，她就是那根被反复抻来抻去的面条。在那个鬼知道是谁在折磨她的过程中，她的心肠硬起来了。当然，她不会轻易和人讲，她还看到了一般人体会不到的风景。她要是和人讲，其实她非常感恩在北京的那段经历，会不会有人说她矫情？

“过程不重要，重要的是你为他脱过一层皮。”

两个人喝完茶出来，才发现，十月的太原已经很冷了。在寒冷的街巷中走了五站路，乔飞说，“我送你回宾馆吧。”小麻说，“不用，我就想和你多走一截路，明天我就回乌鲁木齐了。”

临别时，乔飞张开双臂说，“小麻，抱一下。”小麻往边上一躲，最终还是依了他，只是双手顶着他的胸，好像生怕他得寸进尺。小麻没动，风吹得脸上全是沙，他的身子像是刚从桑拿房里蒸过一样，温热，怦怦乱响。她正走神呢，乔飞却说：

“小麻你知道吗，在太原，我最喜欢去的地方就是去桑拿房。”

“为什么？”

“太原太脏了，好像只有在里面蒸上一回才能洗净晦暗不清的自己。”

“我还以为你在暗示我，让我跟你去洗桑拿。”其实，小麻想讲的是，她喜欢太原，也是待在这个没人认识她的地方，整个人都松下来了，谁也不会过来问她要干什么，你父母是谁。这不，她都说到这个份儿上了，乔飞不也像什么都不懂似的，仍是无动于衷吗？

小巷里到处都是装修的工人。她和他在一堆帐篷间又站了一会儿。小麻好像是感觉到了乔飞的动作又紧了些，便往外挣。谁知乔飞又来了句：“再过五年，你来太原，恐怕就不认识了，据说要造一座新城。”

13

很多天后，小麻从新疆发过来一条信息：你知道那天送完你，我一个人在大堂坐了很久吗？推门进房间的时候，田立丰还问我见到的是一个什么样的朋友，怎么走起路来都像是在飘。

乔飞还没回复呢，小麻又发来了长长一段信息。

那天，小麻本来想跟田立丰坦白，说这个世界上还是有人懂她的，她也并没有自以为的那样孤单。但这话想想还是矫情，最终也没有说出口。过去她厌恶他背着她与别的女人不三不四，而现在呢，她也快成了她所厌恶的人。她问田立丰：“你要我说真话还是假话？”

一看小麻的架势，田立丰像是受到了惊吓，马上说：“你高兴就好你高兴就好，我不怕你说话，就是怕你和我说实话。”

她知道有些事情就是她说了，田立丰也未必懂。或者说，他已经放弃了去弄懂的努力。小麻只是哄着囡囡睡觉。也是看到囡囡黑漆漆的眼仁，小麻感到前所未有的踏实。她说不清楚，但感觉有一种光照亮了她，照着她的身体，她的声音，甚至是她正在做的任何事情。甚至田立丰在那里打网游的声音都听不见了。

哄孩子睡着后，小麻放开热水，准备泡个澡。这是多年的老习惯了，每当她愤怒或者神经紧张时，都喜欢这么干。她看着天花板，什么都没想，又好像什么都想了。无意中瞥见水龙头下有根卷曲的毛发，她又从水里跳出来，把卫生间冲了一遍。

也不知道是怎么睡着的，醒来的时候，发现脖子上盖了一块毛巾。田立丰呢，正看着她。

“我怎么感觉泡了个澡，显得自己干净好多啊？”

“你不会把泡澡当成是在搞洗礼？”

小麻白了一眼田立丰，好像是在纳闷，怎么这么多年过去，这个男人说话还是这么刻薄？难道他从来就没有担心过他即将到来的处境吗？

从浴缸里出来时，小麻用白色浴巾把自己裹了起来。她感觉自己像个初生的婴儿。她哼着歌刷牙时，田立丰一把扯掉了她的浴巾，说：“我们再生个孩子吧。”

小麻许是还在梦境里回味，既没迎合，也没反对。不过，到最后，她还是箍住了田立丰的腰。她很想和田立丰说，其实泡个热水澡的感觉和圣徒对待圣水的信仰差不了多少，但又怕这个时候说话影响男人的干劲。

兴许是夸张了，但这种兴奋却一直在持续。所以到了乌鲁木齐，她终是没忍住，总是希望乔飞能明白，她真的没有什么非分之想。至于乔飞能不能明白，她也暂时顾不上了。说到洗礼的时候，乔飞还一本正经地说：

“我也是这么感觉呢？现在一到冬天，我就盼望西伯利亚的寒流。”

“什么？”

“因为冷空气一来，太原的灰霾就可以吹散了。”

小麻笑了起来。她似乎能想像出乔飞说话的样子。

挂了电话，她好像平静了。她没有像乔飞建议的那样去练什么瑜珈，脑子的疲惫骗不了她。

她天天去图书馆。

在图书馆，她碰到了一个八九年的男生，男生看着她穿一橙色短款羽绒服，走过来就喊她到门口说句话。她当时还没从书里的情形里走出来，以为找她有什么事。直到出了门，才明白他是在找她搭讪。他问她是不是准备考研？知道她是一个三岁孩子的妈后，男生还惊叹。后来的几天，他天天在门口等她，和她说话。

小麻哪里有心思和他撩逗呢，只不过和乔飞打电话说起这些时还是忍不住得意：“就你天天说我胖，你看看人家九零后的嘴多甜。”

乔飞也笑，笑完了又说她去图书馆动机不纯。小麻也没多解释，只不过挂了电话还是发过来一条信息，说她不像乔飞，还会对年轻人有兴趣，除了羡慕年轻人的年纪，除了羡慕他是南开的。乔飞半天才回复过来一个邪恶的笑脸。

是邂逅，还是偶遇？她一直在想，这样的事情老发生在她身上，说明了什么呢？是她太闲，还是她接触人的渠道太有限？但她当时什么也没想，她正陷在婚姻的泥淖里，见到别人的恭维，心底雀跃。好像经过了这么多折磨，还是有人发现了自己存在的价值。

谁知道那些图书馆的少男会对背负了诸多问题的家庭妇女还有疗伤的作用？也许是看到了他的孟浪，她才会与过去达成和解吧。

小麻等不到乔飞的信息，电话又拨了过去，头一句话就是：

“幸亏你和闫晓雨没成。”

原来是闫晓雨生了孩子。小麻去碛口看过她。闫晓雨仗着生了孩子，连家务都不做了。用小麻的原话讲，“一个女人贤不贤惠，看看她男人的穿戴就明白了。她老公虽然是干工程的，但也不至于邋遢成那样。”

总是这样，聊了半天，她才意识到乔飞好像有些心不在焉。过去的五年，她脑子里总有个声音，甚至有幅画面，她和他在一起无话不谈。她以为，他明白她想说什么。然而现在，她发现自己说了那么多，并没有得到足够多的回应。本来攒了好多天的话，小麻硬生生咽了回去，好像这才明白有些事情是没法儿与人分享的。

甚至有那么一段时间她强迫自己不要给他打电话，也确实有事做了。先是装修新的房子，一切都是按她的设计干的。装完了房子，王葵香又病了一场，小麻天天陪在医院里。出了院，她帮着母亲把裁缝店盘了出去。突然闲了下来，王葵香好像只会做一件事情了，每天动不动就给小麻打电话，打电话也不直说，总是问囡囡怎么样。甚至和小麻说了两句就没话了，非要和囡囡讲几句。听着囡囡抱着手机咿咿呀呀的，王葵香在那头好像就充实得不行，笑得简单又慈祥。这样的笑声小麻太熟悉了，当年姥姥待她，也是这般，好像她做的什么姥姥都懂，都理解。小麻总是情不自禁地想起母亲这一生，她一会儿干这个，一会儿干那个，时装热时学裁缝，直销兴起时卖过安利，她看起来没什么专长，居然每一步都没有落下，甚至连离婚都走在了别人前头。

还能怎样呢？小麻给王葵香买了台电脑。王葵香对电脑没有多大热情，但有一天还是给小麻打电话，说是电脑太卡了。

帮母亲清理电脑的时候，王葵香还在厨房里喊，我什么都没干，就是天天百度，怎么就慢成这样了，跟老牛拉的破车一样，等得让人心焦。

小麻笑了笑，都过去了这么多年，囡囡都会说简单的英语了，母亲的性格还是这么急。小麻清除浏览痕迹的时候，看到收藏夹和历史记录里有长长的一串网页，都是关于母女关系的情感指导，什么“如何避免母女间的争吵”之类。小麻心头一颤，想打开网页看一看，王葵香却端着一杯热水递给了她。

“你先收拾着，我出去买点菜。”说完了也不管小麻，抱起囡囡，“告诉姥姥，你想吃什么？”

囡囡还没说呢，窗外又蹿起一阵吆喝：“豌—豆—黄—来，澄—沙—糕。”

声音窄细，却清亮，好像是从黑暗隧道中漏出来的回声。小麻从电脑跟前抬起头，侧身望向窗外，卖糕人没看见，却听得囡囡奶声奶气地叫唤：

“我要吃好吃的。我要吃梅瑟凯琳，我要吃豌豆糕……”

“唉呀，和你妈小时候一样，都爱吃这些黏糊糊的东西，吃了这么多黏糊糊的东西，怎么性格还是那么倔？”

王葵香的话被门咣当一声截成了两半，后面应该还有个“啊”字吧，要不然，这话就生硬了。小麻好多次在公交车上听见中年妇女说话的声音，夹枪带棒的，不知道为什么会有那么多的怨气。当时挤得心烦，下了车又是一震，想自己是不是也会这样惹人嫌？过去那个要强的小麻，和她还有关系吗？

小麻扭头看向窗外，王葵香不知道在说些什么，穿白罩衫的老师傅笑得露出了豁牙，囡囡双脚直蹦，小脑袋都快伸到手推车的玻璃框中去了。

小麻摇了摇头，坐下来，收拾着电脑，又听了遍蔡依林的《天空》，青涩的回忆逐渐盖过了卖豌豆糕的吆喝声。也是听着歌的时候，她脑子放空，无端想起了姥姥。

“在我们那个年代，东西破了，是要修补它，而不是直接丢掉。”

有一回姥姥这样和她说话，好像是小麻嫌白衬衫上被人弄上了墨水，就不想要了。姥姥呢，亲自动手，在污损的地方绣了一朵小花。

恍惚中，小麻好像看到了姥姥脸上的褶皱，轻轻喊了声：“姥姥。”

那是多久以前的事了啊。

等到王葵香回来，小麻说想去趟北塔山。王葵香说，几百公里，何苦呢。可见小麻那么决绝，也没再多话。

囡囡一路上非常兴奋，直问北塔山有什么好玩的。

小麻说："在北塔山可以看到国外。"

肉肉又问："国外是哪里啊？"

这个问题太大了，该怎么给五岁的女儿解释呢？她含混地说："国外是另外一个地方，一个完全不一样的地方。"

到了草地上，肉肉没心思打听了。

姥姥的坟堆小小的，和不远处的乱石山比起来，就像孩子们玩的一个小土包。她看着碑上的杨随喜，想着得采取点什么补救措施。她从车备箱里拿出画笔，还没想好怎么涂呢，田立丰打来了电话，问她中午吃什么？还提醒她，小心肉肉被风吹着。北塔山的风是硬，但并没有记忆中的那么难受。肉肉在粗砾的沙石间玩得那么开心，好像根本不知道她是在荒凉的世界里瞎折腾。

挂了电话，小麻索性把画笔一扔。肉肉却捡起来，睁着一双水汪汪的眼睛说："妈妈，你画画吧，把我也画进去。"

肉肉在坟前跑来跑去，小麻的心思也被扯得远了。随手画了几笔，竟然也有模有样，肉肉仰着头问："妈妈，那是我吗，妈妈？""这当然是你了，我的小宝贝。"小麻看看女儿，又看看画布。肉肉和她长得太像了，她竭力按自己现在的样子画着肉肉，因为想着让女儿看到未来的自己是什么样的，不免把自己的脸色画得轻松了些。

乔飞曾经看过她的画，问她为什么不坚持下去？当然，还有一些朋友也对她说过，都画得那么好了，干吗要放弃？当时，她以为大家都是在安慰她，但现在，她想，要是有一天肉肉长大，发现自己的母亲只是个疑神疑鬼的家庭妇女，会不会嫌弃她呢？假如有一天，女儿高兴地和朋友们介绍，站在她们面前的是她的妈妈，而且还是位画家，那会是怎样的情形？

好像都成了真的了，小麻微笑着靠在墓碑上。

女儿的声音就在耳边。天上的鹰毫不费力地浮在上空。她想起有一段时间，她在房间里，看着别人的装修与布局，鬼使神差地竟对着镜子里的自己讲起话来。小麻突然有些感动，好像那一直盘旋的鹰才是她多年没有谋面的朋友。在山风横掠的正午，她待在史前的宁静里，久久地看着它，看着它。

突然，那鹰振翅一飞，过了铁丝网那边。

那边都有些什么呢？

有些事情没法儿细想，比如现在的母亲。王葵香不光学会了上网，还喜欢用智能手机。她每天总是忙着复制转帖。小麻被母亲转发的长长的心灵鸡汤搞得有些烦，都这把年纪了，还像冬天囤大白菜一样攒这么多不痛痒的东西，消化得了吗？兴许，过惯了苦日子的人都天生有种危机感吧。

关于离婚的事，小麻再没有轻易和人谈论。那道在她脑海里已经磨出一道凹槽的念头不再像从前那般折磨她了。她知道自己是姥姥的好外孙，是母亲的女儿，老一辈人死的死老的老，她没有时间毁掉自己了。

马熊

乡下人！一个奇特的古词。渔夫、猎人、农夫、牧人，人们现在还能真正理解这些词的含义吗？人们对这个化石般存在物的生活思考过片刻吗？他在古代史的书籍中被如此经常的谈论，人们称之为“农民”。

——G·塔德《未来史片断》

1

五黄六月一到，包谷已经不是包谷，一个个就像刚怀孕的小媳妇儿，身条儿还是纤瘦，该鼓的地方却使劲儿突起来了。王连林看得心慌，也不全是心慌，担心也有，更多的却是欢喜。去地里更勤了，每天扛着锄头，至少要打三回望。这个时候，包谷忙着抽穗，忙着灌浆，王连林去了，顶多就是看看有没有野兽来糟害，没什么事干。草都不用薅了，不薅草，并不是因为他和别人一样，也买了苏良英店里的百草枯。他信不过那玩意儿。连草都能杀得一根不剩，种下的粮食还能往嘴里喂？这话他也没和人说。说了苏良英还不把他恨死？所以别人青天白日都在家打牌，只有王连林雷打不动地去薅草。等到包谷齐腰，就没他的事了。不过说来也有些泄气，甭管他怎么精心照看，粮食长成，背到粮站，价钱并不见得会更高。价格一样也没什么，主要是他的粮食到最后还是和别人的混到了一起。讲起这本经时，他有抱怨，更多的是对这种做法的不理解。怎么世道就成了这样？搞得他好像也成了同谋犯。老婆杨白玉为此挺有意见。

“死无卵用你还怨别人。”

好像是为了证明自己不是随便一讲，杨白玉噘着嘴，连夜就去了潮州。潮州是个什么样的地方呢？据杨白玉说，无非就是靠海，有本事没本事的人都偷渡去了国外。虽然地方谈不上有多好，到底要比渔川发达。小厂子就像春天的竹笋，这家才开，那家又冒出来了。杨白玉就在制衣厂。多年后，王连林才想起来，这个杨白玉在制衣厂上班，为什么每回都要背回来一尼龙袋伞。伞挂满了一板壁，箭一般，根根指向楼顶。有时候下地，他也想学杨白玉打把伞，可这副装扮哪里是搞农业的行头呢。这事儿也被杨白玉嘲笑了一回。归根结底，还是他无用。这话伤人了。这个臭婆娘，出了趟远门，就不知天高地厚了。好像他王连林从没出过远门，他还去过广州呢。

说起广州，王连林话里话外都是遗憾。那会儿才九十年代，别人都还在地里刨来刨去，王连林就去了大城市。去，也是因为躲债。新婚不久，王连林的心气儿也高，虽然受了畏罪自杀的爷爷影响念不了高中，好歹还是读了十来年书。在渔川也算是个文化人了。难道还要像他爹王世农天天扛挖锄？不是他鄙夷，是他实在一眼就看到了活着的尽头。老路是走不通了，怎么办？起先是贷款，种开了天麻。他是按照《天麻种植技术》一步步来的，可以说，完全到位了。唯一没有料到的是，等他种完了天麻又去地里忙活时，王勇王强已经学会了玩泥巴。这两个兔崽子，对他爹把木头桩子埋在地里的做法好奇得不行。等到王连林一转身，他俩就扑过去把培土抠开，想弄明白到底藏下了什么宝贝，值得他爹如此认真，还要拿杉树枝挡着。等开来年开春，他满怀希望，企图看到致富的苗头，草都长到半腰高，也没见到天麻的影子。天麻不行，还可以试试别的嘛。他听说了兔子神奇的繁殖技术，又贷了些款，买了几百只种兔。兔子繁育的速度远远超过了他的预期，他一个人又是按科学比例配饲料，又是跑到百福司找兽医请教。车轱辘般转得屁滚尿流。杨白玉怀着孕，根本搭不上手。等到老二王强生下来，杨白玉去帮着照看时，才发现兔子并没有像想象的那般越养越多，竟然比开始还少。他里里外外一察看，才发现，狗日的黄鼠狼早把那些兔崽子吃掉了。欠下的债总得还，两个儿子嗷嗷直叫的嘴也得找东西填，活路在哪里呢？他又琢磨着种天麻。内忧外患呀。等到天麻种植也失败，王连林上吊的心都有了。

他揣上五百块钱就去了常德。

王连林当上了甩手掌柜，可把杨白玉累瘫了。两个孩子虽然也匪，就是听不进去话，还可以用棍棒收拾，田间地头就不由她控制了，两天不去，草就疯了一样盖过了脚背。还要管两头年猪，一个猪娘，一头牛。杨白玉脚板皮都跳翻了。那是三月，猪娘从栏里翻出来，拱完了菜园，又进了油菜地。满坡油菜花挤挤挨挨的，开满了屋前屋后。正在发情期的猪娘在油菜地里尽情撒野，金黄的油菜花在猪的奔跑下露开了缝隙。龚三妹就站在路边喊，声音又尖，好像别人在杀她。杨白玉气得不行，照她的话说是，帮着赶一下就行了，举手之劳的事。可龚三妹呢，她杵在那里，不光不帮忙，还念叨，说这个杨白玉太贪心。龚三妹也是好意，提醒她摊子不要铺得那么大。憋了一肚子火的杨白玉，哪里有心思翻捡婆婆的话，当下就顶了一句嘴："我就是累死了，会有人帮我提一下猪食桶？"

意思很明显了，明里是说她龚三妹没有帮她喂猪，其实还是指责龚三妹偏心了。龚三妹就说，你们就当老的好欺负。怎么帮老幺喂猪就不是欺负，她杨白玉发句牢骚就成了好欺负？杨白玉正在气头上，拿起尖担就打猪，把猪撵得腿都快断了，嘴里不免带着气："再拱，再拱过两天就把你这两个老不死的杀了。"

有什么办法呢，杨白玉只好花钱请人帮忙干活。儿子屋里天天有几个旁姓男人喝酒，王世农看不过眼了。这么搞下去成何体统？当然，他也是旁敲侧击，说了半天，无非是想讲，杨白玉嫁过来十来年了，也没见她给他打一壶酒，现在倒好，王连林天天在常德打工，杨白玉却用儿子的血汗钱请别人喝酒。这不是吃里扒外么？显然，公婆都认定儿子远走常德，是被杨白玉撵跑的。要不然她现在怎么还笑得出来？她不光是笑，还在屋里好烟好酒地招待别的男人。龚三妹也跟着敲边鼓，最后还推导出了一个吓人的结论："一个妇道人家，竟然狠得下心。"

杨白玉听得火冒八丈，她和龚三妹吵了一架。龚三妹尽管年近六十，嗓门还是一样的大。一九六九年，王延祯垦荒烧了两座山，害得十来岁的王连林也起早摸黑，跟着栽了两个月的杉树。搞运动的一来，王延祯又多了项罪名——土匪反攻倒算，破坏社会主义公有财产。苏良英她爹苏屠宪尤其积极，批斗王延祯不说，还把王延祯、王世农、王连林祖孙三人押到百福司搞了回陪杀，说是要镇压土匪崽子的嚣张气焰。王世农和王连林还年轻，听到枪响，只觉心暴跳腿稀软，王延祯回到渔川就有点糊涂，第二天睡到日上三竿没起来，还把一泡屎屙到了床头。这家人悄无声息、心惊肉跳地又熬了两天，不曾想，苏屠宪好像还没过够瘾，又来提人。平素见人就叫的狗直接钻进了楼板底下，只是呜咽。龚三妹眼皮猛跳，听苏屠宪高声谈论了半天，无非是声称既然上面都有了政策，那么大队也得有点实际行动响应。王延祯被架到村委会，不光剃成了秃瓢，苏屠宪还用杀猪刀把捶，就像敲木鱼。到底是人头血花直溅。第二天再叫王延祯去开斗争会，王延祯有了先见之明，联防队的民兵还在渔川河谷，他就从猪栏边找了根绳子，把自己挂在了三治田边的核桃树上。王延祯倒是解脱了，对这一家人，麻烦并没有终结。就在王延祯死掉的第八天，苏屠宪又带着民兵要捉王世农。这个时候，龚三妹站出来了。她把大门一闩，嘴里叽里呱啦，手上菜刀乱挥，摆明了就是一点："你苏屠宪再用刀把敲敲试试。"

屠夫出身的苏屠宪当然不会被一个女人的话吓住。他常年杀猪，白刀子进红刀子出，不信鬼煞，不过这个时候，他还是掂量了一番龚三妹的话。龚三妹的话没有什么分量，可她有两个哥哥。苏屠宪家族也不小，但龚天安龚天明都是镇人武部的干部，腰上有枪。最后王世农能逃脱制裁，说到底还是火器战胜了冷兵器。龚三妹的腰杆从此硬了。她自以为她的话分量十足。她的话都能镇住大队干部，还管不了个儿媳妇？龚三妹开始指桑骂槐。

杨白玉到底是年轻，越扯越远，一不留神就把心里话说出来了：

“你儿都没讲什么，你们胀什么干气？王勇王强上学都要钱，屋里的活我一个姑娘家怎么做得完？我不找人帮忙，你们帮我做？”

王世农一截木头没有锯完，捡起石头撵鸡，嘴里也是骂骂咧咧：“一个妇道人家，还要不要脸？”

王世农做什么都有条不紊，谈得上一丝不苟。比方说，木头到时一把火就烧了个精光，两刀砍断也能了事，可他非要锯好，一段一段，整整齐齐地码在那里。在地里干活，拿把锄头量间距，横平竖直，说是搞农业也得懂规矩。多年后，王连林折腾够了，回到渔川种地，完全继承了父亲的大寨式强迫症。话说回来，王世农再讲究，也没见地里的收成增补多少。倒是杨白玉，牛粪猪粪有的是，每年收秋，大背小背的，堆满半间屋。

可能这才是龚三妹起火的原因。她两口子好生经管，累得腰弯背驼，竟然还搞不赢儿媳妇。这一架吵到最后，也没分出个胜负。杨白玉倒是看清了形势，觉得待在家里实在了无生趣。她要王勇给王连林写信。

“叫你爹回来。”

王连林以为去了常德能干一番事业。邀他去的是妹夫。在妹夫的话里，到了常德基本上就是捡钱。说得王连林喉咙里都快伸出了爪子。谁知到了常德仍是种田。跑了几百里路，不过是换个地方种田，王连林泄气了。待了几天，王连林又发现，同样是种田，常德到底是大地方，说起来感觉就不一样。具体哪里不一样，王连林也没说出所以然，过了些时日，他才明白，原来没人在他耳边唠叨。不光没人管他，居然还有女人找他搭讪。这个常德女人，浓妆艳抹，和他聊了几句，得知他坐几天车到了常德仍是干着本行，话里话外就有些恨铁不成钢：“我们村现在连强盗都绝迹了知道为什么吗？”见王连林瞪大眼睛等着，又说，“强盗都知道了有那个工夫寻思别人的东西还不如去赚钱。”

这话说得，好像强盗脑子都活套了，都懂得转行了，只有他王连林好像还没种够田。心里不服气，他嘴里还是笑嘻嘻的，话也谦逊得很：“那你说说去哪里就能赚到钱？”

"深圳。那里是特区。知道什么叫特区吗？只有你想不到的，没有干不成的。"

这不成了胡作非为吗？聊到最后，他好像想通了，他折腾了半天不就是想找个来钱快的门路嘛。现在世界上就有这么一个地方，就是傻子讨饭也能赚到成千上万的钱。一个卖笑女子都有如此开阔的见识，他还是差点就进了高中的初中生呢。杨白玉的信还没寄到，王连林人已经去了张家界。火车开到广州就停下了。下了站就有人问他，想不想干活。他没想到自己如此重要，人生地不熟的，还有人这么热情地邀请他。

去深圳干吗呢？广州也不错嘛。多年后，听儿子王强说起外面的世界一团混乱，处处都是陷阱，王连林先是不信，等王强说得神乎其神，才有些后怕。要是他当年碰到了坏人，现在会是个什么样子？想都不敢想。好在刚碰上改革初期，人们想的还是搞实业赚钱，根本没有闲暇想着骗人。到处都是工地，什么都不缺，就缺人。招工的人问他会干什么，王连林还没有从天麻的阴影中走出来，说话底气不足，"也就懂点养殖技术"。虽然开吊车和养兔子根本沾不上边，但好赖也是技术。

"连养兔子都会，还怕不会开吊车？"

招工的人还以为他低调，笑了笑，二话没说就让他上了车。王连林本来挺发怵，但见人这么信任他，他还是坐上了驾驶室。这件事成了王连林后半辈子经常回忆的一个话题。他总是说，要是他能踏实下来，一门心思开吊车，怎么着也不至于把日子过成现在这般光景。每回听说王勇动不动就跳厂，听说外甥田贵东一会儿要去厦门学开车，一会儿想去浙江当和尚，王连林就暴躁得不行。他就是前车之鉴啊，居然没人拿他活生生的教训当回事。他开了半年吊车，就想回渔川了。就像他后来和人声称的那样："反正技术学到了手，去哪里还不是一样挣大钱？"

他其实是吃不惯广州的饭，什么菜里都有股海腥味儿。也不是因为吃不惯饭，还是他害怕。看到又黑又瘦的王连林回来，龚三妹说起来就直抹泪："广州还是人待的地方？饭都吃不饱。还是渔川好。回来就好回来就好。回来了就能和杨白玉过日子了。”可杨白玉不这么想。有本事的人都在外面扑腾，回来有什么好呢？杨白玉把一头及腰长发卖了，也只为王强换来半个月的生活费。和男人闷头种了几个月地，眼见得香港一团欢喜，世界太平无事，杨白玉终于下定决心：她要出门。

她还带上了王勇。王勇跟着她在潮州待了一段时间，嫌闷。他喜欢和老乡们在一起，就去了福建龙岩。虽然没念过什么书，但刨板也不需要什么技术，天晴了干一天就有一天的活钱，下雨了还可以天天打牌看录像。还能有比这更好的生活吗？苦是苦了点，但和在渔川搞农业相比，还是要轻松许多。这是王连林想不通的地方：打了那么多年工，什么技术都没学到的人，居然也能在外面混下去。

王连林一个人在家也忙得很。天没亮就出去给猪割一回草，又是给猪煮，伺候完了两头猪，露水草都干了，才停下来给自己做饭。等到芒种过去，他才稍微有些空闲。还是坐不住，他喜欢有事没事儿去地里转转。看见被风吹倒的包谷，他要找根棍子撑起来。鸟雀多的地方，还要绑上几片破伞布。包谷一株株胀了起来，五颜六色的伞布旗帜般迎风招展，王连林也是心神摇荡。他从田坎边摘了根嫩黄瓜，用袖子擦了擦，大口吃起来。

就是那个时候，他看见田贵东和田贵超两弟兄又往延春诊所跑。每回都是这样，只要苏良英的三个闺女一回来，渔川的年轻后生就像饿狗嗅到了食，全扑了上去。

2

滚滚乌云散开，连日梅雨终于消停了，黄澄澄的太阳从青龙坳跳了出来。渔川河谷弥漫的浓雾正往山野里藏匿。暴涨的河水浑浊，像条吃饱的巨蟒，懒洋洋地卧在峡谷之中。刷完牙，王连林走进屋，问王勇：

“今天好点没？”

“那是结石，你以为是感冒之类的三病两痛？”

在渔川，结石之类的病以前应该也有，只不过人们生了病，也不去医院，所以叫不出来名字，说起来也是腰杆痛。天天扛挖锄的人，谁的腰不痛呢。痛得实在熬不住，睡两天就好了。可王勇在漳州睡了一个星期，腰还是不得劲儿。腰用不上劲儿，就没力气往机台上抬木头。上不成班，还得花钱。眼见得口袋里的钱一天天少下去，王勇有些心慌。同厂的老乡提醒他，说是回龙山结石医院检查检查，好多人都在那里治好了。不查不要紧，一查却让人瘆得慌，米粒样的结石，密密麻麻。这是肾啊，人体的下水道被堵住了，能不痛吗？医生的建议是，想快点好，就做手术，要么，就慢慢熬。可动刀子要一万多块钱。王勇担心的也不全是钱，他是害怕，冰冷的刀子在腰里进进出出，万一出了事怎么办？他还是用了最保守的治疗方案，先用激光打。为了效果更好，又到处访郎中，吃草药。王勇打听了，打工的，有几个没得结石？就是割掉了，还会再长。这东西就像韭菜。反正是个长，何苦折腾。王勇是这么想的，可疼痛不由他。他哼哼哈哈的在家躺了两天，王连林坐不住了。

“要不割掉算了。”

“钱呢？弟弟读书不要钱？我娶媳妇儿不要钱？”

王连林装作没听见，洗了白菜，又继续洗萝卜，把个猪食盆砍得咣当直响，两头猪就在栏里撒开蹄子跑开了。

吃了早饭，见王勇在那里洗头，还用雪花膏擦脸，王连林就说，“你这是准备去哪里？”王勇没说话。王连林又说，“腰要是好点了，就跟我去渔川河里吧，看能不能捞上一碗早饭菜。”

“这么大的水。”

“就是要趁浑水摸鱼啊。”

“你不是说河里被人放过药吗？还有鱼？”

“去了就知道了。”

到了河边，王连林才听见渔川河水响声吓人。这哪里是吃饱了卧着消食的巨蟒，分明就是怒吼阵阵的奈河。还没下河呢，李安彪儿兄弟踩着几排杉木从上游冲了下来。到了水势平缓的地方，他们立住了，问：

“河里有鱼吗？”

“刚来。这天气放排，可有罪受了。”

“这天气不放，山上的木头就烂了。”

等到李安彪他们走远，王勇才问：“他几个闺女不都在外面打工吗？怎么还这么冒险图这点钱？”

“谁会嫌钱多啊。”

有一阵儿，父子俩没说话，一个在前面沿着河边踩，一个在后面拉着虾耙。走了几十米，拉起来一看，除了些蚯蚓、几只石蛙，连个鱼苗的影子都没看见。

“歇口气吧。”

“怎么腰又不舒服了？”

“没有。太冷了。抽根烟。”

河边的雾气渐渐散去。王连林试着往河中间走，不料脚下一滑，就被水冲到了河中央。他的头在河里一起一伏。王勇也顾不上抽烟了，沿着河岸疯跑。幸好到了转弯的地方，王连林信手抓住河边的一截竹根。王勇拿根棍子递过去，王连林才费劲爬上来。虾耙也被冲坏了，王连林顺手砍了根水竹，划成篾，把坏的地方补好。

不走大河，到了另外几条小溪沟里，收获倒不少，才半个小时，鱼篓就快装满了。王勇好像很兴奋，坚持要再往山里走。王连林却说够吃了。王勇捡起一块鹅卵石扔向远处的河潭，好像在问什么会有个够呢？两个人把衣服拧干，走出河谷，阳光照在身上，王勇连打了几个喷嚏。王连林看了儿子一眼，好像这才鼓起勇气：

“你以后不要动不动就往苏良英家跑。”

“怎么啦？”

“都有人说闲话了。”

“那么多人去，就偏偏说我？”

“名誉搞坏了，以后还怎么给你说媳妇儿？”

“什么呀。人家三个黄花大闺女都不怕，我怕什么？”

“什么黄花大闺女？婚都没结，就生了女儿，这样的女人你敢要？”

“我想要，别人还未必肯嫁呢。”

王勇才去了县结石医院三回，身子还没调理好，就着着急急地去了漳州。到了漳州，也不去原来的厂了。王连林知道后，还埋怨过王勇几句，意思是他怎么就不能踏踏实实在一个厂里好好干。王勇却来了一句：“你去红薯窖里看一看。”

王连林差点没吓死。冬天存放土豆和红薯的地方，凭空多了一架锯木头的机台。王连林直问是怎么回事，问王勇哪里来的钱。王勇说：“老板让我买机台，我想着渔川也有木头，就把机台背回去了。”

难怪他要跳厂。王连林明白了。因为明白了儿子的无法无天，王连林眼皮跳得更厉害了。才二十来岁就敢抢别人的东西，将来还了得？他好像想起了爷爷的命运，难道他们王家天生就有这种不安分的基因？太可怕了。要是搞运动的一来，这指不定是怎样的祸患呢。他对王勇说：

“你赶快回来把它送回去。”

“送回去？你说得轻巧。我送回去还不被他们打死。”

渔川人在漳州打工的不少，年轻人学坏的也有，成群结伙地，也不好好上班，光天化日之下都敢把路上骑摩托的人打晕。王连林有回还和人算了算，数下来，渔川竟有二十多个都进过少管所，一关就是两三年。王连林这么算的时候，其实有点得意，至少他的两个儿子都没被抓过。老二王强不光没被抓，还考进了天津的大学。他是享受别人的羡慕的。可现在呢，老大王勇居然敢做出这样的事。

王连林还要讲道理。王勇就说：“你不是告诉我要趁浑水摸鱼吗？”

这个时候，王连林才知道，和初中都没念完的儿子实在没法儿沟通。他只是后悔，想着当年怎么没有狠狠心，把王勇也逼到学校里去。他感觉脑仁儿都快裂了。他想再嘱咐几句千万不敢再这么干了，谁知王勇却着急忙慌地挂了电话。

王连林没辙了。送回去万一被抓了呢？不是万一，很明显了，轻点是被打一顿，再重点说不定就是残废。有那么一段时间，王连林都没心思薅草了。他从没发现王勇有偷摸的毛病，现在才意识到，王勇的心思野得很。有空没空，王连林也不去田里了，他把自己关在红薯窖里，先是发呆，时间久了也忙活起来，不是给机台上上油，就是拿布子擦拭，好像是等着有一天漳州的老板找上门来。兴许老板看见机台完好无损，就可以减少点儿子的罪孽。

不曾想，这事还是被人知道了，说是王勇赚了大钱，准备在渔川开刨板厂。王连林只好解释他们王家自古就是受苦的命，就是想当老板，又从哪里弄本钱，“抢银行吗？”因为说到了抢，他好像嫌自己口不择言太晦气，还呸了两口。这头忙着和人撒谎，那头却在电话里给王勇上紧箍咒，死活就是一句话：“你可千万不敢学你太爷爷。有些东西现在没报应，将来可说不准。”也不管王勇听没听进去，接着又给杨白玉打电话：“狗日的，越来越不像话了。”两口子合计了半天，也没想出妥当的办法。总得有个人管着吧。最后还是杨白玉说：

“你看看渔川有没有合适的人家。”

“合适？都在外面打工，我哪里知道谁合不合适？”

“你不用心，那就等你儿坐班房吧。”

3

月半才过，天气说凉就凉了。王连林从七姊妹山找枞树菌回来，太阳已经过了河。他坐在院子里，手上捏着根白沙牌香烟。烟还没放到嘴边，就听见有人说话。他偏起耳朵听了半天，知道他妈又在拦住过路人扯白。竹林挡住了光线，他没看清来人是谁。过了会儿，见龚三妹从竹林边探出头，递过来一句话：“连林知道刚刚过去的是谁吗？”

龚三妹年纪越大，好奇心却没有降下来。有两年不知怎么搞的，居然信了耶稣。原先勤快的两个老年人，天没亮就跪在床上祈祷。王连林从没想过父母为什么要祈祷，他不知道他们希望得到点什么。从小他就看见龚三妹信中国的神，迷信一切她不能解释的事情，好像这些未知的领域能按摩她被劳作折磨的身心。或者说，读过几年书的王连林，对母亲信教也没什么看法，老人嘛，总得找点事做，要不然天天昏睡还不成了老年痴呆？有回听母亲说她又资助了传教的一百多斤腊肉，为的是让“上帝之光”能尽快照耀到渔川。这可能就是骗人了。这个世道，骗子多的是，能骗住人也算，问题是把心思算计到老年人身上，王连林还是生气。他穿上解放鞋跑出去撵了一截，看见背腊肉的人还在对门，直喊人要把他们拦下。吓得传教的人有小半年没敢往这一方走。王连林没少提醒过王世农和龚三妹。眼见得道理讲不通，他只好用反问句：“上帝都无所不能了还要吃腊肉？一个外国鬼子能管得了你们的苦难？”龚三妹顾不上捉摸儿子的鄙视，只是掐着自己的指甲念叨，“怎么没效果？你看看，向主问了这么多天安，我手上都能掐出血色了。”王连林说，“你们要是天天歇着，不帮老幺拼命种地，脸上也会红光满面。”龚三妹有的听进去了，有的却没听着。她好像害羞得不行，说，“这怎么能行呢？那不成了好吃懒做了嘛。”龚三妹还不想做个没用的人。

王连林点上烟，含混问了句：“能有谁？还不知道你天天和李秀莲说传教。”

“她这回不是传教。是给人做媒。”见王连林兴致不高，她又说，“知道苏良英的老二吧，苏银平，和王勇同年的？”见王连林还站在那里，她又来了一句，“你知道苏良英放出什么话了吗？她当着李秀莲的面讲，全渔川的后生，她只看得上邓子明和我们家王勇。”

王连林转过去给猪栏里扔了捆草。龚三妹说：“要不找个媒人去问问？”

“问什么问？那样的孙媳妇你敢要？”

“听人讲，她们三姊妹的存款都可以在百福司街上买一幢四层楼的屋。”

王连林半夜被房顶的漏雨声弄醒，找了几个脸盆去接。雨声敲在脸盆里，丁零当啷，打得他的心思七上八下。第二天是十八，他去百福司赶场，先给王强打了个电话。王强说他准备考研，考研也没什么，王连林早就放出话了，只要儿子愿意读书，他就是卖房拆瓦也要供。可是现在好不容易供到了大三，他却说要再读三年。听见王连林不说话，王强又说，“要是家里实在困难，我就不念书了，我去西部支教。”这算是什么话呢？渔川就够穷的了，他还要去西部。送他念了这么多年书就是为了去西部吃苦？王强说得那么冠冕堂皇，王连林还是听出来了，王强害怕的是一时半会儿找不下工作。王连林只好说考研的事他也做不了主，等杨白玉回来了，一家人再商量。还要商量什么呢？给王强寄走一千块，浑身上下抠抠索索就只找见两块钱。吃午饭的钱都不够了。他拿着剩下的两块钱给王勇打了个长途电话。平时王连林也没什么话，问了身体，肯定要问生意，但这回他绕来绕去，问王勇有没有找女朋友。王勇的回答倒也干脆：“屁。”

这就是没有了。不光是没找到对象，还有责怪父母的意思在里头。好多回了，王连林都说，只要王勇能带个媳妇儿回来，他这个当爹的就是借钱讨米也要给他盖座新楼房。可王勇不这么看。这不是日哄鬼嘛，有了房子自然就有对象，可他爹呢，竟然指望儿子空手套白狼。见儿子着急挂电话，王连林又说：“那就回来吧，给你讲个媳妇儿。”

自从老二王强考上了天津的大学，王连林好像也跟着沾了光。先是村里提名，让他当委员。可王连林呢，低调得很，委婉地拒绝了。别人想进入村委核心都没有机会，王连林倒好，好像他的心思根本不在村里。的确也是，他的孩子都上大学了，将来还会在渔川待吗？那老大王勇呢？有心的人一推论，感觉王勇也完全不一样了。这事的结果是，已经不止两三个人暗示过王连林，只要王连林说句话，那谁谁谁家的姑娘就可以嫁过来。说得多了，王连林也不接茬，有人就觉得他骄傲了，他儿子这才读大学呢，他王连林好像就一副志不在渔川的架势。能怎么整治他呢，好话不听，那就激将他。激将他不行，就提王勇，说王勇的年纪不小了。也不知是谁传的闲话，说是王连林两口子偏心，打了多年工，尽供王强上学了。王勇耳根子软，听得气鼓鼓的，过年回来，动不动就往别人家跑。要是像田贵东和田贵超两弟兄是去哄姑娘也算，王勇呢，好像是受了父亲的刺激，改变了性取向，硬往男人堆里挤，打牌凶，输赢也大，动不动就成百上千。王连林吼了几句，王勇脖子一梗，给他翻了个白眼。好像他的终身大事都让父母耽搁了。

可旁外人不这么看。尤其是苏良英，一提起王勇，脸上就堆满了花儿，直说王勇懂事。“嘴巴又乖，这样的男人打着灯笼都难找。”这个王勇，和他爹他爷爷的性格完全不像，开朗得很。见到李安彪，一口一个表叔，喊得顺溜又亲热。他和苏家有什么亲呢？就是有亲，早几年也被苏屠宪打得没了。当然，也不能全怪王勇，那段过往，王连林从来没提，山里的日子好像也加速了，人人都忙着出门挣钱，谁还顾得上翻那本陈年旧账？上小学的时候，王勇总是小跟班一样在苏银平三姊妹屁股后面擂。再大几岁，稍微懂点事，他不再这样了，但离得老远看见苏良英，仍然会喊一声表娘娘。

这个时候的王勇，像过了夏天的嫩竹子，原先从土里带出来的灰褐色皮壳统统不见了，要条儿有条儿，头发又黑又硬，五官也长得周周正正。最主要的，还是有本事。同样是苏良英看着长大的年轻人，田贵东、许道佑、覃少武、彭建明也还行，见到长辈知道敬烟倒茶，问题是就看和谁比。比方说这个王勇，同样是二十来岁，却有种同龄人少有的稳重。稳重不是说他显老，而是他知道什么不能干，什么能干。别人老老实实地打工，王勇却敢把老板的机器背回渔川。

苏良英懂一点马克思，她爹有两套供批判用的毛选，她小时候没少费心思，比如这样的话：资本来到世间，从头到脚，每个毛孔都滴着血和肮脏的东西。别人看到的都是道德的审判，苏良英却天生知道怎么活学活用，她想起了中国的俗话：马无夜草不肥。想致富老老实实种地行得通吗？她虽然从来没有跳出来反驳别人，但内心里，却有自己的算盘。这也是为什么看到王勇的歹心，她却喜欢得不行。她喜欢有野心的年轻人。好几回了，见来提亲的媒人不是她中意的后生，苏良英只是敷衍：“老大金平都还没嫁呢。”

苏金平没人敢要。一个姑娘，还没结婚，就生了个女儿，这在渔川闻所未闻。多数人都知道苏良英的三个女儿在外打工，挣的钱还不少。李安彪好像生怕人想歪，还要再三强调说是开发廊。好像发廊很光彩，是个上档次的地方。百福司街上都只有理发店，可苏家三姊妹开的却是发廊。发廊是个什么样呢？据李安彪的描述，门口有身材板正的年轻后生迎客，店里也是金碧辉煌。最主要的，来消费的都是有钱人。

“洗个头没有百八十块下不来。”

这话说得众人半信半疑。渔川人在地里刨上一整天，顶多有个几十块，还得等到年底卖了药材才能换成活钱。可看看人家，洗个头都那么舍得。天下还有比这赚钱更快的办法吗？都说实践是测试谎言的不二真理，渔川出门的人一多，自然也知道了发廊是怎么回事。正规的店铺也有，但在更多人的眼里，他们经历的、看到的，都是那种暗红灯光的小门面，暧昧扭曲地挤在火车站附近的深巷里。

不过怎么说呢，她们一不偷，二不抢，隔三差五，苏良英和李安彪还要去百福司街上背皮箱。皮箱当然是苏金平三姊妹寄回来的。据苏良英讲，也不是什么值钱东西，就是些衣服和土特产。她话里话外都是埋怨，好像这三个女儿真是败家得不行，上一回寄的衣服刚上身，皮箱又来了，她天天晒，还是抗不过漫长的梅雨季节。话是夸张了些，但大家还是明白了，别看苏家这三姊妹走的不是什么正路，人却挺孝顺。全渔川，出门打工的也不少，可有几个年轻人懂得给老辈子买两身新衣裳？问题不在买不买新衣服，而是这份心意。更何况，这三姊妹还长得有模有样。尤其是老二，不化妆还好，收拾打扮一番，简直就是个城里人。到了后来，也没人说苏金平三姊妹不好，眼神滴溜得快的人，还会咂巴两句，暗示苏良英和李安彪两口子坐享清福。龚三妹脑子不算转得最灵活的，至少比起那些成天往苏家跑的年轻后生要慢一拍，但有一回碰见苏良英背着皮箱回来，还是表达了羡慕之情：

“你这大箱小箱的，天天往屋里背，也不嫌累？”

“有什么办法？女儿都在外头，可把我们这些老辈子整惨了。”

“也不知道谁家有福气，能娶上你家姑娘做儿媳。”

“女儿都是赔钱货，哪像您的两个孙儿那么有出息。”

“有两个孙儿有什么用？一个跑到天远地远的天津读大学，一个呢，书不好好念，还不省心。”

苏良英比龚三妹要小个二十来岁，当然听出了龚三妹的话外音。她说："干大事的人有几个是循规蹈矩的？你老人家就等着享福吧。"

"享什么福啊，年纪一大把了，也不结婚，快把人急死。"

"不是听说王勇引了个贵州媳妇儿？"

"不靠谱，早吹了。还是边邻处近、知根知底的好。"

"倒也是。你看看苏金平，现在真是把我们愁得。也不知道现在的年轻人怎么想的。你还不能讲，一讲就说你话多。我们也想开了，只要年轻人自己合得来，星宿八字不犯冲，生活理念谈得拢，就好。"

"这是准备把姑娘都嫁到城里去吗？"

"那可不行，我们也和老二讲了，希望她在家里待着，总不能让我们苏家断了香火，将来老了连个上坟的人都没有，那活着还有什么盼头？"

"赶快招个上门郎给你顶门立户。"

"说起来容易，找个不错的太难了。你以为人人都是你家孙儿王勇？"

李安彪也是这么想的。他虽然也这么想了，但还是嫌女人说得太露骨。等到翻过岭，李安彪才说女人："就你话多。"苏良英没吱声。老大苏金平的女儿隔老远就姥姥姥姥地叫开了。苏良英又叹了口气。

没过多久，渔川的人都知道了，苏良英这个丈母娘看上了王勇。

4

可能是害怕大操大办遭人闲话，放了封炮火，王勇就去了苏良英家，低调得很。王连林糊里糊涂的，都没顾上给杨白玉打电话。反正是板上钉钉了，隔了上千里，给杨白玉说了又顶什么用？王连林的想法也简单，嫁了王勇，还可以指望王强。甚至还正儿八经和王勇签了份协议，大意是以后就不用王勇养老送终了。上门，李安彪也没狮子大开口，要什么彩礼钱，说是把那套锯木头的机台带过去就行。当初按王勇的想法，渔川的木头也不少。可机器背回来才知道，开个刨板厂并没有想象得那么简单，本钱不够另说，问题是渔川的木头太小，稍微好点的，都因为早两年村里搞开发，烧炭砍完了。机器不用，就等于是一堆烂铁。李安彪想要，王连林也乐得送个顺水人情。

过了两个月，杨白玉打回来电话，才知道王勇成了别人的上门女婿。表面上她埋怨了王勇几句，说是没把她这个当妈的放在眼里，倒也没真的生气。平白无故就捡了个儿媳妇，想不高兴都难。可时日一长，她还是有些失落，自己养了近二十年的儿子，居然就去了别人家。为此，暗地里还掉了几回眼泪。等到第二年八月，苏银平生了个儿子，杨白玉买了一堆东西就往屋跑。到了百福司，回渔川的车拉了一卡车货，前面早就没了位子，她就顶张塑料布坐在一堆化肥上。好在雨也不大，几卷鞭炮没打湿。炮火响完，看见苏家三姊妹在院子里坐着，而王勇呢，背了水缸大捆柴刚回来。杨白玉的眼睛一下就红了。苏良英说："你不知道王勇多勤快。一天都闲不下来。"她骄傲的样子，感觉不是招了个女婿，而是捡了个好长工。晚上回去，杨白玉还一个劲儿地数落王连林，说："王勇真是可怜。他这真是给她们做牛做马了。"她想起自己坐月子时事事都靠自己，而她遭下一身罪，好不容易养大儿子，如今却成了别人的帮手。王连林没接茬，他还在研究杨白玉新买的无线电话。好不容易接通了，直接就拨到了天津：

"你哥生了个儿子，你给想个名字。"

"什么？"

哥哥结婚居然都没告诉他，王强有些恼火。生完气，他还是想了个名字：王子腾。按王强的解释，这名字是有来历的，向来贫寒的老王家需要这种气焰嚣张的鼓励。第二天，王连林过去吃饭，喝了两口酒给亲家解释，但李安彪却说：

"头一胎得姓苏。"

苏良英好像生怕王连林心里不痛快，又说："可以取两个名字嘛。你们叫王子腾，我们叫苏水生，我孙儿缺水嘛。当然，到时上户也得叫苏水生。"王连林酒喝多了，光顾着讲老二王强取的这个名字如何有文化，根本就没顾上去争论。到了打十澡那天，人人都知道苏良英添孙了，孙子名叫苏水生。

怎么着也得叫苏子腾吧。难道念了将近二十年书的儿子想出来的名字会丢苏家的人？可是在酒席上，王连林喝多了，没有想着这一茬。也是人逢喜事，喝多就开始摆古，头一句就是说他年轻时和马熊打过一架。好像只有和马熊干过仗，才能显示他这个当爷爷的威风。他都和马熊打过架了，自己孙子的基因能差到哪里去？甚至他还得意地透露，就是因为打倒了马熊，杨白玉才嫁给他。

"打马熊打马熊，你这辈子见没见过马熊屎？"

因为杨白玉用的是个反问句，正沉浸在往事中的王连林还以为是女人向他讨教。等到众人笑起来，才发觉不对。亲家母苏良英也对他笑了笑，王连林脸上挂不住，又喝了半碗酒。

王连林和马熊打没打过架，没人搞得清楚。但结婚后，有一年在百福司卖鱼腥草，一帮小流氓强买，王连林不干，倒是拿了根尖担，打了通街。渔川人听说王连林受了欺负，个个都拿着尖担围拢，声势也吓人。流氓逃遁，还喊有人造反。派出所的人朝天放了两枪，挤成一坨的人，才慢慢散开。

说起早年的事，大家一致认为王连林胆子大。到了后来，王连林就有些满不在乎，他说，要是你在杀场上站过，听见枪响，身边的人倒下去，你还会害怕？你都在鬼门关走过一遭了还会害怕？

这是酒话了。喝完酒回来，王连林把门板拍得山响，拍了半天，杨白玉才起来，嘴里还问：

"你亲家母怎么没给你安张床？"

"杨白玉你什么意思？你以为人人都像你这么九精八怪？"

王连林嘴里打着嗝，连用了两个反问句，还想往杨白玉的跟前凑。睡在床上的时候，王连林用腿顶她。她还嫌恶地踢了他几脚。

虽然添了孙，可孙子却在苏良英家。离得倒也不远，就两三分钟的路程。可也不能因为是自己的孙子，就天天往苏良英家跑。王连林和杨白玉两口子本来分居两地，这回突然在一起，反而有些别扭。看着别人家欢天喜地，自己的家里更显冷清。又住了半个月，杨白玉还是想着去潮州。临走的前一晚，王勇过来叫王连林和杨白玉两口子吃饭。酒喝到一半，苏良英对杨白玉说：

“亲家母，你就别出门了，帮我们带水生。王勇小两口把延春诊所盘下来了。”

这回不是简单的租，是一次性买断。杨白玉看好儿子的前程，却对自己活在别人的屋檐下没有信心。怎么能行呢？一家人的关系都不一定能搞好，何况还有外姓人。

延春诊所换了人，生意仍是不温不火，可李安彪买了辆卡车，把种子化肥农药也从百福司拉到了渔川，价钱还和镇上差不多，来的人一下子就多了起来。说多也是夸张，年轻人都在外面，也就是不用天天薅草的老家伙突然闲了下来，有事没事，总聚在延春诊所打打牌。苏良英、李安彪、苏银平在诊所里待着，地里的事情就全交给了王勇。有一天，王连林看见王勇在地里，就问：

“怎么就你一个人？”

说话的工夫，李安彪就开着卡车过来了。苏良英隔着老远就喊，让王勇过来搬化肥。离得近了看见王连林，说，“亲家也在啊。马上开春了，你的化肥买了没？要不让王勇给你送几百斤？”王连林还没吭声呢，王勇就说：“我爸从来就不用化肥。”

准确地说，王连林从来不用农药。原因也简单，老婆杨白玉早年和他吵架喝过一回农药，屙了一裤裆黄屎。他当时后悔得要死，疯了般背到卫生院，灌了半天肠，人才活过来。杨白玉人虽然没死掉，对王连林的打击却是灾难性的。农药这种东西能把人害成这样子，撒到地里，长下的粮食还不要人命？他对农药的恐惧从那时就根深蒂固了。当然，他也从没和人讲过这本经。他只是老老实实地割草，让牛吃，让猪踩，畜生养了，肥也沤成了。别提施肥的认真劲儿了。每天春天，从猪栏里挖粪时，王连林的高兴无人能解，好像那不是臭烘烘的热气，而是他发酵的梦，无人知晓的秘密。这么多年过去，他种地没偷过懒。别人家忙得有声有色，他的事情倒也没想象的那么费劲。

5

王强变了。

才读了几年书啊，说话做事都不像本地人了。开口闭口都是他的公司。照他的描绘，别看他刚毕业一年，公司却已经起步了。起步还不是普通的起步，才开张没多久呢，就开始了兼并，就开始了扩张。公司可不是一般的人都能开的。这样的高端话题，王连林怎么插得上嘴呢。但凡碰到老二讲起这门经，他总是抖着手去卷烟。王强却好像看不下去了：

“给你说过多少回了，我都开公司了，爸你还抽卷烟。这不对。”

“怎么不对了？”

“你现在已经不是你了。”

“那我是谁？”

“你得为你儿子的形象考虑。你就是不为你儿子的形象考虑，也得为你儿子的事业考虑。”

王连林好像想不通了。妈的抽个烟还有这么多说道？抽个烟都不痛快，还抽个什么劲？王强好像是看出了父亲的疑惑：“这么给你讲吧。你儿我现在开的是公司，要是我的生意合作伙伴知道我爹抽的是卷烟，会怎么想我？”

“那我应该抽什么？”王连林也不好意思用唾沫舔卷烟了。

“这个，雪茄。古巴产的。”

王强变魔术般，从旅行箱掏出一盒雪茄。又掏出暗器样的双刃雪茄剪，咔嚓剪掉雪茄帽。也不知道是雪茄质量太低劣，还是王连林的肺适应不了洋烟的气味，呛得他直流泪。倒是王强，憋着腮帮子吸了一口，又来了句：“什么都是个习惯。适应能力强的人才会引领时代。”

王连林虽然觉得儿子的话不太对劲，但不知道是不是被烟呛晕了，反正琢磨了几天也没想明白问题到底出在哪里。倒是渔川爱打牌的人听说王强从合肥回来了，都跑到王连林家，挤满了一堂屋。说不清楚真是王强智商高，还是他运气好，推了几把牌九，差不多就赢了近一万。可打了会儿牌，他就把赢来的钱往王连林身上一塞，说：

“这样的来钱方式还是太慢了。没什么意思。”

才个把小时，他就赢了上万块，居然还说这么干没意思。李安彪问王强到底做的是什么大生意。王连林说：“这个我也不清楚。说是开公司，我每回打电话问他在做什么，他就说是在和老板喝茶。下一回又说是在和老板打高尔夫。我就一直没想通，这世上还有不出汗，喝喝茶打打高尔夫就能赚钱的事？”王连林好像满脑子都是困惑，渔川人却还是从他轻描淡写的话里掂量出了得意。有个儿子在合肥做大买卖，能不得意吗？

去王勇家吃饭的时候，王强拿了几提黄陂湖大闸蟹。饭桌上，王强还和李安彪说，在合肥那边天天吃这些东西，烫上黄酒一起喝就更舒服。苏良英就在旁边问，“有钱的人不是喝茅台吗？前不久听说有个地方，人们喝茅台中了毒，一查才知道，原来是假酒。用敌敌畏兑的。据说茅台和敌敌畏一个味儿。”李安彪说：“个老娘们儿，你就知道卖点农药。你怎么能和王强这样做大事的人开口闭口提敌敌畏？”王强好像有点难为情，抓了抓头发，说，“也不是什么大买卖。和你们一样，都是小本生意。其实就是投资。什么是投资呢，打个比方，你看你们两老没怎么送嫂嫂她们三姊妹念书，她们早早就出门打工赚钱，这只能算是无本的买卖。可我爸就不一样了，我爸勒紧裤腰带送我读大学，吃的这个苦就是投资。”

渔川人虽然也经常夸人，但听见别人这么明目张胆地夸自己，还是有些脸红耳臊。王强说了半天关于投资的事，话里话外都在暗示他做的是大生意。照他的估算，只要中国的经济发展速度不出大的变化，他的公司团队会呈几何级暴增。听到后来，苏良英好像也动了心，一副跃跃欲试的架势。王强的话停住了，苏良英像是无意感慨了一句，说，王强你都这么厉害了，还不拉你哥一把？

“这个也不是拉不拉的问题。公司也不是我一个人说了算。”

等到王强回去后，两口子躺下，苏银平还想再提投资的事，王勇就踢了她一脚，嘴里尽是抱怨，也不知是嫌世上没有那么好的事，还是说不会真有掉馅饼砸到他头上。

“可他是你弟弟。你弟弟还能骗你？”

“这可说不来，你又不是不知道。百福司好多人搞传销，都家破人亡了。”

“你弟弟是在搞传销吗？他不是说他是在合肥开公司？”

苏水生被吵醒了，哇哇直哭。王勇没接老婆的话，又哄了半天。隔着板壁，却听见苏良英和李安彪好像翻来覆去睡不着：

“你看看王强，肚子都和镇上的干部一样大了。”

“天天好吃好喝又不干活儿，不胖才怪。”

他到底做的什么生意？天底下竟然还有说几句话就能来钱的好事？

虽然没人再提入伙投资的事，王强留给人的印象还是太强烈了。王强去了合肥，隔上十天半个月打回电话。好几回，苏银平接到电话，直接就喊：“王勇，你弟弟找你。”但这回，王强却说没什么事儿，就是问问她们怎么样，还一个劲地邀请，要是没事儿干，带上侄儿到合肥住几天。又过了些时日，王强还建议苏银平，问她想不想来合肥开个发廊。他嘴里一口一个嫂嫂，说是他们老板有一家店想低价转让。苏银平就问多少钱，知道了数目，她又感慨了一句，说钱都存的是定期，一时半会儿取不出来。

“我要有你那么多钱，肯定不会把钱存在银行。那点利息，还没通货膨胀的速度快呢。”

好像是闲聊了，不过这话却也击中了苏银平的软肋。晚上和王勇聊起来，还是后悔，天底下有那么多一本万利的买卖，为什么偏偏她就选了最笨的一种。早两年，她们三姊妹打工，每年也存下不少钱。也不懂理财，就让镇上的亲戚帮着存定期。有回去取条子，亲戚还说她，你当年要是用这些钱买几块地，如今恐怕都值上百万了。现在呢，现在这些存款在镇上买个一百来平方米的楼房都不够。

“反正存在银行里也没有什么利息，还不如放到你弟弟那。”

王勇到底是多了个心眼，第一年也没多给，就给了五万。不曾想，到了年底，王强竟提回来将近六万块钱。这个时候轮到王勇后悔了。苏银平还直埋怨王勇，正是因为了他的犹豫，一年时间让她损失了多少。当然她用的也是反问句，一个劲儿地问，“你连你弟弟都不信，还能相信谁？”好像是生怕王勇做出更愚蠢的事来，再叫王强过来吃饭时，苏银平把将近三十万都给了王强。王强也不点，只是说到年底再来算算具体的收益。

可到了年底，王强没回渔川。苏银平着急打电话过去，王强却说是在开会，讲了两句就要挂电话。过完年，苏银平坐不住了。问清楚王强的地址，只身去了合肥。苏银平在合肥待了小半年，才九月份，就回来了。和去的时候完全不一样，她说话的劲头和王强当年刚回到渔川时一模一样，好像打了鸡血。每天忙得不行，饭才吃到一半，就有电话响起来。她还要说普通话。像是生怕别人听到商业机密，总会走到院子里卷上舌头嗯啊个没完。别人问她在哪里发财，苏银平不说先笑：“发什么财？就是天天东奔西跑地开会，图个好玩。”

这有点不务正业的架势了。她苏银平又没文化，凭什么和干部们一样动不动就坐小车？还开会，她一个平头老百姓开什么会？话里话外都是嫉妒。得知她男人有个亲弟弟在合肥投资做生意，好像这才反应过来。加上王强又能说会道，几下就打消了人们的疑问。确也是，哪里是简单的东奔西跑，分明玩的是信息战。天天窝在一个地方，什么都不知道，能有出息？什么叫树挪死，人挪活？你不折腾怎么知道哪里有更赚钱的买卖？新时代了，谁拥有信息谁就引领风骚。

王强的话听起来怪怪的，似乎也就是个光说不练的把式。比起王强来，苏银平的能力好像还要强一些，才在渔川待了三个月，就有十一户人家把钱掏出来，要入股。老婆的所作所为，王勇都看在眼里。他也不想多管。在这个家里，从一开始，他说话就不怎么算数。何况苏银平玩的还是那么大的数目。只是看着苏银平接电话的次数越多，王勇还是没有忍住：

“你天天和谁用普通话通电话？”

“想什么呢想什么呢？我做生意不打电话钱能白白地给你？”

还能怎样呢，再问下去，恐怕又要吵起来。苏银平涂着猩红的嘴唇，一天要给手上抹几次护手霜，王勇呢，指甲盖里全是污渍也没工夫收拾。忙完了地里，还得去在渔川河谷喂牛。按他的设想，等到儿子苏水生上学，完全不用苏银平管，一年卖一头牛，儿子读多久，他就可以卖多少头牛。谁知他的牛才养上十头，苏银平就打开了他的主意。

“把牛卖了吧。”

“为什么？”

“天天种地能有出息？”

苏银平给王勇算了半天账，王勇种了这么久的地，一份活钱没有，堆的两千斤玄参还不一定能卖成现钱。算来算去，就是种地太不划算了。苏银平的话也含蓄：“我们总不能让水生再在渔川上学吧？”她甚至举了几个例子，一些不如他们的人家，都把孩子送到百福司去了。怎么能让水生输在起跑线上呢？王勇开始还附和，听到后来，他明白了，苏银平不光是说家里的存款不多了，要卖他的牛，还要他出门打工。还有什么比让儿子好好念书更动人的目标？就像苏银平说的那样：“得和你弟一样，书念不念得成且不说，早点去大地方跑一跑，胆子就不一样了。”

王勇还能说什么呢？他就是因为没钱，才不愿意在学校里待着。没去大地方待过，想法有限，胆子呢，相比起天不怕地不怕的弟弟来要小得多。年刚过，还没出正月十五呢，他就跟着几个老乡去了漳州。厂子就在郊区。下雨，没法儿晒板，就闲着。有事儿没事儿就给苏银平打电话，也没什么可说的，每回都是先问吃饭没，然后就是关于儿子了：“儿子没生病吧？”他嘴里问的是儿子，其实是想的老婆。苏银平业务不忙时，还会和他说笑几句，有的没的，说了半天，还不挂电话。苏良英好像看不过眼了，就在旁边唠叨：“打电话不要钱啊？你们也真是，大手大脚惯了，也不知道节俭。”

下一回打电话的时候，苏银平就把这话也说了，好像并不是她着急挂电话，而是老人嫌他们太不懂得过日子了。王勇虽然舍不得挂电话，但一想到多花一分钱，就是在一点一点毁掉儿子的前程，他还是狠下了心。他把烟也戒了。有回和杨白玉打电话，杨白玉还说：“平时没事儿多给银平打打电话。你又不在身边，要多陪陪她。”

“陪什么呀。离这么远。好不容易打个电话，她妈还嫌我浪费电话费呢。”

本是句牢骚，杨白玉却记住了。和王连林说起来，也是百般抱怨，嫌王连林做事太草率：“你看看你做的都是些什么事，当时是图痛快了，该走的程序不走，匆匆忙忙把儿子送过去，现在倒好，你儿一点地位都没有。做牛做马供他们吃供他们穿，给老婆打个电话还要被丈母娘敲打。”

6

王连林起初对关于儿媳妇的闲话没怎么在意。

太荒唐了，有人竟说苏银平和王强搞到了一起。怎么可能？他虽然对苏银平心里没底，但对老二王强还是了解的，一个读了多年大学的人不可能做出那么可怕的事。兔子还不吃窝边草呢，何况王强是个读书人。这不，苏银平到底没能在合肥待下去。这个事情证明了什么呢？要是两个男女相好，会说分开就分开？不过，让人困惑的是，苏银平也没有回到渔川，而是在百福司转来转去，好像只有镇上才能施展她的手脚。

确也是要怪老二，要不是他带坏了风气，苏银平仍会老老实实的，可现在呢，她打扮得花枝招展的，搞得有回王连林在街上看到她都差点没认出来。王连林眼皮跳了半天，好像预感到了要出大问题。和王勇打电话，直喊他快回来：

“你要再不回来，苏银平只怕要跟人跑了。”

“你就放心吧。她一个小学毕业生，能跑到哪里去？”

作为一个初中毕业生，王勇好像自信得不行。婆娘们有点见识，就想踹开男人的例子，王勇可是没少见。就说张海英吧，都和村长李安德结婚了，就因为打了两年工，刨板厂老板对她有点意思，就想着离婚。可没少闹腾。硬闹了两年，搞得渔川外面的人都知道了，婚没离成，却赶上经济危机，刨板厂倒闭了。老板哪里还有心思和她调情，早跑到爪哇国去了。换了个刨板厂，张海英再没提离婚的事，她每天起早摸黑的，有时还会和王勇开开玩笑，把离婚未遂当成了自嘲。都是没念过什么书的女人，苏银平能怎样呢，她就是脚板皮跳翻了，能蹦到天上去？

没有准确的信息，王连林也不好说儿媳妇的不好。他只是难过，好好的日子怎么就过得这么心焦，这么不省心。怕什么就来什么，他正为这事儿愁着呢，在百福司教书的连襟还是告诉了王连林一个不祥的消息："这个苏银平居然在街上牵着覃浩的手。"

连襟好像在替他不平，光天化日之下，这对男女竟然就不顾忌别人的眼睛了。关于覃浩，王连林多少也听说过他的底细。三十好几，白白净净。提到覃浩的长相，王连林不停地叹气。谁若是天天不干活，好吃好喝，恐怕也会长得细皮嫩肉。覃浩还有些富态，尤其是那双眼睛，有光。王勇呢，成天在刨板厂干活，人精瘦，却没有精神，眼神混浊得很。

总不能直接去找苏银平兴师问罪。他假装路过延春诊所，看见苏水生，就问，"你妈呢？可怜的家伙，你妈不会不要你了吧？"苏良英听见王连林的声音，直喊他快到屋吃中饭。她喊他进门，声音却没什么热情，一看就是心不在焉。寒暄完了，还暗示他那样吓唬小孩子不好。可王连林呢，好像他不过是在指出苏水生即将被抛弃的残酷现实。虽然两个人都没提起覃浩这个危险人物，王连林还是看出了苏良英的心虚。

她怎么会不心虚？前两天覃浩还在延春诊所睡过一晚呢。看到女儿一点都不避嫌，苏良英还讲了女儿几句。苏银平却支支吾吾的，说他就是个生意上的伙伴。还能把话说得怎样露骨才敲得醒走火入魔的女儿？吃了饭，李安彪还和覃浩聊了几句。覃浩话多，但说出来并不惹人讨厌。比如他不知怎么就说起了苏良英的年轻，说人年轻也没什么，问题是他说话的方式，讲究。但又不像是字斟句酌，好像为了某个目的，预谋了半天。他说得那么自然，完全是她的样子超过了他对时间的理解。

“您这么年轻就当奶奶了，我妈知道了还不急死。”

也不知道是夸她年轻，还是羡慕她早早就有了孙子，或许他嫉妒的是她这么年轻就添了孙。什么叫有福呢？到了后来，苏良英被覃浩打动，也不全是因为他夸她年轻，而是对她的孙子表露出了异乎常人的喜欢。他抱着苏水生，时不时地要用胡子扎他的小脸蛋。好像光扎还不过瘾，还亲他的脸，都快把他的小脸吸得瘀青了。兴许，那个时候，苏良英就已经相信，即便苏银平跟了覃浩，自己的孙子也不会遭什么罪。更何况，覃浩话里话外都像是秉持着法律的良心。

“你们两老随便到百福司的街上打听打听我覃浩负责的案子。就是输了，也输得体面。”

苏良英喜欢有事业心的男人。看覃浩的穿戴，挺括的西服上，连点泥星子都没有。虽然之前，她认定了王勇，勤快，胆子大，值得女儿托付终生。可现在呢，见到女儿居然和覃浩这样的男人也有了交集，苏良英不免对早年的见识浅薄感到痛心。

有一段时间，苏银平也不回渔川，还是苏良英追着打电话。起先，苏良英还假装问问她的生意，后来就直接了：

“你和那个律师怎么样了？”

“你想什么呢？”

“怎么你们不在一起？”

“事情不是你想的那样。”

苏银平不说，苏良英只好自己想办法。端午这天，苏良英拿了几串粽子给王连林。放下了粽子，苏良英也不走，夸了半天他一个人把家操持得好，猪喂得肥，突然就来了句：“王勇怎么样？他也是，去门这么久了也不给屋里打个电话。”

好像是漫不经心，又好像是在埋怨王勇不懂事了。苏良英要是假装不提，王连林兴许还不会冒火，现在关于苏银平的风言风语传得人尽皆知了，苏良英还想责怪王勇。有这么做人的？

“我还想问你们呢。”

苏良英叹了口气，好像她真是拿年轻人一点办法都没有。

见苏良英不说话，王连林又来了一句：“人人都知道苏银平在百福司干了什么。你们为人父母，得管一管。”

“怎么管？问起来，她什么都不和我们说。”

“还用说吗？我可是听人讲，她把那个姓覃的都带回渔川了。”

“他来是来过，不过是谈生意。住了一晚就走了。”

“他要再住一晚试试，你是不是看准了我们王家没人？”

“亲家，你也别说气话。女大不由人，我就是问问，王勇有没有给银平打电话。”

“这个时候你想起王勇了？要不是因为你连电话都不让他们打，能走到这一步？”

虽然没从王连林嘴里套出什么话，苏良英还是明白了。他们王家认定她苏良英的女儿变坏了。问题是，她到现在都搞不清女儿怎么想的。王连林说得也没错。关系没走到那一步，能随便把人带回渔川？

等到苏良英走了，王连林才想着要把粽子还给她。

好几回酒喝多了，王连林都端着碗在那里喊：“别把老子逼急了。老子可杀过马熊。”

他说酒话的声音那么大，把正在床上祈祷的龚三妹和王世农吓了一跳。两个老人也不向主请安了，侧着耳朵听了半天，还以为王连林和谁吵架。龚三妹提了把菜刀上来，直问：“是哪个要杀人了？娘卖麻皮，敢欺负上门了。”

两条黑狗也扑出来跟着吼，黑漆漆的夜里只有远处的几颗星星，好像为听到这样的话心惊胆战，闪烁不定。

7

苏银平的胡作非为可能真的打击到了王勇，有那么半年的时间，他茶饭不思。到了下雨天，老乡们围在一起打牌，他却闷在石棉瓦搭成的工棚里睡觉。有一回切片，他反应慢了一拍，差点把大拇指切掉。兴许是受了惊吓，出了一身虚汗，再之后，咳嗽就没好过。好不容易坚持到月底，结了当月工资，从邮局汇给了苏银平，王勇就坐车回了渔川。

听说儿子要回来，王连林好像找到了主心骨。他到了百福司，先在街上逛了一圈，又在司法所门口站了半天，以为能碰到苏银平。他虽然还没想好要真是碰到这对男女怎么办，但总得去碰一碰，要不然就显得他这个当公公的太没面子了。可他一根烟还没抽完，王勇的电话就来了。王连林也顾不上去寻儿媳妇了。

没想到儿子瘦成这样，像根麻秆，才七十八斤。村里打工的，倒是都瘦，问题是王勇完全脱了相。脸又黑，颧骨都顶了出来。王连林问他怎么了，王勇好像因为思念用尽了力气，说话像蚊子哼。王连林也没听出个所以然，接过王勇手中的尿素口袋，往背篼里一放，哗哗直响。里面装着脸盆、衣架。看来王勇这是准备再也不出门了。

快到家时，王勇说他实在走不动了。也没去延春诊所，直接就回了王连林这头。龚三妹远远地看见王勇，没认出来，走近了一个劲儿摸着王勇的脸哭了："勇勇，你这是怎么啦？你这是受的什么罪呀？"王连林还吼："又没死人，哭什么哭？"龚三妹不知是不是老糊涂了，哭着说："什么没死？你看看把我们王勇都折磨成什么样了，这还像个人吗？这和鬼差不多。"龚三妹好像也被自己的话吓着了。她又倒了碗蜂蜜走上来。看见王勇吃了两勺蜂蜜，龚三妹又认为王勇肯定是犯了什么凶煞，让王连林去请李秀莲来给打整打整。

第二天，苏银平抱着苏水生来看了一眼，王勇强挣着起来逗了会儿苏水生。到了中午，苏银平饭也没吃，就要回去。龚三妹说，"这就是你家，你要回哪里？"苏银平声音低低的："水生还小，火眼低，我先把他送回去。"可她带着儿子走了，再也没回来。王连林跑到延春诊所，喊苏银平来帮着照看王勇。苏银平却躲在房间里说感冒了。等到王连林出了院子，苏良英还跟出来说："你们家王勇是不是在外面染下什么病了？"

苏良英虽然是迟疑着说的，王连林还是听清楚了她话里的意思。她们关心的不是王勇生了什么病，而是质问他家王勇是怎么得的病。眼见得王勇一日日消瘦，还咳嗽，王连林也是像热锅上的蚂蚁，六神无主。这些症状和前些年村里得艾滋病的石发刚一模一样。石发刚从外面勾了个贵州姑娘回来，据说是个发廊妹。两人倒是结了婚，还生了个孩子。结果没两年，一家三口，相继暴亡。症状就是发烧，咳嗽，人变瘦。当时渔川人没这方面的意识，后来想起来害怕得要命。但凡和石家有点接触的人，不是把碗扔了，就是把杯子砸了。甚至恨不得把他踩过的路都要挖一遍。过去了好几年，虽然没人再提，但这种恐惧仍像是鬼魅般如影随形，藏在人们心里。人们看见王勇病成这个样子，不知是谁提起了石发刚，话题一下子就绕不出来了。越说越像，越说越恐慌。王连林也着急得要命。这种病就是绝症啊。不光是治不好，最主要的还是丢人。他现在想和苏良英讲理都讲不通。只好给杨白玉打电话。杨白玉在那头说：

“得病了就没人带他去治？”

“治什么治？大家都说王勇得的是艾滋病。我们在百福司那里喝过水，那家人把王勇用过的水瓢都扔了。”

“苏银平是怎么想的？”

“我现在哪里顾得上问那些。你先回来再说。”

苏良英做得也比较绝。王勇还在床上躺着呢，她就把王勇的衣服全送了过来，还对王连林说：“王勇得的这种病，暂时就不要回去了，毕竟水生才三岁。”

过了两天，李安彪又在院子里喊王勇。王勇应了几声，李安彪也没听见。王连林走出去，李安彪就说：“亲家，有些事也不知道该怎么开口。你看看王勇出了这样的事，我们也毫无办法。可是银平还年轻，水生也还小。反正他们两个也没有扯结婚证，要不让他们协议离掉。这样，对大家都好。”

“王勇还没死呢，你们觉得合适吗？”

“你也别发火，不过是时间早晚的问题。”

“你这是盼着王勇死了？”

“不是不是，我是说离婚的事。”

王连林脸色铁青，问：“这是你的意思，还是苏良英的意思？”

李安彪还没开口，苏良英就从屋后转出来了。她说：“现在说这些还有用吗？我们当年实在太草率了，光知道你儿敢偷老板的机器，哪里知道他还敢在外面胡搞？”

王连林理亏，嘴巴又笨，也不知道该怎么吵。

好在杨白玉回来了。

杨白玉去了延春诊所，也不进门，站在院子里说：“人人都说我家王勇得了艾滋病，这是谁说的？我就不信了，你们又没去医院检查，怎么就敢那么肯定？”

“王勇都成了这样了还用说吗？他的症状和当年的石发刚一模一样。”苏良英把石发刚抬出来，好像这样就能让人理解她的所作所为。

杨白玉说：“你们就是舍不得花钱。好，你苏良英不愿意出钱，我出。”

杨白玉好像就是要故意大肆折腾一番，专门从百福司雇了一辆车。光路费就多花了几百块钱。跑到恩施一检查，哪里是什么艾滋，就是个淋巴结核。在医院调理了半个月，杨白玉就带着王勇回来了。

听说王勇得的并不是那种病，苏良英还硬着脖子说：“没得那种病，也不能证明你家王勇到底干没干好事。”

本来知道了苏良英造的谣，杨白玉就生气得不行，现在医院都证明王勇没事了，苏良英还这么混账，杨白玉憋了多年的话也就全出口了：“你以为谁都像你苏良英的三个姑娘？”

王勇和苏银平两个年轻人在这样的阵势下，根本就没有插嘴的机会。苏银平没帮着吵，王勇也是一脸沉默。两家大人却都气得不行，好像不弄个你死我活就不善罢甘休。

杨白玉忙着找当初的介绍人，准备和苏良英算账。

算账的时候，杨白玉还把变馊了的几个粽子扔到了苏良英家的桌子上。

杨白玉说：“我儿到苏家待了三年，没有功劳也有苦劳，这个钱怎么算？”见苏良英不说话，她又说：“钱我也不要了，就要孙儿。”听杨白玉的算盘在这里，苏良英说：“不可能。这是我们家银平生的，我们养了两年，凭什么给你？”

来帮着调解的李安德人虽然年轻，却挺会说话：“都是边邻处近的，既然过不下去了，也没必要做得这么绝。孙子呢，还是跟着母亲合适。王勇年轻，又要出门做事，怕也是照顾不好。”

这么一通下来，两家人算是达成了协议，最后苏良英补偿了王连林三万七千六百块钱。

谈妥了儿子离婚的事，杨白玉天没亮又出了门。可她人在龙山还没买上汽车票，王连林的电话就来了。

“狗日的，这个苏良英明里一套背里一套，说好的事情，她又告到法院去了，现在要我们退钱。”

本来就窝着一肚子火的杨白玉，这回好像找到了发泄的出口。她口口声声说就是倾家荡产也要和苏良英官司打到底。对于杨白玉的话，覃浩也没多反驳：“胡搅蛮缠那么多没用的毫无意义。我作为一个法律工作者，这么给你说吧，按法律的规定，你们还得为孩子掏抚养费。考虑到王勇的能力，我们就不要那么多了。”

还没怎么着，他就开口闭口我们了，已然和苏家打成了一家人。他说得冠冕堂皇的，好像他来了这么一手，还是让了王勇。这算是哪门子法律？

听覃浩的口气，不光孙子成了别人家的了，还有可能要掏钱去养，杨白玉直接就发了飙：“你他妈是个什么东西？什么时候轮到你说话了？要不是你，我儿子会搞成现在这个样子？你们就是一个鼻孔出气。”苏良英说：“杨白玉，我跟你讲，真要算账，你家王强骗了我们三十万的事怎么算？”杨白玉说：“那不是你苏银平愿意的？你自己的女儿是个赔钱货，反倒怨开我们了？”王勇好像头痛得不行，终于憋出一句：“别吵了。都别吵了。”

法庭到底不是搅面糊的地方。到了最后，覃浩成功帮苏家要到了抚养款。什么叫赔了夫人又折兵？杨白玉肺都快气炸了，哭了好几回，动不动就跑到苏良英的延春诊所去闹。到了后来，见苏良英不接茬，又回到家里天天吼王连林，说一切都是王连林的错。她越说越生气，甚至推断出当年王连林让王勇上门，并不全是为了儿子，而是想和苏良英好。说出了这么一通话，杨白玉自己好像也吓了一跳。她说出这些的时候，脸黑着的王连林神情大变，吓死人。杨白玉越说越生气，眼见得王连林把事情搞成这样实在郁闷，去了广东，电话也不打了，好像这样就可以眼不见心不烦。王勇在家休养了一段时间，待着无趣，又去了漳州。

那些天，王连林也没心思下地，天天喝酒。一喝多，难免说些酒话。从说他打马熊又跳到了和人打架。他甚至说他白天迎面碰到李安彪，双方都没有避让的意思，结果硬生生把李安彪挤到了田里。李安彪浑身泥巴爬出来，见王连林拿根尖担还在路边等着，也没多话，只是对着他指了几下，好像是说等着瞧。王连林和人说起李安彪一身淤泥从田里爬出来时，眼角含笑，好像看到他狼狈的样子，就出了胸口恶气。

苏良英好像真是气得不行，又和大女儿苏金平唠叨起这件事。苏金平说，要不要到镇上找几个人教训教训他？她用的是反问的语气，明显是替苏良英做主了。苏良英没接茬。

中秋前几天，王连林去百福司给王勇寄腊肉，刚走到街上就被揍了一顿，他最撮火的也不是被揍，而是好好的腊肉还被他们抢走了。都什么年代了，还有没有王法？王连林不信邪了。他爷爷当过两天土匪隔了几十年还能翻旧账，这些人光天化日之下抢劫他就能不受到惩罚？他火气腾腾地来到派出所报案。讲了半天前因后果，做记录的民警却忙得很，一会儿一个电话，好像还有更多杀人放火的事要去管，而他的几斤腊肉实在算不上什么案件。见民警光是坐在那里听，而不是起身去抓人，王连林讲得口干舌燥，也就没了耐心。

走出门和王勇打电话，也不说被打的事，就说腊肉被苏良英抢了。腊肉本来是要给王勇补身子的，现在呢，却这么不明不白地被人抢跑了。王连林讲得很激动，一副和苏良英不共戴天的样子。王连林控诉得唾沫四射，王勇呢，好像这根本算不上什么屈辱："你要我怎么办？你是要我去和他们拼命？"

王连林没辙了。这个王勇，说是他王连林的儿子，血性还不如苏金平。他在家睡了两天，起来也不给猪喂，腰上别了把杀猪刀，就在延春诊所附近走来走去。看见苏良英出门，还要用阴鸷的目光睃几眼。

8

最后在渔川待不下去的是王连林。

也不是待不下去，照他家老二王强的说法是，“既然老天爷没有让他的儿子继续扛挖锄，那他为什么不尝试换种活法呢？”所以，王连林跟着老二王强去了镇上，人们都说这个王连林是享福去了。王强好像是终于明白了父母在不远游的道理，又好像是在大城市待得厌了，不好好找个正经工作吃皇粮，居然又回到了渔川。想想自己几十年勒紧裤腰带供了个大学生，最后却是这样的结果，王连林脸上无光。去镇上，也有点自暴自弃的意思。他甚至还暗示过王强，说他工作都没有，居然还想在镇上买房，靠什么维持生活？渔川人在百福司买房的也多，但都是自己买块地，盖个四五层。在镇上买个百八十平方米的楼房怎么住？王强却说房子多大就够住呢，又不是搞农业，要把撮箕挖锄鸡鸭猪狗全往家里放。这理由也说服不了王连林。住在百福司，不搞农业，还能做什么？王连林甚至去打听过哪里有卖地基的，可卖地的一听说他是渔川的，就像是遇到了仇人：

“你们就是再有钱，我也不会把地卖给你。”

“为什么？”

“我们害怕艾滋病。”

连问了两家都是这样的回答。王连林没有办法了。别人每提一次艾滋病，他都会想起苏良英加给他的屈辱。要不是苏良英造谣，他儿王勇的名声能坏到这样的程度？到了最后，他没有买下地基并不完全是没人卖给他，而是他手头也没那么多钱。买楼房也有买楼房的好处，按王强的说法，好赖是电梯房，而且是百福司的第一栋电梯房。王强甚至预言，再过十年，百福司就不是一条街两条街，而是一个城市。他说，三十年前，深圳还是一个海边渔村，可现在呢，一栋栋房子就像自幼发芽的竹茬，就像爆炸了般，成了国际大都市。是时候轮到渔川享受改革开放的福利了。这不，高速路都快通到家门口了，这么好的机遇不抓住，再等着房价涨起来，想买都买不起了。

王连林被王强的“爆炸预言”说得激动了，好像他现在住在百福司已经不是待在一个拥挤的小镇，而是进入了一个马上要爆炸的机舱。这话拗口了，爆炸不是真的爆炸，而是那种日新月异的速度。他看见王强每天夹着个皮包出门，也是汹涌澎湃。杨白玉每天接送王勇王强的孩子上下学，王连林呢，哪里人多就往哪里钻。街上的老头老太太就是悠闲，天亮就在百货大楼前的空地上扭来扭去，到了黄昏好像还没有玩够，仍跟着劲爆的节奏蹦蹦跳跳。王连林转了几天，也找到了事做。镇上有一家店卖磁疗床，据说可以治风湿，为了做广告，免费让大家体验。很多跟王连林一样刚从乡下搬来的老辈子，哪个身上没点病痛呢？都想免费治疗一把。王连林喜欢看别人把五颜六色的电线往自己身上缠，好像经过他们的这么一通胡乱折腾，那些经年累月累出来的关节肿大会有所缓解。这不，有几个先来的老太太，说在这个磁疗床上睡了几天，折磨了她们一辈子的头痛居然好了。这让王连林更是怀揣希望，每天早早地就去排队。他想的是，不管能治哪种病，说不定就能歪打正着。他甚至给远在漳州的王勇打电话，问他腰还痛不痛，实在不行回百福司睡几天磁疗床看有没有效果。可是怎么说呢，被电击了几回，王连林的头痛却加重了。过去他每天只吃一颗去痛片，现在呢，却要一把一把的喂。到了后来，还是王强一语点破了实质：

“你这头痛是急出来的。”

“什么？”

“你是染上了城市病啦。”

听了王强的一番解释，王连林好像才找到了病因。难怪之前在渔川待了几十年，也没觉得浑身有什么不对劲，偶尔有个头痛脑热，吃颗去痛片就行了，谁知到了百福司才几个月，就不自在了。

王连林开始动不动就往渔川跑，别人都说他生来就是受苦的命，有福也不会享受。房子本来说好要卖给外甥田贵超，当然田土都要给外甥。这时候，王连林却又像是反悔了：

“老了我还是想埋到渔川。”

他这么说话的时候，好像回到渔川就是想给自己找个埋人的地方。但时日一久，人们还是发现，他给人的感觉更像是舍不得渔川的几亩药材。好像是为了证明自己不是随便一说，他还砍了几根竹子，要重新编织撮箕和粪筐。

王强也跟着回来了。许是受了父亲的感召，许是看到了新的机遇，王强竟然回到渔川承包了几十亩地，搞起了有机农业。有机农业说得好听，其实就是最笨的办法，用猪粪牛粪。十几年前就没人这样干了，现在倒好，王强读了一辈子书，学到的唯一知识就是拒绝先进科技。这样的大学生在渔川人看来也扯淡。他拒绝先进科技也没什么，居然还会回渔川种地。稍微有点本事的人都出去了，而王强读了十几年书居然还是回来种田。渔川的年轻人都在外面打工，做一天工，就能挣一二百活钱。种地能挣上钱？读了那么多年书就是为了回渔川种地？人们说起王连林的老二，好像都感慨得不行。

“现在谁还敢送孩子念书呢？读了大学又能怎样？”

王连林当然听见了人们的闲话。有了王强早年搞传销的刺激，王连林对儿子到底想干什么，他已经不抱任何希望。甚至一度，他看见王强也坚持不用百草枯，还认为儿子总算是和自己一条心了。

他是这么想，别人可就不这么认为了。尤其是苏良英，听见王连林王强父子俩到处和人说百草枯要不得，她就生气。都是些什么歪理邪说啊。他们不光说百草枯不好，甚至还说化肥也不行。王强还有一套理论。

“化肥是什么？化学制品。知道为什么现在癌症这么多吗？”

这话挺吓人。一回忆，又觉得王强说的是对的。早些年，村里谁听说过癌症啊。现在呢，不是肠癌，就是肺癌，不是胃癌，就是血癌。一句话，人倒是能吃饱了，可癌症呢，也普及了。化肥不光不能增肥，还会致癌，这样种出来的粮食谁还敢吃？慢慢地，李安彪再去给人送化肥，就没什么人想要了。

到了这个时候，人们意识到了，王强口口声声说什么有机农业，无非就是劝人别买农药。就差说别买苏良英家的农药了。本来种地的人就不多了，经过王连林父子俩一忽悠，苏良英的生意更是一落千丈。苏良英认为王连林就是故意回来报复的，还说得那么冠冕堂皇，说什么有机农业。

“渔川人吃了几十年化肥种的东西，也没毒死人。就他王连林干净？”

苏良英甚至放出了狠话，他王连林要是还想多活几天，最好别再胡说八道。王连林好像真是回来一门心思种地，根本顾不上和苏良英争吵。王强却好像是在替父亲出头了，他放出话来，说只要不用化肥，种出来的粮食他都收了，价格还要比百福司粮站给的高。粮食收回来，也不是囤着。他是用来喂猪。什么样的粮食不能喂猪呢？偏偏还要这么讲究？有人耐不住好奇去了王连林家一看，好家伙，才多久啊，王强就建了整整三排猪舍。一头头猪皮毛光滑地在猪舍里昂首阔步。

“猪栏就是猪栏，王连林家老二却非要说是猪舍。这不是书呆子么。”

可以说到这个时候，人们还是抱着看笑话的态度。不过到了后来，还是有人看出了蹊跷。这个王强，杀了猪，他也不卖，而是加工成腊肉。别人的腊肉是因为吃不完，熏腊的，王强却说他做的是产品。果真，仍是平常的猪肉，他稍微包装了下，一斤居然卖到了三十块。都快赶上牛肉了。听说百福司的快递公司都快忙疯了。

居然有人到这偏远的地方买腊肉。一打听才知道，原来别看王强天天抱着个手机，其实呢，却是在做推广。他不光做推广，还让他细皮嫩肉的媳妇儿拍照。在那个营销账号上，王强的媳妇儿，摇身一变，成了一个漂亮的姑娘。漂亮的姑娘可不仅仅只是一副光鲜皮囊，在营销账号上，她已经不是王强的媳妇，而是一个诗人。一个年轻的女诗人，可能还没结婚，居然到乡下做开了有机食材。明明就是再平常不过的猪肉，她却说是食材，比如过上两天就会来一句：“希望你们吃我做的食材可以感觉幸福。”这哪里是吃肉呢，明明就是在享受幸福。可以说，她已经不是单纯简单地写诗了，她花费了自己的青春，却是给城市人打造健康纯洁的厨房菜单。这是什么样的精神？

渔川人当然不懂什么诗歌。反正他们从王强装模作样的行径中看出了问题。这不是骗人吗？可也不是骗人那么简单。骗人的事，王强小时候给父亲写信时就干过了。这个成不了他的心理障碍。在他看来，只要能做成事，顺着买肉人的消费心理，不也是皆大欢喜？有人喜欢女人，有人喜欢漂亮女人，有人喜欢漂亮女诗人，有人喜欢漂亮女诗人做的腊肉，而他王强恰恰都提供了。管它是不是真实的，他们最终要吃的也不是什么漂亮女诗人，而是味道正宗的腊肉。王强呢，对这些肉还真是用心，经过他的研发，对，他说的就是研发，味道诱人，有股子乡村生活的朴素劲儿，那肉还是肉，却有肉感，又好像那肉已经不是肉了，那肉里有寂寞生活慢慢酝酿出的芬芳。慢慢的，就有人来讨教，问秘诀。王强还是笑，说，“有什么秘诀呢，人哄地皮，地哄肚皮，踏踏实实做人最要紧。”他甚至把王连林种地的经验也搬出来了：

“多年前，我跟着我爹种地，什么都不懂，总觉得别人都用百草枯了，他呢，还是老三篇，用手扯草。我们这里雨水多，这头还没扯完，那头又长起来了。我爹就这么一辈子扯啊扯，结果腰弯了，背驼了，草呢，还是在长。我当年对我爹这一套是反感的。可是经过了这么多年折腾，我明白了我爹。他做事是有耐心的。你必须用了心，那么土地才会更丰厚地回报你。”

王强讲了半天，有的人还是没听懂。没听懂也没说什么，王强可以接着说。说得通俗易懂点，就是别想着投机取巧。

这话难理解了。什么是投机，什么是取巧呢？一个把嫂子骗进传销窝点的人，居然给人说这一套。这可不是人们想要的答案。人们想要的是快速致富的方法，而不是什么道德说教。王强双手一摊，好像也没辙了，继续腌他的猪肉。累了，就让他媳妇儿站在案板前，把腌好的猪肉翻两下，做些姿势，他呢，拿起手机不停地拍照片。渔川人还不懂得微博、微信营销，只是觉得让个从不干活的女人拍这么些照片，简直就是小孩子过家家。

王强忙完了一阵，就去了百福司。他开着辆尼桑皮卡，比起李安彪的大货车，还灵活。原先，李安彪的货车独霸一方，谁要去百福司办个事，要么包车，要么一趟付一趟的钱，而王强呢，他好像完全看不上这些鸡零狗碎的小钱，谁家有事，他都愿意捎上一截。

这不是要坏了生意上的规矩么？

对于苏良英的抱怨，王强并没放在心上。偶尔兴致高了，还会和人扯几句卵弹，说：“政府没有监督，那叫集权；生意没有竞争，那叫垄断；全渔川要是就由着苏良英两口子胡来，人们多会儿才能享受到发展的福利？”王强虽然用的是个反问句，但听见的人都听出了他是胸有成竹的，或者说他的志向不单单是想自己一个人富起来。

看起来，他确实是这么干的。他声称，只要人愿意用有机农作物喂猪，他到时可以用比市场高一点的价格收购。渔川人祖祖辈辈都在喂猪，猪肉价格时涨时跌的行情弄得他们晕头转向，到后来就不想了，也不是不想，只是想着平日里油够用、肉够吃，就好了，谁会想到这猪肉也能致富？王强靠喂猪发了财，动心的人就不是一个两个了。

问题还是出现了。

上百头猪不是同时死的。但随着猪死得越来越多，就引起了恐慌，说王强的规模养殖带来了瘟疫。王强不相信这些谣传。发展的过程中总会出现各种各样的问题，在没有明确的结论之前，怎么就能随便打击自己的信心呢？他去镇上找来了兽医，漫长的化验，终于等到了结果，哪里是什么瘟疫，居然是人为投毒。

警察来了。

王连林说，“全渔川卖农药的就苏良英一家，肯定是她放的。”

王连林说得这么肯定，但警察也不能全听信一面之词。问：“作案动机呢？”

“还用问吗？多年前我们就是死对头。”

“除了她，你就没和别人结过怨？”

这话把王连林问住了。

最后找不到合适的证据，这事也就不了了之。吃了亏的王强，好像也是自认倒霉。他建了一个石灰池子，把死猪都扔了进去。那段时间，渔川人总是能闻到猪肉的腐烂气味，连续刮了几夜大风，都没有吹散。

9

果真应了当初的流言，苏银平又被覃浩抛弃了。

她都被覃浩抛弃了，还天天开着辆北京现代，带着一帮姐妹在龙山、来凤一带赶场子。谁不知道苏家三姊妹在卖淫呢？人们没有料到的是，之前她们还要点脸，至少还会怕碰到熟人。现在呢，在家门口就脱开了裤子，好像什么都不在乎了。她完全破罐子破摔了。王连林酒后不免话多，说这俩娘母真是害人精，一个祸害年轻人，一个祸害粮食。和王勇说起这门经时，王连林好像还有些庆幸：

“幸亏你们离了。”

可王勇好像听到这样的事一点都高兴不起来，他说：

“你就不能少操点别人的心？”

这是什么话？什么叫是替别人操心？他活了大半辈子，好像一点都不懂儿子了。对于两个儿子在干的事情，王连林既帮不上忙，也不知道该如何去沟通。他甚至暗示过王强，反正他现在也雇着别人，为什么不叫王勇回来一起干？亲兄弟总比外人要好吧？可王强呢，好像搞了几年传销，真的懂得了与国际接轨，他说：“现代企业管理避免的就是家族式熟人社会。”

王连林想骂娘。狗日的，才做了几天生意啊。中国不就是个熟人社会，不就是要讲究点人情世故嘛，他王强居然想撇开这一切。苏良英三个没念过书的女儿都知道抱成团呢。这不，她们带着一帮姑娘跑来跑去，好像真赚了不少钱，李安彪都想办锯木厂了。也是听说了这回事，王连林才想起，当初光顾着算账，竟忘了把那锯木头的机台要回来。也不能说是忘，当初他对儿子背回别人的机台本来就有些恐惧，想着把祸患留给苏良英也好。谁知过了这么久，李安彪竟然真的派上了用场。

李安彪打起了那片黑老山的主意。黑老山里全是脸盆粗的杉木，他请来了伐木工人，一百块一天。王连林知道的时候，李安彪已经开始锯开了。听说苏银平还在百福司租了块地，办了个厂。

倒不是说王连林真的就是舍不得那片黑老山。问题是那片黑老山是王延祯栽的。这件事王连林记得太清楚了。他十来岁的时候还跟着爷爷一起上山栽过树。每天天没亮就去山上，小小的手冻得全是伤口。为这事，王家没少挨过工作队的整。后来搞林改，老山划归了集体。王家也从没再提此事。怎么突然之间，黑老山就成了苏家的了？

王连林给森林派出所打电话："没扯砍伐证？能不能砍树？"

"废话。"

"那要是有人砍了几千棵树呢？"

"谁不要命了，想一辈子住牢房？"

这个时候警察已经觉察到了打电话的人不是在咨询，而是在举报。

第一车树刚运到百福司就被森林警察截住了。

幸好苏良英的弟弟苏刚在县武装部当头头。虽说占关系，李安彪还是被拘留了两个月。最后交了五万罚款才放出来。

李安彪回到渔川的第一件事就是上门找王连林。两个男人面红耳赤地站在院子里，好像都在找对方的弱点，伺机准备致命一击。这个时候，苏良英却从一边冲了出来，扭住王连林，挠得他满脸都是抓痕。

王连林理亏，也没还手。

的确也是，他做得有点过分了，平日里人们之间有过什么纠纷，谁会闹到法庭上去？就是有矛盾，白刀子进红刀子出，都有自己的解决方式，向政府报案，可不是渔川人的做派。只有小人才这么干。更何况王连林闹腾了半天，自己也没得到什么好处。甚至那片被砍倒的黑老山最后都被森林派出所运走，当作罪证，充了公。这叫什么事儿呢，明显的损人不利己。到了后来，不光是苏良英一家，连旁外人讲起这本经来，都说王连林是个猪脑壳。

虽然被人骂得狗血喷头，王连林好像并没放在心上。

现在还有什么能让他看不开的呢，王强的生意做到了百福司，他在街上办开了腊肉加工厂，完全是机械化生产。名声出去了，渔川的猪舍也就是回来拍拍照片用。王勇又结了婚，不光结了婚，还给他生了个胖孙子。孙子一个接一个地出来，杨白玉在百福司带了两个都忙不过来，王连林在渔川帮着看猪场，也带着一个孙子。

天天带孙子也是闷得慌，做事情累了逗一逗孙子还能解解乏，问题是天天和小家伙腻在一起，王连林还是觉得日子实在漫长。到底还是闲不住，上回听杨白玉在电话里说街上有人收摇钱树叶，就是婆娑树叶，九十块钱一斤。王连林当时听了没什么想法，倒是杨白玉在那里感慨，说是天天被两个孙子捆着，要不然她也能挣点零花钱养活自己。本是带着孙子王子腾去山里闲走，身上却也带了把斧头。满山转了半天，摇钱树的影子也没看见半个。就在他看到一只锦鸡扑棱棱飞起来的时候，王子腾却奶声奶气地说："爷爷，我要那个钱串串。"

顺着孙子指着的方向，王连林看清楚了，这不就是摇钱树嘛。真是漂亮，树又高，一串串果实就像铜钱，悬挂在枝间。王连林侧耳听了一会儿，好像真听到了钞票叮当作响。他让孙子在一边玩着，只身进了林子。他举起斧头一门心思砍树。不曾想，树太大，他还在砍呢，树就突然倒了下来，树根下的王连林被弹到了一边。

他醒来的时候，看见王子腾正坐在旁边哭。王子腾眼泪流得哗哗的，王连林什么也听不见。一摸，头上全是血。也顾不上摘什么摇钱树叶了，斧头也不要了。他用衣服包住头，牵着孙子往树林外走。

走到大路上的时候，他才看清，刚刚进去的地方，是苏良英的柴山。

回到家，他交代孙子，别说是被树弹的，是被马熊抓的。

龚三妹看到王连林满脸是血，边哭边喊王世农。她是真以为王连林要死了。等到给王连林洗了脸，王世农才发现儿子只是有半边耳朵快扯掉了。血流得太多了，迷糊中的王连林说要去买药。龚三妹就说："你这一走，那些猪我帮你喂得出来？你爹就会中药，养一养就没事了。"王世农也老眼昏花了，见王连林的耳朵还是趴着，就用绑电线的黑胶布把它粘住了。讲起来，王世农还理壮得很："风把包谷吹倒了，用根绳子绑住，过两天又能长直，何况是人。"晚上龚三妹和王世农两个在床上祈祷了一会儿，龚三妹还是眼皮直跳。

"连林没事儿吧?"

"能有什么事儿?"

龚三妹还是睡不着，走到院子里一看，红旗界那一方半边天都红了。她直喊王世农，说是天上出现了异象，是不是世道要乱了。第二天早上去给王连林送饭，喊了半天，也没反应。

又过了一天，王连林才有胃口喝点稀饭。

胃口好了点，王连林又牵着王子腾去延春诊所给王子腾买糖。也不是去延春诊所，诊所旁就是村委会，小卖铺还有好几家。聚在那里打牌的人，听说王连林被马熊抓了一下，都连说庆幸。

那段时间总有吓人的事。先是一个十九岁的杀人犯流窜到了渔川。他白天躲进山里，晚上就出来敲门找人要饭吃。年轻人都在南方打工，一帮弯腰驼背的老头老太太真是一点办法都没有。县里派了十三位公安来搜山，连根头发也没找见。杀人犯的阴影还没消除，没想到马熊又开始咬人了。

倒是苏良英远远听到了，却来了一句："成天说马熊，你就是狗熊，敢做不敢当。"苏良英老就老了，还有点老来俏，头发剪短了，却染了点颜色，在朴素的乡下，相当的扎眼。不光头发刺眼，说话也是硬邦邦的，好像她随时准备找王连林闹一场。

王连林还没接话呢，王子腾却好像敢为爷爷扳本了，对着肥胖的苏良英来了一句："什么敢做不敢当，我爷爷砍的就是你家的树。"

"好啊，王连林，你一个人欺负我也就算了，还带着孙子砍我家的树。你以为我是李安彪，可以由着你来欺负?我跟你讲，我要放火烧你的屋，我要杀了你孙子，我要让你们王家绝后。"

被树弹了一下，王连林的耳朵不如以前好使了。他没完全听明白，但还看清了苏良英凶狠的表情。他感觉她凶神恶煞的样子不单是冲着他。她在诅咒他的孙子。这不王子腾都哭了。好像苏良英的话真是吓人，王连林买上五彩棒棒糖，牵着王子腾的手掉头就走。

10

王连林的五间瓦房谈不上雕梁画栋，但在渔川方圆百里，也是屈指可数。

说到底，还是王连林会收拾。房子也不是一下子装好的，最初修屋，也是杨白玉和龚三妹赌气，两个二十六七岁的男女，硬是靠着自己的双手把五柱六的屋架子搭起来了。王连林也跟王延祯学过几天木匠，别人都在外面打工挣大钱，独他守着瓦房，有空了就动点心思，几十年下来，四处漏风的屋倒也装得严丝合缝、密密实实。别人都在修砖房了，他还在琢磨砍几根杉树扩建吊脚楼。王勇二婚时，嫌窗子不好看，拆掉装上了玻璃。窗户上不用糊塑料纸，屋里显得格外亮堂了。他不光把屋里收拾得齐整，屋外也拾掇得清爽。到了三四月份，院子一溜沿的灼人桃花都开爆了，转眼就是七八月，屋前石榴也努着劲儿长，快要撑裂。

王连林没少在这房子上面费心思。王强说是要搬到镇上时，王连林差点就被说动卖掉了老屋。到后来，他愿意回到渔川，说是在百福司待不习惯，其实，还是因为这老屋里有太多的念想。他住惯了。

渔川房子被烧掉的也多了去了，王连林从没想自己的房子也会被一把火烧掉，有的人买了保险，他没买。他就认定这样的横祸不可能发生在他身上。那天，天气好得出奇，一丝风都没有。龚三妹只是在火场边哭，她说她前些天就看到了天出现了异象，红旗界那边红了半边天，明明知道上帝发出了警告，她却没来得告诉王连林。她还说，要怪也只能怪王连林，大捆大捆的干柴为什么非要往楼上堆？渔川哪里捡不到柴，他干吗那么勤快？王连林听不得龚三妹的胡扯，只是疯了般冲进火场，放在柜子里的存单没来得及拿，顺手抱了一堆伞出来。眼见得房要塌了，他还要往火场里冲，被人拉住了。

王连林怄得要死。他守了大半辈子老屋，没想到却被烧了。亲朋好友帮忙，又原地盖了个棚子。王勇似乎看出了父亲的郁闷，也没提房子的事。他大声和人说话，话里话外都是无所谓的样子。依王勇的意思，屋烧了就烧了，反正这两年打工赚了些钱，到百福司镇上买几分地基，再盖套楼房。

“住上了水泥房子，我就不信火还烧得掉它。”

到了后来，王勇还有些高兴，好像他的坏运气也被这一把火烧光了。他对未来充满了希望，甚至说要不是这把火，他可能还没勇气去百福司买房。但不管人们谈得如何兴奋，王连林却像是被抽走了脊梁骨，成天耷拉着双肩，脸色灰白。别人都在帮他搭窝棚，他却一点劲头都提不上去。偏偏这个时候，王子腾说他想吃狗肉了。孙子回来连个落脚的地方都没了，还不能满足这么一个愿望？所以，别人在他的屋场上忙进忙出时，王连林却当上了甩手掌柜。他牵着王子腾的手，走门串户，看看谁家有没有不想要的狗。渔川说大也大，但爷孙俩走了半天，到了血湾，终于有个老太太不想要她家的老母狗了，说是一年到头就是和别的公狗交配，生的小狗实在太多，养不起了。

确实是条老狗，牵回来的时候，狗双爪在地上直刨，好像知道离死不远了。王连林似乎有意在孙子面前露一手，准备杀狗的时候，终于兴奋起来了。旁边几个看的人，都不愿意帮忙，说是造孽。王连林却有点不信邪的意思。绳子就套在狗脖子上，往核桃树上一挂，老母狗就吊上去了。可这个时候，狗的求生欲望也强，胡乱抓扑了几下，竟顺势抱住了树。看的人就笑。王连林着急了。好像是想着这么折腾下去，孙子何年何月才能吃上狗肉呢？他举着手腕粗的竹竿就朝老母狗扫了过去。嘴里还嘟哝，让你再爬树，让你再爬树。他也不知道打了多少下，狗松开了爪子，吊在了空中，他还是没头没脑地打。人们都说王连林杀只狗都杀红眼了。

可能到底是条老母狗，做出来的肉也不好吃，王子腾吃了两口，就撂下了碗。帮忙的人倒是吃得特别香。王连林呢，狗肉进了灶锅，他好像就有点反胃，也没上桌吃饭，到了后半夜，竟然吐得死去活来。王连林直说可能得罪了哪路邪神了，爬起来，在院坝里，核桃树下，烧了一圈纸，四面八方磕了一回头，这才消停。

王勇再去漳州的时候，王连林让他把王子腾也带去。王子腾却死活不走，他说他一坐车就呕。不过，说到最后，他居然说他不是害怕坐车，而是想陪爷爷。孙子话都说到这份儿上了，王连林再撵也就没意思。王强倒是让王连林带着王子腾去百福司住一段时间，王连林却嫌地方太小。百福司好赖也是个镇，怎么就小了？到了后来，王强明白了，父亲是嫌他的房子住着憋屈。老人总有老人的固执，看见一时半会儿说不通，王强也就没再坚持。

王连林在家睡了三天，起来想的头一件事，就是去火场刨东西。

王子腾："爷爷你在找什么？"

王连林："找刀子。"

王子腾："刀子早烧锈了。"

去百福司赶集的那天，一群人还在河边的岔路口议论那个年轻的杀人犯，都一个多月了，还没抓到人。小卖铺板壁上贴的通告被雨水淋得泛黄了，男孩儿浓眉大眼的，怎么会想着杀人呢？人人都在感叹，好像碰到这么手毒心酷的人也只能认命。问题是，被杀的也还都是些不懂世事的小女孩。当然，也有人说那些被杀的本来就是小姐。可小姐就应该被杀吗？她们不偷不抢也没做什么伤天害理的事。看的人都说，在外头都不容易，有本事抢大老板啊。说这话的，里面有好多人的女儿都在酒吧上班。埋怨完了又猜测，说是这个杀人犯会跑到哪里去，渔川说大不大，说小也不小，要是他进了七姊妹山八大公山，恐怕想抓到他就难了。

到了街上，王连林叫上杨白玉，祖孙五个下了回馆子，吃了个石蛙干锅，还喝了半斤酒。喝完酒，他让王子腾跟着杨白玉。

转过身，他就买了一把杀猪刀。

坐车回去时，人们还问王连林："你这是准备重操旧业？"

王连林没结婚前杀过一段时间的猪。

王连林说："杀什么猪，老子要去杀人。"

人们好像感觉到了冷，没再接他的话茬。回渔川的路并不好走，卡车在七姊妹山的回头线上来回绕行。接近山顶，满是云雾的天空落下了尖细的雪粒。人们拥挤在车里开各种各样的玩笑，只有王连林脸色通红，死死地用双手撑着，直喊后面的人不要故意挤他。哪里是别人故意呢，不过是车子摇晃的惯性。

回到家，王连林就蹲在院坝里磨杀猪刀。几天下来，磨刀石又下去了一截。过路人天天听见王连林磨杀猪刀，都说他受刺激了。的确也是，好好的一座屋说没就没了，谁能不受刺激？可在农村活着的人谁没有受过点刺激，值得如此较劲吗？到了后来，就没人问他了，倒是一些小孩子会好奇地凑到他跟前，问："磨刀干吗呀？"还没等王连林说，他们就喊了出来："磨刀杀人。"接着一哄而散。

过了两天，村长李安德来了。李安德问了会儿王连林的打算，终于讲出了实话："老叔，就别和人赌气了。还得好好活着，有什么事可以通过法律的途径去解决。前些天村里来了个杀人犯，就害得大家睡不好。你这又是演的哪一出？"

"我没法儿活了。"

"又没人逼你，怎么没法儿活？"

王连林不说话。

有人劝苏良英先出门躲几天。苏良英却不干。几年前，王连林就别着把杀猪刀在她家门口转了几天，现在他害得她男人坐牢不说，又来这么一出，谁还不知道他那点把戏？

"杀条狗都吓得半死，我就不信他还有胆子杀人。"

期间王强回来过一次，劝了王连林半天，王连林油盐不进。没有办法，王强只好藏起了杀猪刀。王强好像突然就不忙了，每天也不打电话了，就坐在那里陪王连林抽烟。王连林去哪里，王强也跟着。王连林说："你别这样，我不会寻死。"王强说："我知道。"王连林说："我就是去看看你哥哥栽的杉树长成什么样了。"王强说："我也去看看。"父子俩顺着公路翻过山，看见了那成片的杉树林。那些杉树是王勇当年还在苏家的时候栽的。王连林把那几块荒山都给了王勇，算是嫁妆。后来王勇没心思经管，王连林每年都会把灌木杂草砍一遍，起初只有尺来长的小树苗，现在都有一楼多高了。远远地看上去像什么呢，就像年轻人唇边刚长出的胡须，不那么黑，却让人看得到青春，看得到希望。王连林说："这是你哥哥的投资。再过几十年，不比李安彪砍掉的那片黑老山少。"

王强陪着说了些宽心的话，说什么穷人欺侮穷人的悲苦事件多了去了，人们圈在这里，较劲，就会窝里横。王强开口闭口穷人，好像他的心胸早看穿了一切。王连林嘴里应得特别好，心里却特别不服气，好像想不明白自己怎么养了个胳膊肘往外拐的儿子。他本来听不太清，到后来索性也懒得再争论。王强眼见得王连林心思活泛了，又回了百福司。

王强前脚刚走，王连林入了魔怔似的，又在火场里刨，好像里面还有没化掉的金银宝贝。刨了半天，除了几截没有完全烧完的顶梁柱，也没找见什么东西。他好像做什么都没了心劲，看到角落里的几把伞，几下把伞衣扯了，磨将起来。他也不知道自己磨根伞骨干什么。伞骨磨尖了，还接了个木柄把。他也不怎么去地里了，有事没事儿，就在那磨，好像看着越来越尖的伞骨，心里就痛快得不行，有回他竟然吹起了口哨。

这时过了白露。好几天，和杨白玉打完电话，王连林还坚持和王子腾聊了几句。挂了电话，王连林又掂了掂伞骨，像是发神经般，把尖利的伞骨朝猪栏上扔去，竟纹丝不动地插在了上面。本来酣睡的猪也被王连林吓到了，发狂般围着猪圈跑起来。他拔下伞骨，顺便给猪丢了捆草，又习惯性地出门打望。

翻过岭，看见王勇栽的杉树，王连林还算了笔账。地里也不种玉米了，全种上了杉树，王强早就不让种地了，他就是闲不住。看着渐渐成林的树，他也不担心老木料了。就是将来在王强那里待不下去，他也有底气回到渔川给自己搭个棚子。山风一吹，他打了两个喷嚏。风声吹得树林直响，远远地还能听见延春诊所热闹喜庆的声响。他的房子要是不烧，怎么也不至于如此冷清吧？她苏良英是故意显摆她家和人兴旺吗？

就跟鬼上了身似的，他提起磨得尖细的伞骨就去了延春诊所。门口的大音箱放着《喜刷刷》，震得人心慌。院子里围着一群人在打牌。看见王连林进来，李安德喊："苏水生，你爷爷来了，快喊爷爷。"只见一个十来岁的男孩从人堆里站起来，怯怯地，冲王连林叫了声爷爷。小男孩活脱脱是王勇的翻版。王连林慌忙掏口袋，尖利的伞骨也掉到了地下。他掏出两百块钱塞给小王勇，嘴里却说不出话来。低头去捡伞骨时，却碰到了小男孩的手。小男孩的手细嫩、暖和，烫得他半天没回过神。周围的人和他说什么，他都没听清。他也顾不上拿伞骨了，只是抓着小男孩，半天，终于挤出几声好好好。

老虎的黄金

1

人老了就是话多，李叔说了半天他当年身体如何好，上山打猎追鹿子三天三夜不睡觉。“现在呢，没用了。”李叔确实老了。人老了不光话多，还动不动就回忆。当然也不一定人老了才爱回忆。乔飞三十不到，不也喜欢追述从前？

“开慢点，今天肯定能赶到。错就错在今天出门的天气实在不好。可话又说回来，种茶要是错过了这个季节，就得等到来年。”

路太烂了，差点把李叔潜伏多年的老慢支颠翻。好几次过河，乔飞不得不让李叔从吉普车上下来。越过河床，李叔正喘着呢，一片金黄稻田扑到眼前，七八只白鹭从两头水牛后面飞起来。

“我操，居然还有白鹭。”

“那不是白鹭，是秧鸡。”

乔飞想说的不是什么白鹭秧鸡。他只是觉得兴奋。多年后和阿蛮打电话还反复说起最初在路上见到的这一幕。想想吧，笨重的水牛后面跟着一群白鹭。水牛脏吧，白鹭干净吧？他想说的也不是什么脏或者干净，而是水牛走路那么沉，白鹭呢，却那么轻盈，也不是说什么重或者轻，而是它们，它们居然恰如其分地在一起。太自然了。

快要落山的太阳又不偏不旱地从黑云中露出来，几个放学的孩子，看到乔飞开过来的红色吉普，哇哇叫着跟着车屁股后面疯跑。

李叔说：“翻过山，前面就是秧塔镇了。”

拐进镇子，听见敲锣打鼓的声音，围观的人们也是五颜六色，到处摆着糯米干巴、时鲜水果。李叔走到一群喇叭跟前，递过去两张一百。上了车，还一个劲儿说，这个兆头不错。几年没回来，这个活动声势搞得越来越大了。

都没顾上歇口气，乔飞就挤进了酒足饭饱的人群。拿着相机拍了半天，可惜，镜头里尽是些大婶大妈，没看到什么年轻姑娘。黄昏时分，乔飞见识了传说中的醉鼓表演。沸腾的鼓声震得心慌。

坐在门口玩了半天手机，感觉露水都打湿了衣服。有那么一阵子，他想起了父亲的唠叨。这事儿要放在早些年，父亲肯定要骂他是败家子。父亲好像总喜欢深恶痛绝地咒骂儿子是一代不如一代的窝囊废。他天生就喜欢这么干。然而听到儿子要去开茶园，父亲只是笑了笑，“搞茶叶生意不错嘛，人就怕活一辈子都没什么想法。”也是父亲笑着说话时，乔飞才意识到：父亲正一天天衰老。退休后，父亲还是不服输。闲着难受，买了辆二手车搞运输，偶尔还抱怨，说要是早退休几年，早发了。乔飞咽了口唾沫，好像有种类似酸楚的东西梗在喉头。

山，黑黢黢的，时不时有几声鸟鸣。不远处竹篷婀娜簇拥。稀黄的月亮像烂了的寡鸡蛋，摊在屋顶上方，不动声色。

2

走进茶山，李叔神气了。原先抱怨的风湿腿，这会儿像踩上了风。路过挡门山，碰到个放羊汉，一身迷彩服，光头，满脸络腮胡子，也不管羊，坐在那看山，拈花惹草。见乔飞拿着个相机，突然站起来。见他举着刀子对着自己，乔飞吓了一跳。

“你是不是记者？”

知道乔飞不是记者，还反问他："那你挂个相机不停拍什么？"

后来才搞清楚，这个人，就是卖主老疯二的弟弟山宝。

李叔好像和山宝更有共同语言。听到村里要卖山开矿，直骂。还说什么茶园几百年的基业都要毁在这些败家子手里。两人怀念了半天从前的好时光，又说起百年之后连个埋人的地方可能都找不到时，不免有些激动。知道乔飞就是因为喜欢喝茶就上了茶山，山宝露出一口黑牙，笑了起来。

走了老远，乔飞还看见山宝一动不动地坐着。一丝青烟飘着，若有若无。在他的不远处，是绿海松涛，但乔飞知道，山宝看的只是他眼前那边开阔地，地上早被烧得寸草不生。

看到老疯二，乔飞才想，果真是两兄弟，都穿一身迷彩服，像通体发绿的昆虫。不一会儿，中间人李老四也来了。李老四在茶山里有威望，主要还是会种茶，这些年没少上电视台，到处传经，脚板皮都跳翻了。说起话来也有一套。

"我牛卵大的字不识一箩筐，什么合同协议的，你们念好了，我听着。只是，老疯二家兄弟三四个，你们要一碗水端平，该是谁的就是谁的，把水端平了，就不会让人给泼了。"

饭吃完，事情也谈了个八九不离十。乔飞从包里拿出一份合同。老疯二愣了下，好像这才意识到原来说的那么多话都不是随便说说。右手大拇指在印泥盒里摩挲了半天，才在合同上摁下去。嘴一咧，似哭还笑，说："总算是把这祸害人的茶脱手了。"

老疯二卷起一袋烤烟，咂吧着嘴，烟还没点上，却先唱了起来。唱声嘶哑，内容含混不清。李老四在那里不紧不慢地，说老疯二这些年如何不容易，没个女人缝缝补补，哪里还像个家。有那么几个空档，谁也没说话，只有老疯二带着哭音在那里硬喊。火塘里的火时明时灭，映得众人神情闪烁不定。

李叔便说："要不去看看茶园的地址环境？"

茶园就在半山腰，周围全是林子，离最远的寨子也有半小时的脚程。站在挡门山顶，大半个秧塔一览无余。李叔指着一堵久经风雨的石墙说："过去这山也叫大官营。守在这个制高点，就可以把方圆这几十里的地方看得紧紧的，南来北往的商贩也路过这里，搞个稽查什么的，方便得很。这个茶园偏是偏了点，风水还是不错。”

李叔总是相信风水，相信预兆，好像这些掌管着人生未知的历程。也是那天，李叔说，“绕了大半个圈子，还是回来了，从此只想在这片大地上生活。”照他的话讲，这里是他理想的埋身之处。对于风水，乔飞没有什么概念。他只是喜欢这山、这林子，好像只是这么一走，就接上地气了。下山的时候，乔飞不拍照了。被雨水冲积的道路上全是滚圆的石头。偶尔看到缩成一团的虫子也要停下来。正玩着呢，几十个人穿着白色雨衣的人从林中冒出来，一问，才得知，他们是要去砍林。

“好好的林子说砍就砍了，现在想吃个麂子肉都难喽。”

这个李叔，天天把麂子挂到嘴边，好像他原先呆在山里就是成天无所事事吃麂子肉。等人走了，乔飞才说：

“李叔，回来还搞不搞得习惯？”

“有什么不能习惯的？还是回来舒坦、踏实，走到哪里都是熟人，就连这山这林子都是老相识，眼睛闭着都能感觉出来人气。等茶园的事告一段落，我要把寨子里的年轻人召集起来。”

“召集起来干吗？”

“打麂子。”

“还以为您老要揭竿起义呢。您老光说麂子，就不怕这深山老林里有老虎豹子？”

“豹子早几年还听说有，老虎可早就绝种喽。你看看这些败家子，恨不得把麂子也搞得绝种，天天放火烧山。”

“李叔你要打麂子，得叫上我兄弟山宝。”老疯二突然冒出了这么一句。又说，“山宝这个人吧，你想想，全秧塔只有他一个人靠猎獐子送娃娃念书。一年挣上万块。”

“是不是？”

“可惜他也是不走运。贷了几万块的款，竟想着烂泥湖盖个小别墅。结果茶价一跌，房子也成了烂尾楼。人们都说他是盖房选错了地方，把自己陷进烂泥湖中起不来了。可他呢，还不服输，茶也不种了，就想打獐子，一夜暴富。”

茶还没开始种，李叔就扬言，等茶园清闲了，一定要把山宝叫来喝酒。

“我听李田说过，有一回你花了二百多个工，差点打翻一只叫大秃脚的公麂子。”

“是啊，那时候我多年轻。”

山林里的风吹得人意气飞扬，乔飞想着当年李叔扯着长腿如何在这山里打麂子，竟也神往不止。

回到镇上时，拉木头的大车，一辆接一辆。听人讲，镇里搞招商引资，把闽粤一带的好多老板都吸引来了，要在这里开家具厂。更大的动作还在后头呢，伐掉森林后，还要开矿。房东老土还在路边开了家饭店——土锅寨，吃饭的人一拨接一拨，忙得小两口腰杆都快断了。没过两天，老土的饭店旁边又多了几家闪着玫红色调的发廊。南来北往的车辆掀起满天尘土，感觉像是发生了什么大事。这地方真是一天一个样。

乔飞陌生了。

3

山宝来的那天，还背了几只小鸡。见乔飞穿着阿迪达斯在满院凳椅间上蹿下跳，就问：

“乔老板，你这是练武？”

“练习带球过人呢。”

山宝把小鸡放到地下，那些毛茸茸的家伙满院子疯跑，也在桌椅间转来转去、磕磕绊绊。山宝哈哈笑起来，乔飞也笑。

好像就这么熟络起来了。准确地说，山宝是来入伙的，他把几块古茶园也一并带了过来，说是只要茶叶卖得好，给他分点成就行。

“一想到搞买卖做生意我就头疼。”

时间久了，乔飞才明白，山宝说的是实话，他确实动不动就头疼，据说是喝酒喝的。谁碰到那样的事恐怕也发愁吧？一个被窝睡了十来年的婆娘，招呼没打就跟个走村串户的手艺人跑了。这叫人怎么想？好像除了干活，山宝就是在喝酒。有时候放羊的时候也酒气冲天。本来乔飞对他还有点同情，可到了后来，就有些看不惯。可看不惯又能怎样，陷在这山里，根本毫无办法。

李叔说山宝是个炒茶好手，可现在看看山宝的状态，他更像是个酒鬼。一起吃了饭，乔飞和山宝没什么话说。你问一句，他才答一句，这样的闲聊太累，还不如一个人在空荡荡的院子里硬坐。

这地方，简直不像是新世纪，居然不通电。梗着脖子看满天繁星也烦累的时候，总得干点什么吧？也是突发奇想，乔飞相中了那些满山遍野的树根。怎么说呢，没电也有没电的好，从容了。

看到乔飞天天和一堆烂木头较劲，李叔眼皮直跳。

“你削这些树根干什么？”

“木雕啊，李叔。说不定哪天还能靠这些木雕赚点零花钱。”

“你还是赶快去镇上买几斤牛肉吧，一会儿老四要来帮着育苗。”显然，李叔对乔飞的根雕手艺并不怎么欣赏。怎么说呢，那些树根虽然让乔飞折腾了一番，好像可以想到别的象征，但还是最像树根。

天放晴了，那滋润的蓝让人心动得要死。

“昨天山宝不是弄了只野猪腿吗？”

“野猪腿怎么上得了席面？我给你说，乔飞，牛肉买回来，不是一定要给他们吃，而是要让他们看看我们是什么样的人家，不能让人笑话。”

这个李叔，做任何事都想要乡里乡亲表扬。可能是当年在公社待久了，惯下的毛病。他一会说他要为白象村修条新路，一会儿又说明天就要理条水渠给旱季缺水的邻里用。好像他们不是来种茶，而是来生产队搞农田示范的工作组宣传队。嘿，还别说，茶山上的人还就待见他那一套。

快下午了，李老四才开着辆皮卡过来。

“你们得抓紧搞，现在的茶市这么热，一天一个价，你们动手早，就可能比别人多赚点。”看见乔飞白白的运动服上全是黄泥巴，李老四又笑道，“我有时候也搞不懂，人人都想过好日子，打破脑袋也要往城里跑，可你们这些城里人却又跑到乡下来抢我们的饭碗了。”

乔飞扔过去一棵红塔山：“老四哥，种茶我们是外行。再说我们种这么几亩茶园又哪里竞争得过你。光脚的跑不赢穿鞋的，你看看你，开的是皮卡，我们呢，骑的还是最原始的摩托。”

几个人从换车、买车，聊到物价，聊到时局，好像在这山里，人人都指望着改天换地，唯有乔飞过于贪图这静谧的安逸了。

当然也不能说乔飞真就喜欢这种单调生活。他只不过从这单调中体会到了从未有过的充实。就像李叔。李叔说是来茶山种茶，可只要有机会，他还不是带着他那杆鸟枪，在山里忙进忙出。但凡是个活物，他就有本事搞来下酒。山宝呢，一听到枪响，就咧着嘴笑，意思很明显，晚上又有酒喝了。有天晚上，几个人喝多了，乔飞说：“李叔你天天杀生，就不怕？”李叔摸了摸火枪，又拿起射钉枪，半天才憋出一句话：“怕什么？这世道现实得很，本来就是弱肉强食。”

就因为这么一句弱肉强食，乔飞又想起了李田。她说她父亲当年也是个狠角色。年轻时，或者更小，李叔就从深山往公社里跑了。那情形就像现在的二流子，有事没事到处跑，哪有热闹哪儿玩，家里一天也待不住。有一天，秧塔公社的干部要他通知白象村的一位退伍军人到公社里报到。李叔边跑边想，先回去兜一圈子，然后干脆跟政府的人讲，那人不来了。又鼓足劲和公社的干部说，以后有什么需要他跑的，让他跑好了。那个干部问他，你能组织一帮人去给修路的送粮吗？他答应下来，并用了一些不为人知的诡计，真把四乡八邻的青壮劳力组织起来。于是公社就临时封他个骡马队大队长。这任务他也完成了，据说还完成得很好。更神奇的是，因为勤脚快手，他居然想办法留在了公路系统。

有意思的好像还不只是李叔。茶园里总有许多想象不到的乐趣，只是面对这深山老林，真要和人说起，倒一时不知该从哪里讲起了。每过一段时日，乔飞就会到镇上的网吧待几个小时，在博客上发发照片，看看朋友们的邮件。兴致高了，和远方的朋友们通通电话。好像这日子，也像回事了。

4

乔飞没事时，就跟着李叔进山走亲访友，学香堂话。山里的人好像有用不完的热情，总是对着他俩笑。

这天，从大背阴山下来，路过烂泥湖。李叔说，“除非老猎手，平常的人路过这里都会头皮发麻。”也是在这地方，居然看到一间荒弃的小屋。李叔说那是山宝盖的小洋楼。这个山宝，疯了，跑到这里盖房子。李叔却说，“房子盖在这里也有好处，野东西就在屋外转悠，想吃了，扛枪出门就能找到它们。”花了六七万盖个房子，只为在深山老林里打猎方便。

李叔关心房子的位置，乔飞看的却是房子的盖法。也真是用了心，风吹雨打了几年，仍有模有样。那些规格整齐的松木看着就舒服。

“房子破是破，建得真是讲究，这么久了还是耐看。现在的人都爱建砖房，贴个瓷砖，你看看这大山里还有几户这样的人家？”

有那么一阵儿，想起这山里还有一个人为了自己喜欢的事情，可以毫不计较成本地去投入，乔飞对山宝多了些好感。

正抽着烟呢，一头野猪带着十来只猪仔旁若无人地走过来了。把李叔激动得，直说怎么就忘了带枪呢。

那段时间正忙着建烤房，李叔和山宝手里忙活，嘴里也没停，谈的多是烂泥湖的野猪。烤房刚弄好，两人就顺着野猪的蹄印进了无人区。据说，饿了一天，钻了近四十公里的林子，才在一排青冈树下见到了那群野猪。

天色渐黑。李叔站在十五六米开外的灌木林丛下，突然尿紧。他似乎是害怕打死了这些野猪，以后进山就无事可干了。确实，山里能打的东西越来越少，以前出门就能找到下酒菜，现在呢，钻了几十里老林子才看到野猪。有回山宝在茶园套了些地老鼠，几个人还吃得满嘴流油。

李叔说得那么传神，乔飞也动了心。他跟着钻了回林子。林子不密，忽然看到树间一只锦鸡。它走着，有点骄傲，也有点华贵的意思。乔飞还没看够呢，李叔已经端起了他的鸟枪。

乔飞的心缩紧了。那么美丽的东西，在李叔的眼中却只是一盘菜。他开枪了。乔飞希望李叔走火。可是没有。枪声响起，李叔几步跳过去，捡回了死鸟。片刻之前它还那么神气。

当晚他们吃了锦鸡肉。那肉白嫩、多汁。如果不是因为看到了锦鸡活着的样子，乔飞可能也只会觉得这肉的味道不错，可惜他吃的时候一直在想，锦鸡惹谁了呢？

从那以后，碰到李叔和山宝说打这个打那个，他都没有什么热情了。他只是觉得不舒服，就像有一年在老家杀狗。他当时二十来岁，冲动，又好出风头。几个人买回来狗，往树上一吊，他冲上去不停地打狗头。狗嗷嗷直叫，看的人也闹成一片。等到朋友把狗肉烹熟，他却没有伸筷子，不是因为四溅的狗血，而是钝刀子一样的狗叫声，那长时间的棒打，败坏了他的胃口。真不是矫情，就是心里不舒服，都不想和他们待在一起。

老实说，在山里待得时间久了，原先觉得新奇的一切，仿佛渐渐麻木。只是因为看到了山宝的失落，听到了李叔对即将消失的动物满怀伤感，好像才明白身边的事物和自己还是有牵扯不尽的关系。还能有什么办法？像是为了纪念似的，他天天拍着照片，一帧帧，配上简短的分行文字，贴在博客上。

5

李叔说："快劈吧，茶都要烧起来了。"

茶都要烧起来了，这个山宝，还睡在地板上。

"都什么时候了，还睡。你二哥呢？"

"昨晚就来了，哀号了一晚上。干巴巴的就像磨刀，害得我做了一夜噩梦。”

“什么噩梦啊，茶芽发了，才是我的噩梦。”头一年，他还挺兴奋的，等到一年忙下来，到了第二年，乔飞明白了，看起来是春暖花开，可这是一年忙碌的开始。那种绿，在不远的日子会变成汪洋大海，它一点点吞噬着你的闲暇，让你变成一个多说一句话都会觉得疲惫的哑巴。

不顺心的还有这天气，不大对劲了。三月半都过了，没落半滴雨。

没几天，从山下茶厂传来消息，茶厂里成片的茶树活生生干死了。

乔飞、李叔也是坐立不安，本指望这春茶有个好收成呢，可在茶山上一走，茶芽的影子都没见到。听寨子里的人说，今年是兵戈乱动之象。山宝的父亲甚至说，这和挡门山开发铜矿有关系。

“想想吧，在茶山中腰筑那么大个坝，只为存硫酸。风水都破坏了，还摘什么茶。等死吧。等硫酸浇到头上来，都不用往地里埋。”

传言很多。可老天到底是眷顾辛苦的农人。天色终是阴了下来。头春茶一发，大家都有些措手不及。那绿意的暗火，一夜之间点燃了沉寂了几个月的茶园子。城里的收茶老板一再打电话来催促，摘得几斤了？老树茶有了吗？赶快去看看那几棵大白茶古乔，有台湾的老板指名要。快点呀，过了这村就没这店了。茶价攀升，比去年翻了一翻。但天干，茶芽细碎。

好在几场雨下来，原先干涩的土地滋润了。乔飞与李叔山宝摘了十来天，头春摘得十来斤。春中时，老土和媳妇儿也赶来帮忙。尾春结束，一个多月下来，摘得老树七八十公斤、紫芽茶十多公斤、大白茶古乔五六公斤。

这天，乔飞正载着茶叶往镇上跑，碰到李老四请来的挖土机正在拓路。听李老四的规划，好像还准备把白象村那间旧学堂拆了，再用空心砖整个四平八稳的活动中心。

“好歹也得让来茶山视察的领导有个歇脚处。旧学堂破破烂烂的，实在有碍观瞻。”

李老四好像突然想起了什么，一拍脑袋，说是有个申请要他帮着写一下，得让州电力公司早日来农网改造。几百年手工制茶，早跟不上时代了。

到了镇上，乔飞还说起这些事，问是不是有人在搞什么动作。但做茶叶生意的朋友们也只是听到传言，说是开发铜矿的大老板给了本地政府一笔补偿款。又聊了半天环境污染、时事政治，越聊越火大。乔飞说："不说了，不说了，说这个有什么意思。还是看看大家买的茶吧。"

朋友们各自带着辛苦买来的头春，纷纷推乔飞主泡。灯火通明的客厅，笑语溢满窗沿，可惜疏于管理的兰花没按时绽放。选来选去，乔飞拿老土带回的老班章古乔定为这次茶会的基准茶。

"你小子就是眼光毒。这款茶是所有茶中最为珍贵的，光鲜叶就二百一公斤。"

乔飞苦笑道："这可不是什么好兆头。"

6

有机茶园的苗子才育起来，山宝的那片古茶园又发芽了。比起后种的大白茶来，它晚了近二十多天。不用化肥农药不打催芽剂的茶树，一年只发三次，产量也有限。说到味道甚至还要有些青涩，但喝起来醇厚，还有那么点狂放。乔飞甚至把这种古乔比做一位厚道的老者。李叔说："不光是茶，这世上的东西你要说通人性，那肯定都有，关键是你得信。你看看现在的人怎么种茶？用农药，用化肥，那喝的还是茶？是慢性毒药。"

扯到了化肥农药，乔飞也有点激动："是啊，我在网上和朋友们交流，好几个人看到我弄的有机茶园，都说我干了他们想干的事。这世上，不知道还有什么值得人信，大家一点敬畏之心都没了。"

因为说起这些，乔飞就和山宝揉了些古乔茶，说是晒干了，寄给朋友们尝尝。

茶开始是山宝炒的，到了后来，乔飞也学会了。虽然平时也买各种茶书琢磨，到底还是有师傅指点提高得快。山宝平时不怎么说话，可喝了二两酒炒茶时，就变得可爱了，根本想象不到他平时是个多么木讷的人。他多自信啊。炒这茶时，火温要高，手上的工夫得好。

“光手在锅里炒，有十多种手法，只有处理好许多环节，才做得出干茶绿、汤色绿、叶底绿的色泽来。炒这个春茶得边炒边揉，边理条边烘焙，还要随时控制铁锅的温度，由高到低，逐序制成，一锅清风出来，两只手真成一对大熊掌，没点铁砂掌的功夫还真制不好一锅这样的清风来。”

头一回见山宝光着一双手，在滚烫的铁锅上抖提抹捺，就把乔飞镇住了。李叔甚至透露，山宝当年是练过武术的。

乔飞把春天做的茶叫清风，夏天的茶呢，也有个不错的名字，赤兔。秧塔的夏天其实就是漫长雨季的开始。这雨季啊，不是大雨滂沱，就是骄阳似火。阳光雨水都这么慷慨，茶叶想不疯长都难。春茶刚卖，又得冒着大雨顶着烈日地头院后奔忙。乔飞也忙呀，这个时候哪里请得到放心的小工？什么都得靠自己，乔飞真的是在上蹿下跳呀。也是干活的时候，乔飞想，要是有匹赤兔马骑上，那可真省事威风呀。

好在秋天来了。当春夏的忙碌生活变成习惯，此刻自然生出一份从容来。在枝头慢慢变白的茶叶，自然发酵，就成了月光白。冬天呢，采摘已进尾声。这时，要请些人来挖冬地。茶叶已不多，稀稀地三五发着。这个时期的茶，他也取了个颇有意境的名字：紫霞。

这样的描述其实不能完全概括茶园生活，但乔飞就是这么在网上写的。文字写下来，到底要抒情些，但只有长年累月在山中劳作的人，才会觉出其中的几分沉重。李叔很喜欢自己淘气顽皮的小外孙，但为了山上的茶，几乎没时间陪他。看到这些，乔飞总会说：

“慢慢会好的，你知道吗？昨晚还有外省的朋友表扬我们种的有机茶呢。”

李叔憨憨地笑着，眼珠泛着亮问：“哪个省的？”

“河北。”

“怎么表扬的？”

“他们说，乔飞你这赤兔茶是种在天上的吗？”

听听这评价。想不自豪都难。

一些朋友在博客上留言，有人甚至声称要从遥远的深圳来看他。当然，有几个网上认识的朋友确实来过，他们在茶园停留了一天，给村里的孩子带了点书本。等到真的见到了茶园，好像也并没有表示多大的惊奇。

又有一拨姑娘来到秧塔时，山宝还是说了两句闲话。

“我说乔飞，你天天往镇上跑，是不是因为这些姑娘？”

“什么姑娘？都孩子他妈了。”

“你看你，你婚都没结，却和这些结过婚的女人搅和在一起。”

他看着山宝六岁的儿子在那里铲粪。小家伙读学前班了。在小朋友中他木然生硬，回到山中却浑身是胆。玩累了，乔飞问他想什么时候结婚？他想也没想说，冬天。乔飞问，为什么？他说，那样晚上睡觉不冷。乔飞直说小家伙人小心鬼。李叔说：“乔飞你不也一样嘛，嫌山里寂寞，所以一个劲儿往镇上跑。”

乔飞说：“我是在山里不方便。”

一旁的山宝笑道：“那倒是，山里人多眼杂，没法儿乱搞，在镇上关上门，就什么都不用担心了。”

说笑归说笑，地里的草却不等人。山宝说：“茶苗这么难服侍，一年要花那么多工钱拔草，不如用草甘灵好了。你看李老四，几十亩茶园全打农药，茶还是照样卖得哗哗的？”

“这可不好，草是灭了，只怕茶叶也好喝不到哪里去。这茶种来是让人喝的呀，可不全是为了卖钱。据说，外国人从茶叶中检出了六十多种农药。”

山宝说：“还是得让儿子好好读书，听读书人说话让人浑身舒服。”

乔飞笑了笑。关于读书他能说些什么呢？他读了个大学，不是到头来也和他们一样，成了个种茶的？那么多人来山上看他，好奇他的生活，佩服他的选择，可只有他自己知道，他其实是不服气的。当初是有那么点赌气，有那么点逃避的意思，可现在，他确实是想好好做点事了。

7

阿蛮从苏州过来时，还带了一个朋友西西，西西把自己的儿子也带来了。习惯了一个人的生活，乔飞对她们的来访一点准备都没有。几个人做了会儿瑜珈，乔飞就带着小孩出门了。在小街闲走时，总有面熟的人问："你儿子吗？"

乔飞先是一愣，马上就回了句："像吗？"

"哪个是你媳妇？"

房东老土和他年龄差不多，早就处成了朋友，这时也是一惊一乍："好家伙，你当年四处做生意是不是娶了好多房老婆？"

乔飞也不解释。有什么好解释的，有时被人误会，好像也蛮有存在感。

阿蛮的热情简直没法用度量衡来形容，天没亮，就开始收拾东西，帽子，迷彩服，登山鞋，全副武装。

走到小木屋时已快过中午，也没歇息，都想着体验一把怎么摘茶。人多力量大，两三个时辰就干了乔飞、山宝、李叔三个平日整天的活儿。晚饭开得晚，羊肉还没熟透。远远看去，就是野餐。

吃完饭，山宝去放羊，西西带着儿子跟在后面。阿蛮呢，好像有点心事。之前在网上聊得特别欢乐，可真见了面，好像又无话可说。该说什么呢？该看的都看了。乔飞可能觉出了阿蛮的别扭。就去茶地里松土。也是，干活儿时可以什么都不想。天色很暗了吧，他听见西西和阿蛮说话。

"我们其实都不知道他心里在想什么？"西西说。"那些博文也只是为了给关心他的朋友们一个交代。"

"看他那样会让人觉得很难过。"

小孩在她们身前身后跑，小家伙胆子大，也不管石头和尖刺，撒开腿乱跑。

第二天，他们一起去爬挡门山，路过陈姓地主办的学堂，乔飞又把这个地主临近解放还盖学堂的故事讲了一遍。

“过去也有想做事的人，不过乔飞，你现在弄的有机茶也不错呀。”

但她们也只是觉得他弄的有机茶不错。下山时，碰到李老四的弟弟李老六，光脊背扛个纸箱，问起来，才知道是买的草铵膦。

“这是要干什么？去堵枪眼炸碉堡啊。”

“茶地的草长得太快了，不搞点农药杀杀野草，给茶树的化肥就白撒了。”

“太疯狂了，你看看这里的人，个个都是黄继光啊，连个草都不愿意扯了，都是杀野草。”

阿蛮和西西被乔飞的话逗笑了。这一箱箱的农药撒到茶园里，想都不敢想。几个人都说呆在城里也没什么敢吃敢喝的东西，这个时代太可怕了。

到底都是些趣味相投的人，待了几天，都习惯了。她们每天晚饭后都会去山里闲逛，遇上晚归的人，就走上前跟他们聊天，给他们看留在相机里的照片。直到天完全黑了，才在稀稀落落的狗叫中有说有笑地归来。

连李叔都觉得阿蛮和乔飞挺般配的。

“那个姑娘不错，屁股大，力气不小，还爱干活，是个好帮手。”

说的人多了，乔飞对阿蛮也有了那么点感觉。那些天多好，到了晚上，就在院子里生一堆火，女人唱，孩子跳，山宝笑。李叔也满脸通红地讲他打猎的故事，带点夸张，几近传奇。乔飞兴致高了，也说说从前。

这还只是第一拨，接着就有几个记者也慕名而来，想看看他的有机茶园。乔飞总说，你们肯定在山上待不住，路又不好走，他们不信，等到亲眼见到了，才知道什么叫不好走。那哪里是路。

冬至那天，接到了一个电话，号码有些陌生，可对方好像和他很熟，什么客套都没有，直接就说苏州下起了大雪。说了半天，乔飞才想起来，是阿蛮。在山里隔着电话，让人恍惚。

“你在山上？”

“嗯。”

“我听到鸡叫。”

乔飞笑了笑，顺手抓了把包谷撒到院子里，冷风吹得鸡抖动不止。它们眼里盯着食，嘴忙得像雨点落地。自从来了老鹰，鸡们就不敢去萧瑟的茶地里找食。这些可怜的家伙，一心只想着吃，最后却又落进人的汤锅里。

“你的茶很好喝，谢谢你的茶。我喜欢那个月光白。泡了几个小时，那味道才慢慢沁出来。是沁人心脾的沁。”

还能说些什么？好像也只能说说茶了。感觉有好多话说，可临到嘴边又什么都想不起。与其说她存心敷衍，不如说她实在没有真话可说。他也是不一样。每个人都怀着自己的心事，总以为遇见了，找到了可以说话的人，却到底差那么点火候燃起来。阿蛮在山上时画过一幅静物画。画原先在镇上放着，后来又带到了山里。现在那画就在他眼前。画中央的那个土罐没人知道是用来做什么的，它占据了画的四分之一，阿蛮画了三天或四天，但她显然没有把留在土罐口的那几道黑纹画进去，在土罐的前方，是一对她们去街上买来的木瓜，颜色橙黄。阿蛮画了差不多三四天吧，好像找不到话说时，几个人就会谈谈这幅画。西西总觉得画面缺少了什么。她想来想去就把那个黑陶罐放了进去，在桌子的边沿还放上几个核桃。乔飞说，怎么又添些东西进去了，画面太乱了。阿蛮却说是他自己心情不平静。她强调自己的画富含生活气息。生活气息，是她所关注的重心。他当时还问了句，那你能把木瓜的香画出来吗？让知道它的人，看到时能从画里闻到木瓜的香。他不明白当时干吗要争论这些。

挂了电话，李叔喊他回镇上时，乔飞还在对着油画出神。山宝加工了最后一批茶，搓着手出来，说：“锅里炒好就看到有许多黄片和老梗。”

“留着自己吃无所谓啦。山宝，要不要去镇上耍？”

“你回镇上是看姑娘，我去干吗呀？又要花钱。”

"唉呀，这个山宝，怎么说话呢你？看来家里来了些姑娘，你嘴皮子练溜了吧。"

李叔也笑起来。下山前，乔飞又去涧底砍了一棵野芭蕉。砍好装袋，绑上摩托，天完全黑了。山谷被寒风灌得满当当，好像冻住了。

老土媳妇儿见到野芭蕉，高兴得不得了，说正发愁没猪草了呢，离杀年猪还有那么久。

在老土家喝了两杯酒，微微有点醉，微醉让人眩晕，也让人温暖。乔飞回到房间听了会儿音乐，还是睡不着，便抓过放了快一年的木根，耐烦地雕起来。窗台上的兰花艳艳地开着，暗香浮动。

8

姑娘来到山上，变化最大的是山宝。

原先衣服都不爱穿，就是穿，也是一身军装、解放鞋，有一天居然买了身西服。他甚至还穿起了白衬衫。隔三差五就跑到山涧里冲凉，好像火气大得不行。可他收拾了半天，但看上去还是黑得触目惊心，他不管，下地干活儿也舍不得脱。山宝和李叔都以为他也像他哥老疯二，不正常了。不料山宝却立马反击："谁知道姑娘们多会儿上山来？"

买一身衣装就为等姑娘上山，这是乔飞没想到的。后来又来了几拨参观有机茶园的，可惜没有姑娘。山宝似乎带点赌气的意思，摘茶最忙的时候，竟去了镇上。等了几天没回来，把乔飞急得嘴上全是燎泡。

在镇上找见他时，好几个人都问乔飞："你亲戚？"话里的意思有点旁敲侧击了，得管教管教，这么没日没夜地耗在发廊可不是个办法。居家过日子怎么能这么搞？万贯家财也要败光，何况山宝就那么几亩茶园。

乔飞又不好意思说不是，他天天李叔李叔地喊，山宝也是李叔李叔地喊。乔飞抓抓头，努力使自己镇定一些，半晌才说：

“算是吧，我的工人。”

“你知道吗？别看他老成那样，对小姑娘可是爱得不得了，听着，他还向王梅香求过婚呢？那样的女人，听说老家还养着两个娃娃，可他还是要。你们是亲戚，你也不劝劝他？”

怎么劝？山宝嗜酒如命，喝多了就喋喋不休。他爱西装，无论天有多热，上街来总是西装革履，左边口袋里一包大红河是递给熟人的，自己呢，天天抽右边的大丰收。他的那身装束与小镇上的一切格格不入，就像年老色衰的王梅香把自己涂得红一团绿一团的。

王梅香即便不再年轻，也没有放弃自己，红唇，浅妆，鞋子，蓝裙子，买戒指，也攒钱买金耳钉。在收拾自己这一点上，两人还真是有不少相同点。乔飞接受不了的是，王梅香都那么老了，山宝居然对她死心塌地。这个山宝真是被她迷住了心窍。山宝却说，女人都那么老了，还在做皮肉生意，他心疼了。

乔飞甚至把山宝的故事放到了网上。他在字里行间透露出来些恨铁不成钢的意思。阿蛮在网上看到后，说：“山宝那么有意思，你怎么只看到他的毛病？他很有意思呢，山里的种种，他好像都一清二楚。”

这是阿蛮怪他不尊重人了。乔飞想表达什么呢？他知道山宝没什么坏心眼。这山里的人又有几个有坏心眼？可一时半会儿也解释不清楚。临近冬月，茶园的农事又繁忙，挖冬地，施农家肥，每棵茶树都要做细修剪。哪里顾得上和一个画画的女人谈论人性？可阿蛮没有不聊的意思。那就找话说吧。

“土蚕你没见过吧，这种小东西看上去肉嘟嘟的，破坏性特别大。要捉住它，没有任何捷径可走，只能请人或自己动手在茶苗周围把地翻开来，这样的工作干上一整天也没什么效果。后来我想出了一个办法，就是挖冬地时，让工人留心捡土蚕，捡到一条奖香烟一支。这招还行，一周下来工人们捡了近两千条，鸡吃得屁翘屁翘的，下蛋都来不及跑到鸡窝里。”

阿蛮到底热烈了些。她好像就喜欢听他说这么些不相干的事。

没过几天，乔飞正在小木屋里吃着猪脚煮木瓜呢，阿蛮发来了新年祝福。唉呀，一年又去了啊！真吓了他一跳。从漆黑的土路骑上柏油路时，大灯又熄了。要是以前，乔飞肯定会抱怨。可现在，路再怎么黑，依稀还有一丝月光从树梢后漏出来。他要赶到镇上上网，看看朋友们。

本来在网上写了一行字："这一年，我在艰苦的劳动中找到了内心的宁静。"想了想，又删掉了。他给每一个留言的人回复。然后又发了一堆图片。他恨不得给山上装满摄像头，让那些看不到自然的人，那些从没想到自然的人看一看。

本计划过年不回家，去往高速路的省道在施工，运气不好还会堵车。但看到朋友们的祝福，乔飞也想家了。可一个人回去又觉得没什么意思，乔飞就问山宝："想不想去昆明看老虎？"

山宝总说他打了一辈子猎却没看到过老虎。电视里当然见过，招贴画上也有，可亲眼见到那感觉绝对不一样。山宝只要一喝酒，似乎总能扯到老虎上来。这事儿，搞到后来，好像乔飞不带他看看老虎，实在是他不够意思。

离开了大山，山宝显得很拘束。虽说上车前，从头到脚的收拾，但他对城市一无所知，乔飞走在哪里，他也跟在哪里，好像只要落下一步，就完了。乔飞看到山宝一脸虚汗，不由想起刚上茶山时在森林里迷路的情形：恐惧、惊慌，头轻脚重，不知如何是好。

乔飞无法体会山宝看到动物后真实的内心感受。那些被囚禁得扭曲了的动物，懒洋洋的、没精打采的样子。它们像睡在火塘旁的山宝一样，在现实的阳光下是灰溜溜的绝望的。狼在囚笼里焦头烂额地瞎走，熊被自己的粪便弄得可怜兮兮、猴子狂躁不安又无所事事，老虎嘴角边的唾汁。

山宝在关老虎的笼子前花了些时间。老虎嘴角流涎，眼神患散。

"老虎怎么样？"

"比猫大不了多少嘛。那么瘦，一点都不威风。"

尽管在年三十的饭局上，乔飞他们一家子讨论了半天谜一般的时局，山宝一句话也插不上，但回到秧塔，山宝又有了精气神儿。他总是不断和人说起在昆明动物园的情形。他把那一两个小时里看到的听到的每一个细节，都添枝加叶地讲了出来。好像去了回动物园，真的见到了大世面。乔飞想，虽然在昆明呆了许多年，却很少来动物园，就是带小孩来看过，谁会像他那么一惊一乍呀。

9

有机茶园渐渐有了点影响，淘宝上的网购增加了。有好几个素不相识的人见到乔飞的茶园还没通电，竟托运来了个小型发电机。收到了发电机，乔飞也没想着安上，他习惯了没电的生活。

上山时乔飞碰到了李老四。李老四现在是白象村的村支书了。乔飞恭喜他升了官，李老四却表现得蛮不在乎："种茶收茶忙得要死，我也是被逼的。当个村支书是吃力不讨好。"

话是这么说，乔飞还是从李老四身上看到了春风得意的劲头。

"听说你搞的有机茶园影响很大？今天我们到镇里开会，上面也传达了意见。"

"什么意见？"

"就是号召我们都得搞有机茶。"

"那也只是几个媒体上的朋友来这儿转了一圈，就写了那些报道。还真没想到会有人关注有机茶。"

"现在的人都挑剔了，什么都想吃个绿色，吃个健康了。可是我说，乔飞，你搞那个有机茶有没有算过经济账？"

东拉西扯了半天，乔飞才明白，李老四拐弯抹角的意思，无非是让他别在网上发什么帖子了。"枪打出头鸟，这里的人祖祖辈辈就没这么搞过。我也种了几十年茶了，知道给茶上点肥料也没什么。你搞有机茶也可以，只是别在网上写了。"

乔飞有点生气，不是有点生气，而是气得不行。这算哪门子话？他从昆明跑到秧塔来，可不是要听人教训的。要是连说说话的自由都没有，他待在这里干吗？

晚上和山宝说起来，山宝说，是不是因为前两天没给他弟弟李老六借锅。其实也就是炒一下茶，可乔飞却嫌李老六的茶打过药。话又说回来，先前摘茶时也偶尔借李老六的竹箩，那会儿他怎么就不提他们打药的事呢。两家后来搞得很僵，李老六甚至扬言，要是乔飞的羊和鸡再跑到他们菜地里就要罚款。

回到镇上，乔飞澡也没洗。上了会儿网，看见有人在自己的博客后面留言，说什么有机茶都是骗人的鬼把戏。留言的人说得头头是道，应该也是个对茶略懂一二的人。他本想认真回复的，可看了半天乱七八糟的新闻，又觉得索然无趣了。

也是突然发现，他走在山里，好像总有人对着他指指点点，说他不好好在城里待着，跑到这山里，不好好种茶，专门搞些和人不一样的，还到处拍照，不是什么好兆头。过去听到这类闲话，他也没当回事，有人的地方就有闲话，可现在事情一件件浮出来，他意识到自己惹着人了。甚至连李叔也说："别到处拍照了，知道吗，最近风声紧，附近几个寨子在和开矿的公司闹事，小心被人当成记者。"

就因为这样就得畏头缩脑地活着？他还是喜欢在山里闲逛，打听多年前的旧事。只要听起过去的那些故事，好像就浑身是劲。

10

"天冷了，想你一个人在山上，就打个电话来问一下。"阿蛮总是在他毫无希望想起他，"还好吗？"

"老样子。"

"有个同事结婚。这又让我想到你。"

乔飞笑了起来。他明白阿蛮欲言又止是什么意思。山下的那些寒流与夜幕相混的灯火让他打了个冷颤。

"秧塔发现老虎了。"

"老虎？兄弟，你说什么？陕西也发现过老虎，只不过那叫周老虎。"

老虎来了，阿蛮不信，乔飞也不信。怎么可能？从昆明来到秧塔种茶快四年了，他听老乡们讲过许多离奇的故事，却从没人想过要拿老虎说事。老虎是什么？对多数人来说，那不过是偶尔在电视里，在老人们摆古的只言片语中，看到听到的影子。

可话又说回来，秧塔这地方也实在平淡无奇、了无特色，没什么能比一个老虎近在咫尺的说法更吓人了。

乔飞和每一个寨子里的人打听老虎这件事。碰到了李老四，仍不忘问问有关老虎的事，好像忘记了过去李老四的批评。本是好意关心村里人的安全呢，不料李老四却说：

"村里现在很头疼啊，正在搞开发，你可别乱说，万一把投资商吓跑，可就坏了。"

乔飞说："我也是听李叔说的。"

"小兄弟，你要说是山里看到了狐狸精也要比发现了什么老虎的踪影更符合你的身份。"

乔飞不知道自己是个身份。难道这是在讽刺他是个读书人？李老四甚至还暗示，祸从口出，小心乱说话被人打。

堂堂村支书威胁起了人。

远处香堂小伙时断时续的山歌渗过来，好像是配合他愤怒的心境。乔飞端着茶杯走到窗前。村口，六七只白鹭跟在一头水牛后边，缓缓飞向稻田。阳光从山垭透过几丝金色，放学的孩子正三三两两地走回来。这像是老虎到来的景象吗？

但，老虎真的来了。李叔说是从保护区里跑出来的，从东到西循着它出逃的路径，已经有七八家的十来只羊葬身虎口。

这天山宝放羊，在一碗水中发现了老虎粪便里的羊骨头。

总不能坐以待毙吧？李叔招集寨子里的猎手，说是要进山猎虎。

乔飞注册完公司从州里回来时，发现原先家里从来不锁的大门也被加固了，甚至还在猪圈、羊圈、牛圈外面挖下了陷阱。

也是和人闲聊才知道，整个事件还是和山宝的离奇失踪有关。据老疯二讲，自从他弟弟赶完集就再没回来。

"他平时就有个习惯，总喜欢赶完集，再顺路去烂泥湖转一趟。可是这都过了三天了。"老疯二甚至怀疑山宝是不是遭到了打击报复。道理也简单，山宝天天说李老四卖山卖地。

“为什么不迟不早，偏偏在开发铜矿这个关节眼上不见了?”

乔飞当时没当回事，以为山宝又去找王梅香了，问了王梅香才知道，她也好久没见山宝了。寨子里一个大活人失踪，村里人心惶惶。李老四本来和开发商签好了合同，说开发烂泥湖，也因为这件事，暂缓了。

老疯二雇人搜山，过了一个星期，才在风吹堡的那块青石崖上发现山宝的一顶笋叶帽。青石崖上的血早干了，但那股腥臭仍然吸引了大批花头苍蝇。

听说老虎吃了人，李老四赶快报告了派出所。戴着大檐帽的警察来到青石崖，取走了血样，说是要做进一步的检查。

乔飞在土锅寨吃饭时，又听见老土说，政府贴出了告示，首先肯定了山中发现了疑似老虎的蛛丝马迹，还标出了老虎最近伤残牲畜的活动区域及个数；然后一再声明，国家的政策是，一不准猎杀！二不准设套放药；谁家的牲畜确遭灭口的，一只羊补助六十，牛是一百二。鸡狗不在补偿名目，如发现异常情况及时拨打110。

老虎来了！老虎确实来了！

胆大妄为的老虎居然又攻击了一头健硕的牯子，五百多斤的牛，就被它咬断脖颈，拖进人高的玉米地里，啃了个精光。

下午，它居然在光天化日之下，将山宝的儿子小老二叨走了。等到人们惊魂未定地发现时，只剩下一堆小孩身上的破布。太血腥了。

这天夜里，雷鸣电闪，大雨倾盆，寨子的变压器起火，电也没了。人们没法儿看电视，没法儿在电灯下打牌，只是在火堆旁说着闲话，一明一灭的火光照得山中人的心里七上八下。

他们小心地回避老虎这个话题，按老古辈的说法，说什么有什么，你越怕什么就得把它深深地锁在心里，可这更加深了对老虎的恐惧。老虎到来之后，他们之间的交流多了。他们发现这些年张口闭口就是钱钱钱，在这密林深处神出鬼没的老虎面前，完全没什么意义了。

11

派出所及时把这伙化装成老虎的专偷牲畜的犯罪团伙捉住了。为首的居然策划者，居然是山宝。当然，因为他并没有实际参与其中，最后也无法定罪，终是胡乱罚了几千块钱，不了了之。

本来村里因为老虎的出现，早就决定不再对烂泥湖开发，但随着谣言的消散，又把开发烂泥湖提上了议事日程。村里用的确实是开发这个词。村里也与时俱进搞开了招商引资。所谓村里，做主的其实也就是李老四那几兄弟。

来到村里的商人是雷阳，早几年他是村里信用社的负责人。现在他的生意做得大了。开发也简单。就是砍掉烂泥湖的树，种上经济作物。雇的人是寨子里的人，砍的树是寨子里的树。人们都知道这是雷阳和几个村干部在搞腐败，但没人站出来，人们一点办法都没有。人们对一天砍砍树就可以赚个百十来块钱满足得不得了。好几回他们还捎带着打死了几头野猪，还有麂子。他们想的是，等到砍完树挣一笔钱，到时雷阳让栽树时，他们还可以再挣一笔钱。反正这地方，种树栽树，都不用经管。他们甚至嘲笑雷阳，这么精明的一个人，居然不懂得算算账。更让他们想不通的是，雷阳居然因此拿到了什么退耕还林的补偿款。他们实在是想不明白，雷阳早就不在村里待了，居然还敢坑蒙拐骗。

雨季到来，山中酸浸厂旁边不是死了鸭就是死了鹅。一想到镇上上万人吃水都没保障，乔飞激动了。他激动也不全是为村里，而是觉得自己的利益受到了威胁。想想吧，自己折腾了几十年，好不容易寻到个待见的地方，结果却要从此活在恐惧之中，太欺负人了。这怎么能行？不行怎么办？

“得团结。”

结果，乔飞按公安后来的证词说的那样，别有用心地把他们集合在他的小院里。那是个雨天，乔飞把网上搜罗的法律一条条念给在座的每一位老乡听，上到《宪法》，下到《矿产资源管理条例》，然后一块起草上访文书。乔飞甚至主动给省长和人大发了电子邮件。

事情接下来的发展就和电视里的情节差不多了。

人们开始分头行动，有什么困难大家通气商量。警察来了。他们开着光鲜的进口警车，不时拉动一下警报。秧塔多年没见过这么声势浩大的车队了。李叔说，也只有当年剿匪时有过这景象。

那段时间的乔飞，甚至说得上有点亢奋，好像来到秧塔这么多年，等的就是这么一件事。他主动说服当地茶厂老板出资给村民上访；不厌其烦地用拗口的普通话给焦点访谈打电话；把自己刚买的数码相机交给别人去捕捉那些触目惊心的犯罪经过。

山宝甚至扬言要去和他们拼了。原先在城里畏畏缩缩的山宝，这个时候表现得有点狰狞。

流血发生了。头破血流的是农民。可真实的经过很快被颠覆。警车把闹事者一车车拉往当地派出所。事后，被证实刚进去的哭喊是真切的，但人民警察并没有粗暴对待村民，是老百姓因为惊吓而忏悔。他们哭着一团，声讨了把他们卷入其中的煽动者。

乔飞罪恶的名字在警员的笔录里频频出现了。

乔飞正和一帮朋友在民族中学的操场上踢球呢，警察拉着警报气势汹汹地闯进了校园。

“谁是乔飞？”

进来的警察其实还和乔飞在球场上踢过球，可这会儿，他们竟好像不认识他。不一会儿，县里的、州里的特警也来了。

简单的搜身后，审问开始了。看着两个稚气未脱的警察，乔飞还笑了笑，不曾想，特警过来揍了他一拳，说：“小杂种，你他妈吃了熊心豹子胆，从昆明跑到我们这里替人出头。我给你讲，你给老子老实点！别以为是昆明来的，就了不起。”

乔飞又笑了笑。喝了酒的刑警队长气极破败地叫嚣着“杂种！你他妈知道吗？我拖过多少人去枪毙！就像拖死狗一样！你他妈以为你了不起？”

乔飞没觉得自己了不起。他从没觉得自己了不起。

一同被抓的还有李叔，因为散布谣言。

还是山宝跟王梅香说了这事，王梅香托了半天人，又把自己攒了好几年的钱借给山宝交罚款，折腾一番，总是把乔飞和李叔保了出来。当然是带着罪名出来的，破坏经济秩序罪。

那段时间乔飞沮丧得要死，幸好有山宝陪着。山宝好像知道他心里的苦，什么都没说，只是喝茶。有天两个人还开着车，飙到了澜沧江边。

他们捡了半天江石。河床干旱裸露，被河水冲刷的石头，光滑精致，像鸟的卵。

乔飞捡了块石头，粗看像是老人卧在那里参禅。

“看看这块石头。”

“嘿，不错，看起来像一颗古象乳牙的化石。”

“知道澜沧江在傣语里是什么意思吗？”

“什么意思？”

“万象奔腾的大河。”万象出没的大河。这是何等遥远的远古啊！

两个人跳到冰凉的河里洗了半天澡。一个猛子扎进水里，等到筋疲力尽再浮出水面的感觉真好。沉入水中宛如进入到一种涅槃之中，整个世界突然变得浩瀚、温柔、明净、安静了。

乔飞说：“当年和我哥生意做失败后，我差点就去新大陆承包鱼塘了。想想每天养养鱼，游游泳，读读书，也不错，可阴差阳错却来种茶了。”

也是在和山宝说些旧事的过程中，好像有束温和的阳光照在了蒙灰的角落上。发生在这块荒疏之地上的事不多，但每一件都无比笨重琐细，好像它们都是得付出体力才可能搬动的东西。

除了下巴有点疼，乔飞不多想了。无事时就坐在窗前，要么看两页书，要么对着窗外发呆。被雨水淋湿的楼下，站着一排美人蕉，不知名的野花也在略显灰暗的日暮时分，寂寂地开着。

12

那天半夜，只听见小镇上，到处是劈劈啪啪的鞭炮响。

早上，乔飞漫无目的的在田间闲走，无意中走进那个被竹篷和灌木遮蔽的傣族寨子，一条修得整洁清幽的水泥路，把略显嘈杂的集镇分隔在林子后。映着残阳，身着民族服饰的傣家妇人，在缅寺前的菜地里，在修沟放水或找猪食。原先那些告发乔飞的人，也似乎早忘了当时推卸责任的事，见到他自然地打着招呼。

“你知道吗？公安局的来我们寨子联欢。他们来跟老人和妇女道歉。说过去他们在处理白象村民这件事上，有不妥的地方，以后还叫我们监督矿山排污。听说，山宝他们几个还有可能补偿呢。”

乔飞放下肩上的箩筐，把采了半箩的春茶放在树荫下。

“这么说，他们终于来道歉了。”乔飞淡然地笑了起来。

“到屋里喝碗茶吧。”

“不了。还要走一截路呢。”

“你不高兴吗？”

乔飞疲倦地笑了笑。还能怎样呢？过去那么混乱的一件事似乎逐渐变得清晰起来。但也只不过稍微清晰了些。他们是坏人吗？人哪有纯粹的好坏那么简单。就连李叔好像完全忘记了被关进号子的侮辱，听见山宝说发现了那只大秃角公麂子，又匆匆进了山。他们追踪了好多天，可这只公麂子到后来居然不往深山里跑了。深山里到处在砍树，到处在放炮，它居然顺着公路往山下跑。在平地上，李叔跑不动，山宝的优势施展不出来，大秃角的长处也没了。一只公麂子，两个猎人，就这么疲惫不堪地、不前不后地跟着。听李叔事后讲起来，这根本就不像一场追逐，更像是一场黯然神伤的告别仪式。

“那么多陷阱和猎枪都没伤到它，没想到，它竟然跑到了镇上。我们还没来得及开枪呢，一个偷运木料的家伙就发现了它。喊叫声唤来了街上无所事事的人。大秃角跳进了路边的水田。那么聪明的东西，我找了它那么多年，也只把它的角搞掉一只，可它现在竟昏头昏脑地跳到了水田里。一个腰都直不起来的老汉，拿着砍刀兜头几下，就把它砍翻了。”

人们抬着大秃角一路欢呼雀跃。它瘦得不像样子，胃里尽是些烂报纸和塑料袋。

“它肯定是来找死的。它身上大大小小或旧或新的枪眼有三十几个。那么多致命伤它都躲过去了，最后却情愿死在一个老汉的砍刀下。”

众人没有像从前狩猎那样，搞什么见者有份，而是直接抬到土锅寨吃掉了。

李叔没有和人吃那只公麂子，但他留下了那只大秃角。

也不知是冬天茶山苦寒、农事繁重，还是因为和山宝进山的那些天着了凉，自从打死大秃角后，李叔先是害了场感冒，吃了半天药也不管用，去州医院拍了个片子，说是发现肺上有一片阴影，建议住院治疗。后来还是去了昆明，转到了肿瘤医院。

一排查，才知道问题还不在肺上，是膀胱癌扩散了。医生的意见是，这个时候，温和的化疗不管用了，得动手术。李叔问有什么风险，医生说，挂个尿袋就行了。

“丢人现眼的，裤裆里夹那么个东西算什么话。我要像正常人那样有尊严地活着。我怕死，但更怕生不如死。我活够本了。”

他真的活够本了吗？乔飞想起李田说过的话。李叔在农村多年，很少出门，恰好公路局要去省城昆明开个会，局里就照顾他，让他去开开眼界。几天后，李叔从昆明回来，躺在他的小床上除了吃喝总也不起来。一连几天不说话，间或长吁一口，是那种压抑的愤懑。朋友去看他，他也是吊着脸，没有好声气。这小子怎么啦？和谁打架了？催问得紧了，李叔终于没头没脑地蹦出一句：“好奶奶的，这好吃的都让昆明人吃啦。”原来他到昆明住几天，看到昆明市民的吃喝和老家农民的吃喝差别实在太大，回来气得几天不说话。其实李叔见到的都是些普通阶层。现在李叔躺在昆明的肿瘤医院里，他真是被自己不服气的一生害苦了。

听山宝说，已经在准备给李叔做寿板了。

按李叔的心愿，埋在了挡门山顶。为李叔安碑的那天，山中大雾。鞭炮声响起时，乔飞叫山宝宰了一只羊，把帮忙的人叫到木楼上喝了半天茶，一起吃了顿饭。

李老四也来了。经过了那么一番纠葛，他好像有些歉意。

“从没想到事情会变成这样子。现在想起来，那一年我是真的鬼迷心窍了啊。”

乔飞仍是呵呵地笑。话说开了，好像也没什么了。说到底都是为了点利，谈不上大坏。他们错了，仍会坦荡地道歉。因为村长来了，乔飞又把朋友从贵阳捎来的好酒端了上来。

喝了酒的乔飞还跑到李叔的墓前坐了半天，说了会儿酒话。旁边躺着的是李田，李田当年多么厉害，三十岁不到，就谱了好几首名曲，现在还被人传唱。可她现在竟躺在这荒山。

这个昔日的偏僻山乡，仍然保持着它的田园风情，虽说它的街道已由一个“一字”变成了“丁”字，出了头，成了“十”字，加了一横，变成了“土”字，不久又加一横成个“王”后，它最终会在这块宽敞的田野上写成什么呢？

街被田野四下包围着像叶孤舟，散落在坝子里的那些高大挺拔的榕树依然像史前的巨兽那样枝繁叶茂，夜幕下，树林掩蔽下的傣族寨子里的灯火宛若萤火。

13

山宝也要走了。

山宝说：“虽然不忍心把你一个人丢在这片荒山里。可王梅香让我跟她回四川老家，我也没有办法。”

乔飞说：“这是好事呀。回去了，就莫老想着回来，王梅香有句话怎么说的？夫妻也只有半辈子的缘分。我从未听人这么说过。听在心里觉得很心酸。以后，我会去看你的，我也每年给你寄茶去。”

“舍不得离开你们，我……”

“好了好了，老婆热炕头。这边会越来越好的。你现在就难过，可你走后，当我喊山宝没人应时，那才难受呢。”

乔飞又雇了几个工人，年纪很轻，身手倒也利索，就是做事不自觉。

雨后的山野绿得人发慌。不远处的茶园安静极了，不知名的白色、紫色野花早开了。太阳出来了，孩子们的打闹声又在不远处响起。乔飞把昨天摘下的金银花搬到院坝里晒，还有金黄的野菊花。

乔飞端着茶缸走到了李叔的坟前，说：“李叔，你也喝喝茶吧。”

坟前的树上长满了白藤花。以前摘茶时，他每天都和李叔谈论着怎样爬树，怎样把它弄下来，用水煮过漂段时间，然后配黄豆粉煮吃，因为它就在茶地边的灌木林里。看了它近半月，谈了不下五六次，但每天忙于摘茶，也只限于这样空泛地谈论。它依然在树上寂寂地开着，引来嗡嗡鸣唱的蜜蜂，好像浅浅地在半空笑着茶蓬前的摘茶人。

老疯二又唱开了疯歌。他睡在羊圈的石坎边，晒着太阳。石坎下，是他的爷爷过去的果园，昔日人丁兴旺、鸟语花香。

乔飞听着老疯二的疯歌，时不时地和在院子里编竹席的老师傅说几句话，篾条在他的手中像是自由灵动的针。

“老叔，你一个月下来也挣不到几个钱。你怎么供你的姑娘？没想过去找份收入更高的事做吗？”

“老家那边的侄儿男女的去年我回家时倒是跟我提起过，让我回去到他们的工地做活，一天能挣五六十。有个侄儿是建筑公司的工程师，有个侄女还是什么大公司的财务主管呢。”

“那你为什么不去呢？又是在四川，你姑娘也在川大读书，不是有个照顾吗？”

“做惯了这行，觉得自由，又没什么人在旁边说你。六十老几的人了，还去工地跟那般小伙子抢活干，觉得难为情哩。我说你吧，要说也有几个文化对吧？人又年轻，吃得了苦，好像也还有几个钱。”

听他那样说，好像他比乔飞有更多文化似的。乔飞看着他不知他想说什么，疑惑地点点头。

“怎么了？”

“我就想不通，像你这样跑来这偏僻的茶山，像牲口那样干活，比农村人还农村人。我就搞不懂你这是图啥子哟！”

他大笑起来。乔飞也跟着笑了起来。

远处浓郁的雾正往这边袭来，看来很快就会下起雨来。天空中黑压压的云低垂着把山顶掩蔽。两人站在被山风吹得哗哗乱响的小木楼上，望着淅淅飘落下来的雨止住了笑。

“老叔，人活着不做自己喜欢的事，那活着还有什么意思呢？你看我每天忙得像只蚂蚁，但我喜欢呀。如果给我一份更好更清闲也更能赚到钱的工作，要是我不喜欢，那又有什么意思呢？”

老人笑了笑，不再说话。也是那时，乔飞有点难过。他不知道什么时候起自己变得这么咄咄逼人？是和人品茶论茶说狠话说惯了吗？

怎么能和这样的手工艺人相比呢。看起来他也是在山上，像个农民生活，可到底是不同的。他上山只是经营这片有机茶园。更多的时间，他在镇上，在昆明。就像这茶山的茶农，看起来好像没什么变化，可他说话穿衣，无一不是模仿着城里人。可享受现代化的生活又有什么好说道的？他乔飞自己虽然声称要坚持古朴的生活，平时养养兰花，喝茶品茶，偶尔还玩点木雕，但他是老板了。过去山宝一直这么叫他，现在他好像才品咂出其中的一点特别之处。

这天，放完羊回来，看到手机上有几个未接来电，都是阿蛮打来的。回过去，才知道阿蛮竟想着给他介绍对象。

“那个姑娘不错的，你们应该谈得来的。”

那时的乔飞对姑娘的兴致并不怎么高，就说：“阿蛮，我们不也挺谈得来的吗？”

阿蛮好像有些急：“真不是开玩笑。这个小莫也是我的一个好姐妹。她就喜欢那样的生活。”

挂了电话，乔飞也没想着主动去联系。没想到小莫好像有些等不及，竟主动打来了电话。

“我就一种地的啊！你来吗？”乔飞开着玩笑。

"在哪儿？我一定会来？"

乔飞笑了笑。那些天，乔飞的心情是真好。在院子里割草割得累了，就看几页博尔赫斯的诗。看诗的时候，他还在想，自己没日没夜地割草，而草却如此顽强，割了又长，是不是也学当地人买些草铵膦撒在上面？可要是地里没了草，似乎又少了些乐趣。他就这么乱想着，突然一首《老虎的黄金》，击中了他：

我一次又一次地观看
那只英武的孟加拉虎
直到金色的傍晚瞧它在铁栅栏里面
循着注定的途径逡巡往返
从没有想那就是它的樊笼以后还有别的金黄颜色
那是宙斯美妙的金属
变成九个指环，每个又变成九个
永远没了没完
随着年月的流逝
别的绚丽色彩逐渐把我抛弃
如今只给我留下
朦胧的光亮，难测的阴影
和原始的金黄
啊，西下的夕阳；啊，老虎神话和史诗里的闪光
啊，还有那更可爱的金黄，你的头发，
我的手渴望把它抚摸

乔飞直起腰来，他看到的是正在分桶的蜜蜂，是早上晾晒的金银花和野菊花，晒了一天，它们仍那么鲜艳。原先院子里只有黄泥巴，现在上面是崭新的竹席。竹子的清香味儿好闻极了。

正揉眼呢，一个女人提着包走过来。女人一头酒红卷发，满脸含笑。

"长得还俊嘛。"乔飞搓着手，嬉皮笑脸地说。

"你也还不赖。"

"是吗?"乔飞摸了摸自己的脸。"呵呵呵,我最得意的一件事就是,我从未追过任何女孩子。"

"真的吗?那我这又是一个送上门来的?哈哈哈。"看她笑得多么自负啊。

放羊回来的缅甸男孩,见到家里多了个女人,连忙倒退着出来问:"你女朋友?"

看着缅甸男孩的眼神,乔飞想也没想,应声答道:"我婆娘。"

为什么豹子不再咆哮

1

宋明凯突然就像变了个人似的。他好像对什么都关心，就是对女人提不上劲。

也许除了马伊丽。

这个都已经和他分了手的女人究竟有什么值得他好迷恋的？好多天了，他通宵通宵地失眠，痛恨自己的不争气。上班时像个游魂，迫不得已和人敷衍两句话，剩下的时间，他把自己关在租住的房子里，昏天黑地地上网。先是追美剧英剧，《越狱》、《老友记》、《绿箭侠》、《生活大爆炸》、《唐顿庄园》，到后来，又看开了韩剧。那些不同世界的生活，家长里短的，就连鸡零狗碎，也与他熟悉的世界毫不相同。但他真的感同身受了。那些情境里的挣扎和徘徊，疗伤一般，一遍又一遍地抚慰着他。

刚去二十二中的那年春节，只剩他和一个英语老师留守在校。两人看了半夜春节联欢晚会，后来还是姑娘主动，两个人才在简陋的高低床上做了回爱。做完爱，宋明凯倒头就睡。他事后得到的评价和马伊丽的笑骂一样，只是这个姑娘真的是出于愤怒。

“宋明凯，难怪你找不到女朋友，”说完见他没反应，又加了句，

“你太把自己当回事了，没人性。”

英语老师像是为了故意刺激他，过完春节，就找了个男人闪婚。在她的婚礼上，宋明凯见到了英语老师的意中人，男孩子很阳光，简直说得上帅气，走到哪里都笑成一片，笑得那么灿烂，牙龈都包不住了。

宋明凯应该看出了女人的心思，但他装作什么都不知道。

还能怎样呢？有那么一段时间，他总是想起马伊丽说过的话。她说她找不到能爱的人，所以宁愿居无定所地度过一生。没有哪次感情能抵得上这回刻骨铭心。牵着手也就短短一季，却像过足了一生。

问题是，女人的话能信吗？

过了半年，宋明凯才缓过来。他和国贸大楼一个服务员开始了相亲。是姨夫孟爱民的安排。还没怎么进入状态，孟爱民就准备大操大办了，他大方地为这对年轻人买了套二手房。七十多平方米，紧靠繁华的火车站。

孟爱民的举动肯定刺激了两个年轻人。宋明凯就像支箭一样被孟爱民搭在了弦上，不得不射出去。李佳青老家也是林县的，只不过她父亲早早就到西山煤矿当了工人。她和宋明凯还能用林县话聊几句，但宋明凯说着说着就成了普通话。丈母娘还背后说过他，才出来几年，就装大尾巴狼了。他对这些琐碎的闲话完全没往心里去。主要是李佳青待他不错。他也看她挺顺眼。这个和他还算聊得来的姑娘，长得清清爽爽，眼睛大大的，还有一双长腿。虽然只是个大专毕业，做的也是服务生，但她浑身上下却有种沉稳大方的气质。后来，宋明凯想明白了，说到底还是因为她成天接待的都是有钱客人。她见惯了有钱客人，却并没有学会势利。她甚至可以谈得上有教养。知道宋明凯有空就翻历史看传记，她欢喜得要命。起初见过几面，她对他印象很好，两个人在一起尽管没多说什么话，但她把他的手攥得紧紧的。他亲她的时候，她浑身都在抖，急切地回应。但直到定下婚期，她才允许他解开她的内衣。那天，他带她去五龙口看新房，一路上又是堵车，又是被嘈杂的人群弄得晕头转向，两人的情绪并没有因这路途漫长而消减，宋明凯津津有味地谈着将来，李佳青看着男人，眼神都醉了。进了新房，宋明凯仍在规划家具的设计与摆放，她却情不自禁地抱住了他。他回过身，捧着她的脸，说会好好待她，说她相中了他就是相中了幸福。她呢，直愣愣甩过来一句：

“给我点看得见的幸福好不好？”

“什么？”

“你不想干我吗？”

那是他和她头一回做爱。他头一回做完爱不用担心女人会有什么不满。他昏睡过去的时候，她也跟着睡着了。睡醒了，两个人好像有些不甘心，又做了一次。这一回，李佳青还跑到楼下买了两个冰淇淋。他和她光着身子舔着冰淇淋，有空了还要和她交换下心满意足的眼神。冰淇淋化了，她舍不得扔，就放在胸上，他呢，好像勤俭惯了，一口一口地舔，结果两个人又有些情不自禁。

2

辞去还算体面的教师工作时，最生气的还是姨夫孟爱民，好像宋明凯把他的全盘计划彻底破坏了。

他不光辞了工作，还卖掉了五龙口的房子，一副马不停蹄奔向小康生活的架势。他看中了动物园附近的一套小产权别墅。理由是他经常看美国电影，讲究生活品质的人都住在郊区。还说古人的生活才精致，还有小老婆。李佳青也支持他的决定。但听到宋明凯的动机如此不纯，还是心头一寒。但她弄不太清这个男人的脑子到底在琢磨什么。他究竟是早有预谋，还是只不过在和她调情呢？年轻的姑娘顾不上仔细理清男人的野心思，就被新环境迷住了。动物园这里住起来舒服多了，不光不用成天路过五龙口海鲜市场闻那冲鼻的鱼腥味，还有一个大院子供自己折腾。

五龙口一带是个什么地方？宋明凯对这个地方只有一个印象：绝望。有回陪李佳青去不远处的服装城闲逛，走到哪里都能听见服务员说：“试试吧，穿上可显档次啦。”那种难以形容的口音像魔咒一样缠了他老长一段时间。再后来，他就死活不愿陪李佳青逛服装城了。他也不知道为什么生气，反正每天出门的心情都不好。路过火车站时，总有形迹可疑的人蹭到他跟前，低声问他住不住宿。一件正常的事被他们做得让人心惊胆战，宋明凯简直有点抓狂。

好在是终于可以脱离五龙口了。看房的时候，宋明凯还找了个风水先生。李佳青不经意地问他这一套是从哪学来的，宋明凯就说，有钱的人都这么干呢。嘴巴里这么说，其实却想到了马伊丽。他在想自己这么快就堕落得毫无主见，情愿把对新生活的向往寄托在一个风水先生身上是不是有点草率。不过怎么说呢，先生讲得头头是道，一副专家口吻不容置疑的样子。李佳青听得高兴，宋明凯又在走神，这事儿就算定了。

搬到新房的那天，邻居们对新人的出现没怎么关心，只有两只罗威纳犬从草丛里跑出来，争相嗅着彼此的胯部，李佳青嘴巴都快合不拢了，好像连动物都如此热情，明摆着是对他们的到来表示欢迎。住在动物园还有一个好处，就是姨夫到家里来得少了。宋明凯见不得孟爱民咋咋呼呼的样子，他都成家立业了，孟爱民还动不动跑到五龙口来指手画脚。有好几回，孟爱民喝多了就说："要不是我当年在三桥街做五金生意，你能找下这么漂亮的媳妇儿？"

结婚一年多，李佳青才和宋明凯说起这段隐情，原来孟爱民常常带着客户过去吃饭。起初她以为是孟爱民就住在附近，来这里比较方便，后来，她发现孟爱民好像是专门为她而来。她对这些没文化的暴发户可没什么好感。但孟爱民呢，有股死缠烂打的劲儿，她差点就被他打动了。幸好那回吃饭宋明凯也在。她注意到了孟爱民身边的这个年轻人。人就怕对比。先前她认为孟爱民也还不错，但和宋明凯坐在一起，差距还是出来了。

"无论是长相，还是身材，都没法儿和你比。"

"身材？"他怀疑地看了眼年轻的妻子，但脑子终是没转到更复杂的地方，"原来你也这么好色？"

怎么能说是好色呢？谁不喜欢年轻人呀。年轻多好。年轻的李佳青，身体绷得紧紧的。她喜欢拐弯抹角说些刺激人的话。还说她就是喜欢看到宋明凯吃醋的样子。好像那个时候，她才完完全全地占有了他。

有空了两个人会去逛铜锣湾，买点衣服和化妆品，去金店看看金价，买个金戒指金项链。他们甚至把不多的闲钱投在了工行的两款理财产品中。按照两人的设想，再过三年，要一个孩子，然后买辆十万左右的车，他们越来越受不了太原的空气。

看起来，他俩的追求也越来越一样了。宋明凯谈得上雄心勃勃，他想的就是怎么过上讲究的生活。这不都住上动物园的别墅了么。他眼里面的标准全是和马伊丽看美国电影时攒下的条条框框，好像人活着，就应该那么穷凶极恶地迎合欲望。当然，闲闲地花掉大部分时间在狭小的空间里看水墨画样的树阴，也觉得人世间安宁美好。他甚至希望李佳青能种些花草，养只可人的小狗，然后，夫妻双双在傍晚吹一下凉风，多美呀。生活么，还要怎样？他以为也就这样了。

谁知李佳青很快就在园子里种开了菜。怎么能在五千块钱一平方米的院子里种菜？怎么着也得种点玫瑰，搞搞园艺嘛。他想起当初和马伊丽住在许西时，她教他怎么调鸡尾酒，怎么做出各种有色有香的菜肴。真的应该用“菜肴”这个词来形容马伊丽下厨时的那份讲究。她甚至还可以剪裁出一些漂亮动人的时装。她对随意组合家具也有一套。她天生就能把生活和艺术连接上。而李佳青呢，除了喜欢往人堆里凑，会直勾勾地看人，弄得你不知所措外，好像也只会拌几个凉菜，做点拉面。甚至连做爱都那么直截了当。宋明凯有意见时，李佳青还很有理，“你们男人除了找一个屁股，还会想什么？”尤其是“你们男人”，这带出的一堆男人，让宋明凯恨得咬牙切齿。有时他会幻想当初和马伊丽在一起的时光，他和她搞得那么花里胡哨，好像非得如此折腾，才能尽情享受爱的高潮。宋明凯当初的激动心情不见了，他盯着城里的声色犬马，满脑子都是令人绝望的挫败感，好像他的生活品质因为妻子的菜园大打折扣。李佳青也开始嫌这里不如五龙口方便，连逛个沃尔玛还得倒好几趟车。

“买个杀虫剂用得都比一般人多。没办法，房子大呀。”

这话怎么听都像是在炫耀。宋明凯当然也看出来了。本来宋明凯也是这么想的，但听到李佳青动不动就把这样的话挂在嘴边，还是百般不自在。

3

总是在沮丧的时候想起从前。

念大学那会儿，宋明凯和马伊丽好上了。头一回聊天，也是姑娘的话多些："你一点都不像河南人，你说你是临县人，我还以为我们是老乡。"马伊丽说这话本来是想套点近乎，没想到宋明凯听了却有些生气。他生气是因为知道了马伊丽的老家是临县的。到了太原，他一直住在姨夫孟爱民家。孟爱民在三桥家做点五金生意，平时打交道的都是些临县人。每回孟爱民从那些卖破烂的人手中收完东西就感慨："这些临县人就跟蝗虫一样，不知道又是从哪里偷来的破铜烂铁!"

奇怪的是，孟爱民每次这么义正辞严地感慨完，下回临县人拖着板车来卖东西，他照旧欢天喜地地收下来，好像合理地控诉和务实的生意完全可以做到公私分明。还有些顺口溜，比如，临县家，黑豆茬，割了一茬又一茬之类。这些顺口一说的话，宋明凯本没什么印象，但一经马伊丽提起，才意识到，他对临县人竟然有这么深的成见。不过马伊丽好像并没有意识到宋明凯心中的敌意。看起来也确实如此，她家开着煤矿，谈吐温婉优雅，为人处事也不像那些坑蒙拐骗的临县人。她有什么好遮掩的呢？她似乎觉得临县人本来就是她那种样子。她动不动就说她买衣服花了多少钱，买包包花了多少钱，买化妆品又花了多少钱，给人一种印象，好像她来到财大不是为了念书，而是如何刺激山西经济转型跨越发展。天知道宋明凯和她好上有没有被这种印象迷惑。宋明凯这样的男生，个子高大，长得也不难看，为什么会看上马伊丽呢？除了经济刺激，似乎再难找到更合理的解释。不过，这些闲话，别人也只能一说，反正这两个看起来没什么交集的男女硬是活生生地好上了，好得有点让人寝食难安。

老实说，马伊丽除了素颜的时候长得不大合正常审美标准，也没什么大毛病。何况也没什么人有机会见到她素颜的样子。更何况她还挺自信的。她不光大方，还喜欢和人开玩笑。她总觉得混说一气会让彼此更亲密，结果她调侃宋明凯时就时不时带出了对河南人的偏见。那天他们在如家快捷酒店折腾到晚上三四点，事后，她还扳过他的肩膀，非要他说点情意绵绵的话。

“你都快把我搞死了。再搞下去我恐怕会怀疑自己是不是男人了。”

“男人？”马伊丽捏着他的乳头说，“你说说你们河南人为什么会被全国人民看不起？”

当时宋明凯累得要死，没顾上细究话里的深层意思。他不光没联想，还挺享受她摸他时的战栗。马伊丽这样的女人白天看上去一般，脱了衣服却有种说不出的好，是养在深闺终被他识的那种好。他的身体也不错，看上去精瘦，其实都是腱子肉。鼻子又高，牙齿又白又整齐。作为经济管理学院的特长生，宋明凯不光在本系经常成为姑娘们目光追逐的对象，就是放在体育系里也很显眼。那种显眼可不全是来自身体。照马伊丽的话说是“特别的沉稳。”这话宋明凯也信。好多人都这样评价过他。他当然也知道，其中部分原因是他不怎么爱和人说话。话多必失嘛。当然，他嘴上不说，心里却在琢磨。他爱看历史书，尤其是人物传记。历史书写的是真是假，人物传记写得好或不好，他并不怎么在意，他喜欢的是里面洋溢的那种生命力，成天都是惊天动地、影响历史的进程。一时无法说清到底是哪一点影响到了他。也许那种沉稳是天长日久积累下来的书生气质。一个学体育的居然有书生气质，自然而然又让人浮想联翩。

没错，他是河南人，这一点怎么都改变不了，但他现在不这么介绍自己了。他总说自己是临县人。临县话浑厚，还直硬、急促，句句都像在吵架。但宋明凯的普通话很标准，一般人很难听出里面的土味儿。只有一回，两人逛到国贸，宋明凯带马伊丽去三桥街坐了坐，她站在柜台边，听见他和他姨夫的对话，半天没回过神来。在那个其貌不扬的三层小楼里，堆满了杂物。孟爱民用一口临县话问候她，她只是笑了笑。她看见平时在学校里那么讲究的宋明凯，回到五金店，突然就变了一个人。他对他的姨夫言听计从，眼光也怯怯的，不敢直视她。他没有把她作为女朋友正式引见给家人，只是说陪一个女同学到附近转转。孟爱民看了她两眼，就去吼自己的儿子了。

“狗日的，你多会儿把我的财神换成奥特曼了？老子拜了多少天了？”

小家伙还理直气壮地说：“你的财神太土了，就不能换个好看的呀。”

马伊丽被小家伙奶声奶气的话说得笑了起来。宋明凯也跟着笑，只不过脸上的肌肉有点僵，好像姨夫太不给他面子了。

在马伊丽眼里，宋明凯不光沉稳，还长得挺帅。她一直恐惧承认这一点。她总是当着他的面挑他身上的瑕疵，好像这样就捏住了他的软肋。她生怕过分地夸他，他的尾巴就会翘上天。不过怎么说呢，宋明凯似乎对自己的长相心知肚明。好几回，他在闪烁的对话中含混地暗示：他知道自己的样子。没办法，可不止一个女人赞美过他的裸体。他好像对这些年的健身一直满怀信心。这么多年，他苦心经营，终于练出了六块腹肌。当然，就像别的女人也嫉妒过他的那样，马伊丽也大呼小叫过，说真是没有天理了，他宋明凯堂堂大男人，居然有那样一个翘屁股。要人命了。

有什么办法？一点办法都没有，碰到这样的时候，宋明凯心里高兴得要死，嘴上却一句都不说，任由女人在他的屁股上又拍又打，而他躺在阳光下，翻开一本《丘吉尔传》，看得高兴了，还要拿碳素笔狠狠地划上几道，一副力透纸背的架势。

4

他现在看书不会在纸上画来画去了。他都没什么时间好好看书，哪里还会想到用笔去画。他从书架上抽出一本书，又放了回去……他有时痛恨妻子的斤斤计较，但内心里还是蛮感激她。他不知道这种感激因何而起，也许是因为自己失恋时突然被她抢救了吧。李佳青的好，是那种踏实过日子的好。好在他也没有多少时间可以怀念从前。这不，搬到动物园附近才半年，李佳青就怀孕了。那天牵着妻子在动物园散步，看到一头四处奔跑的豹子，李佳青的肚子当下就疼了，直喊儿子也在里面翻滚。宋明凯摸着女人的肚子，说："咱儿子不会是个小豹子吧？"

他话里话外都散发着当爹的自豪，好像有这么好的爹，儿子的质量肯定差不到哪里去。真的等到十月临盆，在产房里抱起儿子时，宋明凯却有些心慌。这个小家伙长得实在是太丑了。亲戚们都说这个小家伙有福气，理由是打娘胎里基础就搞得好，将近九斤重。亲戚们夸李佳青那劲头，就好像她成就了什么丰功伟业。见丈夫抱儿子的姿势那么生硬，她还笑骂，说宋明凯你怎么连个孩子都不会抱呢，要你还有什么用啊？李佳青是笑着说的，一副公然打情骂俏的样子。但宋明凯有些不自然了。女人没有觉察到男人的不快，仍然颐指气使地吩咐他做这做那。甚至连儿子的小名，她都取好了。

"叫他堆堆吧。"

"什么堆堆？"

"老家话啊，名字贱点好养。"

"真难听。就不能叫他的大名吗？"

"你看你。你姨夫取的名字呢，他见多识广，什么都懂。"

又是阴魂不散的孟爱民。一个卖五金的小老板，居然成了见多识广的代名词。以前见父母对姨夫唯命是从，宋明凯一直就心存芥蒂，现在连妻子也对这个老男人盲目崇拜，宋明凯手都气麻了。因为讨厌姨夫给儿子取的小名，他更加看不惯这个小东西。小东西鼻子瘪瘪的，还朝着天，长得一点章法都没有。完全不像他嘛。

这种心思郁积在心底，他也无从和人说起。幸好还有工作可以消磨时间。他早早地起来，匀速喝完一杯凉白开，然后蹲厕所，刷牙洗脸。在他对付着吃早饭时，李佳青走进来，环住他的腰："每天重复同样的程序，不觉得心烦吗？"

宋明凯从没觉得这样的工作有什么不好。每天在俱乐部忙得马不停蹄，哪有心思琢磨不开心的事啊。就是有想过，事后也忘了。他只知道自己在出汗，在和人说话，至于为什么出汗，说了些什么话，多数都没有往心里过。好像老婆怀孕，把他的脑子也弄傻了。回到家，他有时都顾不上洗漱，就先在沙发上睡着了。

别看李佳青时不时地要唠叨，其实他知道，女人对他所做的一切还算满意。至少已经有一年多没听到她说姨夫如何如何了。孟爱民那么快速地从他和她的生活中间消失，反而让宋明凯稍有失落。兴许，李佳青一直抱怨她和他的婚姻没什么激情，跟这样尴尬的历史大有干系。但怎么说呢，现在的生活不是越过越好了吗？

李佳青计划在这个小别墅里养头猛犬，买不起藏獒，可以养个罗威纳嘛，即使不凶恶，也要看起来吓人，至少能看家护院。但宋明凯不同意。他说，“咱家屁也没有，养那么贵的狗干吗？成心告诉人我们有钱吗？”

最后还是依了男人的心思，没办法，宋明凯就喜欢个吉娃娃，说看起来就有贵妇气质。宋明凯还趁机说了几句甜言蜜语，反正是用神奇的逻辑把李佳青也和贵妇搅拌上了。男人也稍微做了点妥协，女人不是喜欢豹子样的动物吗，完全可以给吉娃娃穿上豹纹衣服嘛。

这个建议让李佳青听得心花怒放。那么小的东西穿上霸道的豹纹会是什么效果？有时候两个人吵归吵，还嫌他不让她，其实她挺喜欢宋明凯掷地有声的样子，像个男人。

李佳青给吉娃娃取了个好名字：亿花花。念起来就财大气粗。理由是，缺什么补什么，念得多了，就心想事成了。宋明凯却动不动就叫它豹子。理由是，当初他天天叫她真善美也没见她真的变得有多好。这种男女调情的方式也独特，李佳青从来不计较。说来奇怪，这个亿花花起初对谁都温和，看到李佳青就会变得特凶恶，龇牙咧嘴的。李佳青来劲了，总是带点恶作剧似的逗它，好像看到了它身上倔强的一面，她反而更喜欢了。

“连条狗都和你一个德性，我不信收拾不了它。”

宋明凯爱听女人这样说话。尽管把他和狗放在一起作比有点像是在骂人，但都老夫老妻了，这点骂又算得了什么。他只是笑，好像当初的坚持是值得的，好赖狗是和他一条心了。不过也有冲突的时候，宋明凯太纵容狗了，喂东西时乱扔一气，最后还是李佳青打扫。累死累活一天的李佳青怎么可能没有气。

“你妈就没教过你不要乱扔东西吗？”

5

如果不是李佳青的一句话，宋明凯可能都不怎么想得到母亲了。尽管他和王梅香都在太原生活，平时也打电话，但日子并没有多少交集，或者说因为离得太近，反而不怎么上心。早在他上大学前，母亲就因为姨夫随口一说的半句话跑到了太原。说是跟着做点小生意，其实却是替姨夫打工。父亲宋国柱不放心，也跟着追了过来，但待了一段时间，嫌都是亲戚，住在一起太别扭，索性跑到黑河倒服装去了。王梅香却留在了五金杂货店，名义上是帮小姨看孩子，其实就是个保姆。

这一晃又是十多年。

本来，母亲在临县也算得上有份体面工作。好歹是人民教师，可她信了耶稣。一个民办老师，信教了怎么为人师表？民转公的时候，就顺理成章地把她清除了。宋明凯记不清母亲是多会儿开始认命的。印象中的母亲可不是现在这般好说话。她脾气大得惊人，对什么都喜欢指手画脚。小时候，父母好像总是在吵架。有时宋明凯听得多了，想，既然过日子这么难，还不如离了算了。宋国柱话不多，平时在县城倒腾点水果生意，但也没什么热情，他好像对不断重复的进货卖货厌倦透了。王冬梅呢，每天关心的都是谁家谁家又发财了。她以为拿周围的人和事刺激男人，会激起宋国柱的斗志，谁知男人只会天天拿张旧报纸，说些与己无关的事，似乎天天谈论些国家大事就可以掩饰他的无所事事。他甚至还给宋明凯灌输这些模棱两可的想法，教育儿子从小就得有胸怀天下的格局。王梅香一眼就识破了宋国柱的伎俩。这个男人在生活中找不到北了，就想用高谈阔论为自己开脱。没用的男人都是一样的，都企图把希望转嫁到年轻人身上。王梅香一火大，就想着出门，说是眼不见为净，其实从她精心收拾化妆的架势就能看出来，她就是想出去跳舞。可她说得还那么理直气壮：“早知道你这么不争气，我随便嫁给张小勇也会比现在过得强。”

都说嫁鸡随鸡，都铁板钉钉的事了，怎么还好意思后悔呢？就是后悔了，也不应该这么尖声说出来。太掉价了，好像嫁给宋国柱真是窝囊透了。宋国柱也确实窝囊，就知道用死力。辛勤操劳了半辈子，就落得这么一句评价。有时听到父亲吹嘘他早年的事迹，宋明凯就想，和他说这些有什么用呢？父亲应该用他的武力把天天往外跑的母亲提溜回来。可宋国柱只会在儿子面前谈得眉飞色舞，他把自己的过去涂抹得那么浪漫，搞得宋明凯都有些不好意思。不就一个卖水果的么，有什么好说道的？

宋明凯搞不明白一直都在努力折腾的父亲，怎么偏偏没有油嘴滑舌的张小勇挣钱快。照父亲的话说，张小勇就是个二流子，放以前都是搞运动的对象。谁知世道突然就变了。这些家伙突然就无法无天了。坑蒙拐骗，坏事干尽，人人都知道张小勇不是个好东西，可他竟然过上了好生活，还结交上了权贵。因为瞧不起张小勇，宋明凯索性连母亲也一并鄙视上了。

兴许那个时候，宋明凯就胀上了气。他想着将来要是碰到女人这样对待自己，啪啪两个耳光就上去了，还要脸不要脸？

等到宋明凯上了初中，宋国柱就越来越沉默了。他不爱说话并不是他在生活的打击中学到了什么，或者说瞧不起女人，懒得和王梅香争吵，更可能是完全被机械的水果生意买卖弄得迟钝了。王梅香动不动就笑话他走路，说是看起来就像背柴的农民。宋明凯不知道母亲为什么要嘲笑农民。他们也不过是住在城边上，周末不也常回乡下看姥爷吗？

凭良心说，这些年宋国柱做的够多了，虽然没有突然暴富，但在城关一带过得也不比人差多少。要不是王梅香的乳房出了问题，他们家早就过上了小康生活。宋明凯记得当时的情形是如何令人绝望，在肿瘤医院看到那么多病人，他心里想的只是快点到学校去。他想不明白一直年轻貌美还会描眉画唇的母亲怎么突然成了那种样子。可是怎么说呢，就是被切除了肿瘤，王梅香还是精力十足，张口闭口就说她的病完全是被宋国柱气出来的。这个时候的宋国柱突然显得有胸怀了，只是讪讪地笑着，也许不是他真的有胸怀了，而是长年的争吵耗尽了他敷衍她的热情。

也许还有一种解释，宋国柱担心混乱的家事会影响孩子的成绩。那时宋明凯正念高二，他们希望他将来念个理工科，或者学学财经。王梅香还没出院就对基督产生了兴趣，回到家里每天必做的功课就是早上起来为儿子祈祷。可惜，宋明凯没有把所有的事情都用在学习上。他有空就去安阳淘一些小东西，在宿舍里兜售。高三那年国庆放假，还和两个孩子拉回来几百本盗版书，什么金庸全集、琼瑶全集，字号小得不能再小，但因为是十块一本，还挺受欢迎。不过这些业余时间的经济活动，都是小打小闹。他本质上遗传了父亲的基因，对于和钱有关的一切，谈不上有多大兴趣。他干上这些，纯粹是想帮父亲减轻点负担。他更喜欢干的，是看闲书。有一阵子，他甚至背开了蒋介石的日记、曾国藩的家书。谁也不知道宋明凯说话为什么怪怪的，后来才发现他喜欢用书面语。好好的话他不讲，偏偏卷着舌头说。他动不动就引经据典，一副满腹经纶、熟读诗书的模样。

母亲身体出状况的那个夏天，宋明凯的成绩掉了下来。班主任为此叫宋国柱来开过一次家长会。但宋明凯还是天天兜售他的小生意，好像念书反而成了副业。班主任给了一个建议，说是文化课成绩一时跟不上，如果学个音乐，走特长生，说不定也能考上大学。宋明凯喜欢唱歌，刚进高中，代表学校参加地区歌唱比赛时，就得到市音协主席的赏识。当时音协主席教一堂课近百元，但对宋明凯可以打五折。可惜正碰到家里最困难的时候，家里哪有闲钱让他玩音乐。班主任知道了他的处境，说，那就学体育吧。

就是跑跑步，跳跳高，扔扔铅球，居然也能上大学，这是宋明凯没想到的。像是发狠一样，平时的体育训练他坚持到很晚。几个月下来，他瘦了，不过，也长高了不少。慢慢地，脸上的青春痘下去了，嘴唇长起了小胡髭，俯卧撑他可以标标准准地做将近三百个，饭量也大得吓人。

有空了，他抱着本二战史看得没日没夜。好几回，他躺在学校的草坪上，看不远处搞对象的男女笑骂着跑过，浑身一阵战栗。他总是在想，这些男盗女娼的家伙将来能有什么出息？但这样的解释完全说服不了自己。他只好放下闲书，甩开膀子长跑。也是那一年，他为了几百块钱，替人出头，和人打架，差点被学校开除。校长说他就是个未经驯化的低级动物，成天只知道寻衅斗殴滋事。对于校长的冷嘲热讽，他想当然地就给屏蔽了。他唯一记得的是，又挣到了一笔钱，可以替父亲分担一点。他从来没细想过自己和父母间的感情，看起来也是正常不过，不过也有走神的时候，好像自己和家人之间有无法修补的裂痕。他为什么如此敏感，谁也搞不清楚。倒是因为他的沉默寡言，反而在人前赢得了个少年老成的名声，就像马伊丽后来时不时声称的那样："一看就是个稳重的人。和女孩子讲两句话都会脸红，我还从来没和这样的男生相处过呢。"

6

谁知道，才结婚两年，宋明凯就变了。

李佳青不干了。都什么年代了，她李佳青凭什么非得成天在家当保姆？她想出去找份工作，宋明凯却不同意。

"一个妇道人家，你好好在家带孩子就行了。找什么工作？我又不是养不起你。"

"这不是养不养得起的问题。你天天把我关在家里头，就不怕我闲得发疯，给你戴顶绿帽子？"

"那也总比上班强。上班了你给我戴绿帽子的机会更多。"

"小农意识。"

李佳青虽然那么恶毒地攻击他，但并没有真的多生气，她逢人就把这个段子说出来，好像能被一个男人心甘情愿地包养，也实在是幸福。到宋天成四岁那年，李佳青实在憋不住了。她四处打听，终于在商场找了份销售员的工作。等到宋明凯知道，这件事已经铁板钉钉了。

问题很快就出现了。两人都有一堆乱七八糟的事情要做。李佳青上班的时间是早八点半，但那个时间还得送孩子。更主要是晚上，商场八点才关门，可幼儿园五点半就放学了。

“你看看你上什么班呀，搞得我们都这么紧张。”

“儿子就应该和父亲多处一处，你成天在外头，回到家了和我们娘儿俩说不上两句话。”

“那要是我出差呢？”

“你们一个俱乐部出什么差？”

“我们俱乐部就不能出差？你以为我们天天就闷在家里闲着？”

“喂，我说宋明凯，麻烦你和我说话能不能还要老用反问句？我就搞不明白了，我要你有什么用？你既然那么不待见我们，干吗要找我？你现在是不是特讨厌和我在一起？”

大吵大闹也有好处。宋明凯把自己的母亲王梅香叫来，帮着带孩子。可没过几天，又发生状况了，王梅香见不得李佳青每天回来什么也不干。这中间又经过了一段别扭期，最后换了李佳青她妈，情况好像又好了些。李佳青还问过他：“你妈没有生气吗？”

“谁知道啊？生气是她的正常状态。”

说完了这么一句话，宋明凯又像是有些心虚。这是他妈啊。怎么光顾着讨好媳妇，连自己的妈都可以随便混说呢？宋明凯每天见她们母女神色诡异地嘀咕，也是心头发麻，好像有什么把柄被她们捏住了。

有些矛盾是突然出现的。李佳青上了班，隔三差五就会带回一堆朋友，说是让她们来参观她家，其实不过是想在站柜台的朋友跟前显摆一番。宋明凯不怎么看得起李佳青在商场结交的这些朋友。这些人身上喷的哪里是香水，分明就是杀虫剂。她们说话的样子，也委实让人心烦。叫唤什么啊，不就一套房子嘛。她们口口声声说李佳青有福气，还说自己的老公也在准备换房换车子。一句话，她们的思路陷在好房好车里出不来了。好几回，李佳青说她的朋友们要去汾河二库搞个家庭聚会，他都借口工作忙走不开推掉了，最后李佳青怏怏不乐地带着宋天成走了。

意识到接下来的这一天会突然的轻松，宋明凯反而不知道该如何打发时间。自从结婚后，他就没想过生活中还会出现自己的空间和时间。他先想着要不要去买点狗粮，或者沤点鸡粪把花园收拾起来，但坐到车里，他想也没想就把车开到了长风街沃尔玛购物广场。看着人来人往的商店，他也没有逛的兴致。好像早就计划好了，他径直开到六楼停车场，买了张电影票。坐在空荡荡的电影院里，他百无聊赖地看着片头，惊奇地发现，摄影师的名字居然是马伊丽。

晚上他心不在焉地回到家，刚把车停下，宋天成和亿花花从别墅里跑出来，儿子直喊爸爸，亿花花也狂吠。他抱起孩子的时候，李佳青在那里直说白天的野餐多么愉快，还说别人的老公都去了。

“热死了，我要冲个凉。你不洗一下？”

她好像并不是为了征询他的意见，径直走进了卫生间。他听见妻子在里面哗哗冲澡的声音，有些往事又浮了上来。他记得大学在许西租房的那段时间，小小的房间里，马伊丽总在那里洗头发。她歪着头，拿着电吹风。她喜欢穿他的白T恤。宽松的衣服下面有时穿着丁字裤，有时什么也没套。那双长腿比T恤还白。他想起，她和他谈论电影、谈论美食、谈论旅游时的情形，无论说起什么她都是滔滔不绝，一副见多识广、胸有成竹的样子。他记得他当时一句话也说不出来。他还想起，她送给他的一个纪念品，里面装满了胶囊似的药丸，其实每个胶囊里面都包着一句话，她说是每天想他的时候随手记下的，她怕他也同样想她，所以做成药丸，供他治疗相思苦。

他当时是怎么想的呢，他只是觉得马伊丽太过孩子气，太过形式主义，甚至都有些神经质。他甚至一度认为这个女人待在这样一个内陆省城里和他谈论所谓的精致生活，实在像是精神上犯了癫痫病。在那些剧烈争吵的日子里，他绝望地声称，永远不和娇生惯养的女人来往。他再也不想自取其辱了。他差不多接受了这样的现实：找个门当户对的女人一起生活，要简单自然得多。起初介绍人带他和李佳青见面时，他还庆幸，终于摆脱了所谓爱情的折磨，即便和李佳青没什么感情基础，他也相信，夫妻感情可以慢慢培养。然而几年过去，他发现，许多他自以为美好朴素的东西并没有在妻子身上出现，相反，这个工人阶级的姑娘变得越来越世俗，好像他努力挣扎了半天，不过是为了重蹈覆辙。更让人抓狂的是，从前被他鄙视的女人仍然在自己感兴趣的领域奋勇前行，看起来还更讲究了。他的妻子呢，每天思谋的竟然是怎么去汾河二库和人支个烧烤摊，享受下二人世界。好像支个烧烤摊已经成了她人生中的一部分了。小格局啊。

洗完澡的李佳青看见他在沙发上躺着，凑过来问他累不累。怎么会不累呢？他说经年累月地折腾，腰子都绿了。她说，去床上吧，我给你捶背。他眼前一黑，但还是跟了进去。女人捶打时，他理所当然地哼着，好像享受得不行。捶了半天，李佳青直喊手困，说是有点音乐伴奏就好了。他拿起手机，放了一首英文歌：somebody that I used to know。他其实并不知道这首歌，是无意中看到了马伊丽的 QQ 签名才搜到的。每回点开马伊丽的 QQ，她的头像下方都写着：You don´t have to cut me off，to treat me like a stranger that I am feel so rough. 他当时看到，心情莫名。每天在电脑上翻来覆去地看着马伊丽和李佳青的照片，好像有什么重大决策难以定断。李佳青在歌声的带动下，冰雹般的拳头擂向他，说他是别有用心，简直为她量身打造的捶背伴奏。李佳青的力气真大，宋明凯差点就被捶哭了。歌声忧伤，李佳青却捶得那么欢乐。太虐人了。

7

就是在音乐系的教室里，宋明凯撞见了马伊丽。好几回他坐在她后面只顾着贪婪地看她裸露的双肩，完全没有听清老师在讲些什么。马伊丽像是被他的眼睛刺到了，有意无意地总要回过头来对他笑一笑。他眼睛不知该往何处放，脸腾地就红了，耳根烫得要命。他都没怎么注意她的脸，就被她的背影征服了。走神的时候，他就偷偷画她的头发，逐渐瘦下来的腰身。他克制不了，总要死盯着她看。之前在小范围的聚会上，就撞到过她肆无忌惮的眼神，他当时不知如何应对，逃命一样，低下了头。后来他终于发现了，这个谈不上究竟哪里出众的女人，有种超出同龄女生的成熟风韵。那两条长腿在高跟鞋和连衣短裙中间太撩人了。也是那回上选修课，宋明凯看见她的两颗小虎牙无遮无拦地混在她的笑容里，侧脸上还有几颗没有被粉底盖住的雀斑。

那个时候，宿舍里已经有人打听清楚了马伊丽的情况，说是别看她长得其貌不扬，但家里却开着煤矿。这个自信的男人甚至声称，他就快把她搞到手了。理由是他天天帮她提暖壶，和她并肩同行，她一点都不反感。女人不反感他，他都觉得是一种赏赐。宋明凯认为男人真是挺贱的。不知道出于何种心理，再次见到马伊丽时，宋明凯有了一种无与伦比的底气。就像后来他跟她讲的，与其让她被一个花心的流氓糟蹋，还不如让他好好对她负责任。

这回选修课放的是一段音乐剧。他坐在最后一排，马伊丽就坐在不远处。她也看见了他，主动走过来在他耳边说："我看过你的演出，你唱的歌可比这歌剧给力多了。"

宋明凯嘴唇有点哆嗦，想说句什么，眼睛却不争气地黏住了地面。她穿着一双带跟的凉鞋，没什么装饰，不知怎么看起来就是特别大方。

"你的鞋子真漂亮。"

"唉呀，看不出来啊宋明凯，没想到你的嘴里含糖量还挺高嘛。"她的话里有种软绵绵的快活，好像这么快就得到了他的赞美，有戏了。

"什么意思？"

"哟，你是逼我再夸你一遍，说你嘴甜吧？"

"我可不是故意奉承你。我在实话实说呢。"

"是不是？我对穿衣打扮可没什么兴趣，可我妈每次来都要给我买一大堆衣服，都是花花绿绿的，我一点都不喜欢。后来我就学会自己买东西了。"姑娘轻描淡写的几句话里，好像是在控诉母亲的霸道，宋明凯却听出了更多内容。

看完歌剧，他们去了渊智园的玛雅咖啡店。那是一间由防空洞改造而成的小店。他和她说这家店的历史，马伊丽只是喝着咖啡，她好像对咖啡店的过往不怎么感兴趣。她在意的是他的过往：

“你不会是在搞异地恋吧？”

“什么？”

“我见你从来不和姑娘们来往。”

“谁说的？”

“意思是你真的没女朋友？”

“我有女朋友干吗动不动就和你喝咖啡？”

“你的意思是我有男朋友就不能和你在一起了？”

“天啦，马伊丽不会吧？现在的女生都怎么啦？都爱脚踏两只船？”

“谁却踏两只船了？你别想得太美，以为我和你喝咖啡就想和你怎么样？”

“你男朋友谁啊？”

“你不认识？他和你们踢过球呢。”

两个人根本就不是在对话，感觉更像是热恋的人突然发现了对方的不忠诚，一个劲儿地质问对方。

似乎生怕宋明凯理解不了她的意思，马伊丽又加了一句，“他去碛口拍电影了。”

宋明凯的心口狂跳。他好像意识到了要发生什么，又有些难受，只是晕头晕脑地说：“我还以为你没有男朋友。”

“有男朋友怎么啦？怎么我有男朋友你就不和我喝咖啡了？听听你们男人的话，怎么那么大男子主义啊。是不是我和你在一起了，就不能和别人说说话？”

宋明凯瞪着她看，想弄明白姑娘话外的意思。他当时想去摸摸她的手，可自己的双脚好像被钉住了，死活动弹不得。

后来的选修课，他仍常看见她。他看她的时候，不像从前只知道胡思乱想，眼睛里多了份怜惜和心痛，换句话说，他看她的时候，眼睛不再躲闪了。好几回上完课，他和她还要聊会儿天，去许西的小店喝上杯饮料或者速溶咖啡。

明明就在一个学校，马伊丽还时不时地给他寄点小东西，写些卡片，卡片上是些卡通漫画，一看就是是临时兴起涂抹的，一个女孩儿灵巧的心思弥漫在那简洁的素描中。好像经过了邮局的漫长周转和等待，显得更加弥足珍贵。有张卡片上写着："我也曾经是一颗痴情的种子，只是淹死在了大海里。"宋明凯就想，什么样的大海能打败马伊丽那样的女人呢？大二那个寒假，他闷在姨夫的五金店，白天卖货，晚上还要帮着姨夫撬开井盖偷自来水。他们做得那么自然，好像半夜不起来占点小便宜，实在是太不像话了。说起来，姨夫每年回老家，开的也是现代越野，人模人样的，一副衣锦还乡的嚣张模样。怎么到了太原就成了这样？从一开始，他就没觉得这样干有什么不对。姨夫的原话是，大家都在这么干，凭什么他就不能干呢？宋明凯倒没觉得自己到底该不该干，让他拿水管他就拿水管，让他撬井盖就撬井盖，他什么都没想，但又好像什么都想了。他脑海里盛满了咸湿的海水和泡得肿胀的种子。

出问题不过是迟早的事。对于即将发生的一切，宋明凯既期待，又有些惶恐。他还什么都没准备好呢，敌人就已经攻过来了。大二下学期才开学，马伊丽就说刘天扬又要跑到汾阳拍电影去了。那时还下着雪，他和她踩着崭新的雪在校园里走了很久。后来又跑到玛雅咖啡厅坐了半天。虽然拉着帘子，宋明凯也显得极不自然，他不知道该以什么样的方式应对女人的浑身热情。眼看着时间过去，他很绅士地问她，是不是得回宿舍了。从渊智园往出走时，马伊丽毫无征兆地握住了他的手。他和她十指相扣，虽然一声未吭，内心却翻江倒海，激动得要死。到了宿舍楼下，不远处还有搞对象的男女相互抱着立在那里，像是一尊尊雕塑。他也抱了抱她，差点就说要不晚上别回去了，但最后也只是轻轻咬了下她的耳朵。

那一夜，他根本没有睡着。宿舍里的人正在谈论电脑游戏和小短片，只有他在黑夜中瞪大眼睛想着马伊丽。想得他又盲目，又急切，天色亮起时，他才有了睡意。他头一回逃课，想着该怎么找到出路。马伊丽也像是和他心有灵犀，电话打到了宿舍。

“出来吧，我一晚上都在想你，想得我头都快炸了。”

“去哪里？”

马伊丽开着她的老款宝马沿太榆路跑了很久。她喜欢开快车，颠得宋明凯心都快跳出来了。手也没地方放，后来他就伸到了她的大腿上。隔着裤子，仍能感到她的身体滚烫。车子停在满是积雪的野地里，他和她纠缠在一起。他对接吻毫无经验，把马伊丽咬得生疼，但女人也顾不上喊疼。刚缩回舌头，又寻找着他的舌尖。她甚至把手伸到了他的腹部。就在她含住他的乳头时，他忍不住了。她不停地揉搓着他的阴囊，反反复复地说他坏透了。

“太自私了，这种时候怎么光顾着自己？”

宋明凯从来没有想过男女之间可以如此美好。说他这辈子恐怕在劫难逃了。她总夸他的身材好，又黑又健康，问他是不是专门晒的。他不好意思说是因为常去国贸大楼的建筑工地。事实上，马伊丽一夸他的身材，他就激动得不行。这个女人真是太色了，怎么能动不动就谈论男人的身体呢？

8

李佳青刚开始也会谈论他的身体，但现在不关注了。她成天操心的是店里的业务，当然还有孩子，还有亿花花。女人是从什么时候变成这样的，宋明凯还真没有什么印象。他也喜欢亿花花，每天花在吉娃娃身上的时间都超过了陪伴孩子。好几回李佳青都忍不住嘲笑他，说他根本不需要结婚，有两条狗，生活就能对付了。她是准备和他争吵的，不料他听了，竟然一点都不生气。他不光不生气，还挺得意的。

“狗也通人性的，它们知道怎么对人好。你看我每天下班回来，它都笑脸相迎。”

这话是有所指了，是嫌女人对他没有好脸色了。男人追她时表现得多好，现在呢，竟然是这么一副嘴脸。但李佳青好像也理解男人。

毕竟宋明凯在俱乐部要做的事情太多了。又是换老板，又是开连锁店，忙得要命。

新上任的老总给宋明凯配了个搭档，见了面才知道是多年前就一起共过事的余志明。几年没见，余志明又是搂他的肩，又是说要请他喝酒。但宋明凯嘴里淡淡的，好像因为余志明和老板关系太近威胁到了他的事业前途。他是真对余志明没什么好感，一点都不踏实，还爱咋呼。很明显，他在企业管理方面根本就没什么经验。宋明凯搞不明白自己为什么会有这种印象，他看不惯余志明不是一天两天了。

余志明刚去，健身房里的女人们就来了精神。似乎来这里健身，稍带着还有养眼的额外馈赠。确实，余志明也是这样和客人们旁敲侧击的。他总是笑着展露一身腱子肉："都是练出来的。"

可女人们的注意力并不在他的腹肌上，或者说不全在他的肌肉上。她们看着他的脸，好像只要多到俱乐部逛逛，就能恢复青春的自信。余志明聪明的地方就在于，他明知道女人们爱和他打交道，可能并不是真的想让他当教练，他还是喜欢亲手演示，有意无意地身体接触。宋明凯看不过去了。怎么说呢，余志明对宋明凯还蛮尊重，每回开会，总是先夸一遍别人，好像别人的贡献有了他的肯定，分量就更足了。在说到自己对俱乐部的贡献时，他挺谦虚，说什么虽然也拉了不少业务，但和主持日常工作的宋经理比起来，太有限了。他的能说会道反给人造成一种谦虚过度的印象。宋明凯又不会把有的没的说一大堆，他从小接受的教育就是：金子埋得再深也会发光。可他现在感到了不安。世道变了，人们更喜欢花言巧语，至于是不是金子，谁会操心？铂金不就是一块不锈钢吗？卖得比金子还贵。

不管宋明凯有意无意地暗示他没能力，余志明居然完全不在意。他对自己的长相充满了生而为人的自信和优越感。他甚至会和女人谈论化妆，好像没有他找不到的话题。

"我本来就是个土豹子啊，但人嘛，三分长相七分打扮，但光靠打扮也不能青春永驻，说到底还是得多来这里练练。"

坐仰卧起坐的妇人就笑，她痴望着他的脸，说："你哪里土了？你一点土味儿都没有，阳光极了。"

这话没把宋明凯大牙酸掉。暧昧都搞到了俱乐部，这可不是个好兆头，再次开业务会的时候，他反复强调，做人要有职业道德，做医生的和患者搞到一起肯定不合适，伦理上说不通。他还没讲完呢，余志明就抢过了话头。

“宋经理，你这是说我吗？我不过是和顾客打成一片，好发展业务嘛。我这叫牺牲自我，成全公司。”

宋明凯当场没反应过来如何应对这突发状况。反正是他的脸色越来越难看了。

不知道是不是宋明凯暗地里的诅咒起了作用，清明前一天，余志明突然走进办公室，什么征兆也没有，就聊起了他的苦闷。总是这样，余志明不管别人爱不爱听，他只要想起来什么，就有本事把从前发生的事情从头到尾复述一遍。宋明凯一直搞不明白他重复乏味无聊的生活是从哪里来的激情。这回宋明凯听出头绪了。

“贾婷要和你离婚？为什么呀？”

“仅仅因为几张照片。”

“不会吧？”

“真的是因为照片。她从我旅行的照片中发现了问题，有几张照片正好有玻璃，她从玻璃的反光中看到了女人的影子。你知道这种事情，没法儿解释，越描越黑。”

宋明凯当时不知如何安慰惊慌失措的男人，他有一搭没一搭地听他聊了半天，只是劝他振作点，像个男人。毕竟有时候女人不过是拿离婚来刺激男人。女人总是喜欢这么干。因为得知了余志明的心事，宋明凯回到家里情绪竟然好了不少。他哼着歌声也往吉娃娃跟前凑，搞得李佳青还一惊一乍：“又碰到什么喜事了？”

李佳青的话把他问住了。他这才意识到自己是在幸灾乐祸。第二天再见到余志明的时候，宋明凯竟有些羞愧。不曾想，就在他面色凝重地向余志明打招呼时，余志明竟没理他。过了会儿，余志明进来，宋明凯还以为他又要重复昨天那一套，谁知他却说不想在这里干了。

“为什么？”

“我不想再成天迎奉别人了。我知道你不喜欢我。你以为我真的很喜欢每天对着那些油头肥面的女人吗？我不喜欢。我不喜欢的人多了，也包括你。但我还是试着在妥协。可没人和我妥协。我念书时见过许多你这样的人，从农村来，脸皮总是绷得紧紧的，一心只想着努力。好多人也确实混得不错。但我了解你们，你们除了自己，从来没想过还要帮别人。你们喜欢看到别人满地失败，从中获得成就感。”

余志明说完就走了。望着他的背影，宋明凯一屁股坐在椅子上。关于余志明的婚姻，俱乐部的人都清楚，虽然双方都不是有钱人，但女方要比男方强势。知道余志明不全是靠关系，多少也是努力半天才混成如今这个样子，宋明凯的心揪得紧紧的。

9

还是大学那会儿吧，马伊丽都在努劲儿觊觎宋明凯的身体了，刘天扬还没有摆正自己的位置。他以一个导演的素质，又是恐吓，又是哭闹，把戏剧里常用的桥段都表演完了，马伊丽仍是没有悬崖勒马的迹象。黔驴技穷的年轻导演亮出了杀手锏：

“你就不怕我把你的那些照片传到网上？”

“刘天扬，我算是看透你了，没想到你的人性那么坏，难怪鸡巴都长得那么歪。”

这简直是，哪壶不开提哪壶啊。女人连他最羞于启齿的东西都可以谈论得这么胸有成竹，他还能怎么办？他气得目瞪口呆。

宋明凯悬着的心终于踏实了。以前，他嫉妒每回碰到马伊丽时，身边总有那个留着小胡子的家伙。一想到他们还有可能睡在一起，就五内俱焚。现在好了。他计划租套房子，然后，一切都水到渠成了。

谁知道，马伊丽却正经起来了。

“不好。一点都不好。我不想成为那样的女人，感觉太糟糕了，我又不是离开了男人就不能活。”

能怎么办呢？他只能忍着，等她想明白。一段感情的失去总是需要时间来消化吧。果然，过了两天，马伊丽半夜打来电话，说她一个人住在两室一厅的房子里，特别害怕。

“那我过去找你。”

“不，我就想和你说说话。”

宋明凯可不想只和她说说话。他以百米冲刺的速度跑到了许西。深夜的许西，安静得吓人。他也被自己的气喘吁吁搞得激动人心。这大半夜的来回折腾难道就是传说当中的爱情？敲门时，马伊丽很警惕地问了声谁。知道是宋明凯后，她也没有马上开门。她露出一个门缝，一副完全被他搞蒙的架势。

“你大半夜发什么神经啊？”

“让我进去。”

“凭什么啊？”

他到底死乞白赖地挤了进去。这时，他才看清，她的睡衣上大嘴猴猩红的嘴巴撩人心思。马伊丽还想说什么，他直接就把她推倒了。那么蛮横，那么不讲理，那么气焰嚣张。马伊丽又踢又打，嘴里还喊着她不是那种人，可宋明凯下定了决心，只是埋头苦干，就是不松手。

宋明凯也不去踢球了，没日没夜地和马伊丽待在一起。除非是买菜，他俩都很少下楼。好像他和她现在只有两件事值得全身心投入：不是在做爱，就是在准备做爱。

宋明凯一直以为自己特别有经验。大一有段时间，他跟着宿舍里的人动不动就去殷家堡看通宵，自以为掌握了不少技巧。他记得那个偏僻的地方，那种混合了各种刺激气味的地下室，那么多光着膀子的农民工双眼死盯着屏幕。但他当时没顾上琢磨这一切，他被屏幕上光着身子的男女勾走了魂，火红的眼珠子一动也不动，生怕漏掉了值得学习的环节。等到跟马伊丽同居后，才明白，原来他信心十足的东西，都不过是纸上谈兵。他还有那么多东西闻所未闻。什么叫书到用时方恨少？看到马伊丽如鱼得水地前俯后仰，他为自己的笨手笨脚感到羞耻，好像他这个土豹子现在才见了世面。可马伊丽很少和他谈论这些。她只是说她喜欢他，喜欢他的肤色，那么黑，健康极了。当然还有他的牙齿，那么整齐。

“看上去就干干净净的。”

光靠皮肤和牙齿就能给人造成这么好的印象，这是宋明凯没想到的。他试着和她聊聊自己的过去，那些夜深人静时滋生的不堪心思，甚至是在建筑工地上的苦和累，可马伊丽却在她的思路里回不来了。她摸着他的身体，她的手指头上涂着黑色的指甲油。她喜欢涂各种各样的指甲油。看到不同颜色的细白手指伸过来时，宋明凯就会倒抽一口凉气。他实在忍受不了她的挑逗。他咬她的背。她报复似的，发狠掐他的屁股。每回她都嫌他太粗暴了，可她到头来仍会箍紧他的腰。有时她喘不过来气，双手会轻推他的胸。但他要是慢下来，她又会拨弄他的乳头，还把自己的耻骨迎上来。他恨不得变成一棵肉钉，就这样扭曲狰狞、蛮横无耻地嵌在她的身体里。

暑假的时候，他没有回姨夫家，而是到红蜻蜓健身俱乐部兼职当起了教练。马伊丽也去了电视台实习。那段时间只能用惬意来形容。两个人都有自己的事做，下班后还能在一起温存。他拿赚到的工资，和她去了一趟云台山。山下人多的地方，他们反而没怎么逛，两个人像是心领神会似的，往山顶跑，还专挑没人的地方走。那天下着小雨，马伊丽的薄裙早就湿透了。他也冻得嘴唇发紫。两个人起初还只是抱着相互取暖，后来终是没忍住，又站着在深山老林里干了一回。她的双手一会儿撑在树上，一会儿又滑溜到他的腰上。做完了，她还笑着说：“你简直就是个牲口。有你这样的人吗？你太不要脸了。”

她是嬉皮笑脸说出来的，好像骂他畜生竟然也是对他能力的委婉夸赞。看样子，他攻城掠池，而她，在他面前，完全是丢盔弃甲，溃不成军。

但宋明凯一直放松不下来。可能是恋爱的震惊超越了他的适应能力。只要有空，他就想她，想着他不在的时候她会干吗。想着想着，就有些悲伤。那种巨大的绝望时时提醒着他。他担心这么好的爱情会不会有消失的一天。时日一长，连说话都变得奇怪起来。有一回，他看到马伊丽又打扮得花枝招展去实习，脱口就说：“这又是准备去勾引谁？”

没头没脑的话搞得马伊丽脸都变形了。恋爱中的男女都没什么理性，谁也没有意识到那些中伤人心的话可能纯粹只是因为醋意大发。马伊丽不理解，刚刚在床上还对她百般怜爱，怎么现在就像换了个人？见马伊丽不说话，宋明凯又呛了一句："我在想，要是你能抛弃别人，会不会有一天也那么无情地对待我？"

马伊丽听出来了。原来男人还在纠结这个啊。原来他是不放心，想得到她的承诺啊。她偏不。她假装很生气。

"想什么呢？你能不能有点大气象？"

这样的争吵总是无疾而终，他和她总有解决争吵的办法。还有什么比大干一场更能消耗彼此的精力？有一回，马伊丽的例假迟迟未来，好不容易来了，但她洗漱的时候，发现不是。她气鼓鼓地走出来，生他的气。

"宋明凯，你把我搞破了。"

他抱她，还去看破损的地方，结果两人又没忍住。这回，宋明凯懂得了温柔。他一直吻她，差不多吻遍了她的全身。最后，还是马伊丽抱住了他的屁股。他缓慢的进入，感觉到了她肿胀的身体。他一遍又一遍地进进出出，到目前为止，他想不到还有什么比这更美妙的事。

"要是我真怀孕了怎么办？"

"我们结婚。"

"结婚？你想得真是简单。拿什么结呀？"

他以为马伊丽这样的女人和别人不一样，搞了半天才发现，她不光和别的女人一样现实，还更露骨。拿什么结呢？他不敢往下接话了。他本来不过是把结婚当成承诺，努力让她明白自己的一片痴情，谁知女人却并不明白他的良苦用心。也是那时，他才意识到，相处了一年多，他和她从没谈过各自的家人，就是偶尔提到，也不过是说说他们的身体状况。他早就从同学那里打听到她的大致家境，但他不敢肯定马伊丽有没有打听过他的情况。她要是知道他们一家都还在姨父那里寄人篱下，会怎么想？

"你放心，我会找到一份好工作。"

"不行，我爸还希望我继续念书呢？"

"读研吗?"

"不是。他们希望我出国。他们说留在国内太没有安全感了。"

"现在社会这么好。"

"你什么都不懂。我爸的朋友，当初买了一个快倒闭的矿，县里感恩戴德，又是给他评劳模，又是年年慰问，这两年见他做大了，居然把他当黑社会给黑打了。你说说，就是养猪杀猪也不是这么个杀法啊。"见宋明凯脸色有些难看，她又低声说，"其实我也什么都不懂。不过，可以肯定的是，我出国念完两年书我就回来。"

"你爸不是希望你移民吗?"

"难道你也希望我不回来?"

马伊丽好像更火大。她对父亲的话其实非常抵触，主要是从小就没出过远门，一想到独自一人呆在异国他乡，就怕得要命。可是，现在，这是什么问题呀?不是在谈论她出国的事吗?怎么突然搞得好像就成了他的不对了呢。宋明凯郁闷了。

"那就出去吧，出去也挺好。抓住机会，到欧美游逛，长长见识。"

"你太冷血了。你一点都不关心我，不理解我的感受。你是不是根本就不在乎我们之间的感情?"

"说什么呢?又不是我逼你出国。你知不知道，现在在国外也不好待，到处都是排华。你没看《环球时报》吗?你没看那些时不时有华人被害的报道?"

"知道，肯定是他们太招摇了。"

"不是他们招摇。外国人做个生意，没有百分之二十的利润不会去做，而中国人呢，百分之五，甚至是百分之二都会干。你把人家外国人的饭碗都端了，你想想别人怎么可能不恨你。"宋明凯好像不只读过许多理论，还亲自见识过华人的生存处境，一套一套的。

"可又有什么办法?我就是窝在太原，还不经常被人瞧不起。一问你哪里人，说是临县，他们就会恍然大悟似的，好像临县人就不是个东西。"

他瞪着她。他一直以为她不在乎这些，一直以为她足够自信。

“那都是人为夸大了。其实，现在这个社会谁会真正关心谁啊。大家都在努着劲往下活呢。去了国外也就那样吧。”

“你别老提什么国外不好。尤其是不能和我爸这样说话。他老人家的一句口头禅就是，看中国的新闻要学会用逆向思维。”

宋明凯从没想过出国那么远的问题。对于力所不能及的事情，他从来不敢奢望，这回因为和马伊丽的一番话，他也设身处地地想了一回，要是换作自己出了国，为了活下去，也得找事做呀。

尽管不在一起的时候，马伊丽仍会给他打电话，寄些小东西，但宋明凯确信，他和她之间的这段浪漫故事快要变成窝火的感情事故了。

10

看到李佳青天天在院子里用粘鼠板一窝一窝地粘老鼠，宋明凯也会心慌。搬进别墅有种种说不完的好，也有说不出的苦恼。但怎么说呢，苦恼只是暂时的，光是成天遛遛狗，也是喜上眉梢。山上的空气要比城里好多了。有时候看见山谷里被灰霾裹挟的城市，他不由得贪婪地呼吸。什么叫庆幸？他真为年轻时的长远眼光骄傲。

一家三口出去参加聚会时，李佳青把亿花花也带上了，说反正是放在车里，到时还能遛遛。宋明凯倒没怎么在意，余志明的事还窝在他的心里。有那么两天没和余志明单独相处，他甚至松了一口气。倒不是因为余志明说出了他宋明凯出身卑微的事实，这个不重要，或者说，经过这么多年的煎熬，他早忘了还应该担心自己的过去。主要还是余志明说他所做的一切都是为了家人。这一点让宋明凯心慌。他从来都不敢扪心自问，是否真的爱李佳青，爱他这段草率而成的婚姻。他从来都没多想，好像大家都在努劲往下活，这就够了。他哪里有余志明的勇气呢，动不动就说是为了妻儿在奋斗。

宋明凯坐在一个中年妇女旁边，经过介绍，才知道她是李佳青的顶头上司，销售部门的郝经理。她好像挺喜欢和宋明凯聊，别人都在喝酒讲段子，只有她动不动就把脖子倾过来，说李佳青如何有眼光。宋明凯心事重重的，也没听进去女人到底都说了些什么。有两句话，他还是分清了，说是现在生意不好做，有钱的社区设施都非常完备了，他们就是购物也不到她的店面逛。这个宋明凯倒是深有同感。还没结婚那会儿，他在漪汾苑租了个房子，据说是当年太原最早的商品房，能住进去的也算是有钱人，但等他搬进去时，原先的住户都走了，每天碰到的多是花枝招展的妓女和来路不明的年轻人。喝到高兴处，他甚至把这段故事也说了出来。他说这些，完全是因为兴奋，他想起刚失恋的那段时光，要不是因为有那么花枝招展的姑娘供他在黄昏的窗前消磨时光，他真不知道自己会变成什么样。没想到郝经理满脸都是认同："到处都是外地人，半夜都不敢出门。你见没见过那些收破烂的？据说他们白天四处游走，就是为了采风，到了晚上就开始偷抢行动。"

郝经理话里话外的意思是，这个城市已经不宜居了。宋明凯虽然对那些躺在门口平板车里睡觉或者聚在一起赌牌的人没什么好感，但也谈不上厌恶。这个郝经理的优越感是从哪里来的？女人好像意识到了宋明凯的疑惑，又说："我说的是只是那么一部分，其实好多脏活累活都是他们干的。只是总有那么一粒老鼠屎坏了一仓谷。我真是搞不明白他们为什么就不能找个正经工作。"

好好的聚会变成了对外地人的声讨，人们好像憋了一肚子怨气，完全是因为这些外地人，弄得他们的生活毫无质量。宋明凯眼皮直跳，脱口就来了一句："要是没有那么多外地人，你们的老公去金昌盛能干什么？他们屁也不能干。他们就是浑身冒火肯定也不会爬到年老色衰的老女人身上去发泄。"

一桌子的人都呆了，谁也没预料到宋明凯面目突然变得这么狰狞。

"宋明凯！"

李佳青听不下去了。

坐进车里时，李佳青才爆发。"你他妈脑子有毛病啊。都说的些什么乱七八糟啊。"

宋明凯阴沉着脸没吭声。他好像知道只要他开口，女人就有本事数落他一晚上。他太了解她的套路了。回到小区遛狗时，他还是没有和她说话。小孩和亿花花在前面跑，两人在后面走。突然就听见孩子大声哭喊，两口子跑过去时，被眼前的场面惊呆了。

一头高大的罗威纳骑在了瘦弱的亿花花身上。

旁边站着一个光头青年，脖子上戴条粗金链，正笑着和人说："妈的，这狗日的疯了，成天就知道到处给人捐精。它不知道好多人想求它的种子都求不到呢。"

宋明凯飞起一脚就踢过去，罗威纳掉了个头，还是没有和亿花花分开。亿花花被罗威纳倒拽着，凄惨地叫唤。宋明凯顺手摸到路边烧烤摊上的凳子，冲罗威纳腰上砸下去。

罗威纳当下就趴下去了。光头青年也过来了。看到自己的狗瘫到了地上，伸手就揪宋明凯的脖子。不曾想周围好像都是光头男的朋友，还没等宋明凯反应过来，就被按倒了。李佳青眼尖，认出了狗主人。

"龙哥龙哥，"李佳青拦在中间，抱着光头男的腰，"有话好好说，我老公真不是故意的。"

"那也不能打狗啊。再说了，能让我家狗上一次，你们还占了便宜。"

"龙哥，你说吧，你说怎么办？"

"能怎么办？先送狗去医院。"

宋明凯还理直气壮："我们的亿花花被强暴了又怎么算？"

一句话听得围观的人又笑了。光头男也笑了。看到老婆和光头男的对话，被按住的宋明凯气急败坏，一口咬住了光头男的大腿。

直到民警过来协调，宋明凯才发现自己的两颗门牙都松了。光头男腿上掉了块肉，还挺开心。他在派出所里大声喊叫："狗日的，你他妈和我家狗一样。"也算是不打不相识。光头男居然挺喜欢宋明凯的固执劲儿，直说改天一起喝酒。这样的结果倒把宋明凯搞得不好意思。他不明白这个老婆嘴里的龙哥，到底是因为欣赏他的性格，还是因为某种愧疚心理就轻而易举原谅了他的咬人兽行。

反正等他满嘴血腥味地再去找亿花花时，遍寻不着。还是孩子眼尖。这个宋明凯心目中的贵妇犬，在桥洞下面和一只掉毛的野狗玩得正欢呢。

宋明凯拿起石头撵走野狗，抱起亿花花，干嚎了一声。亿花花被弄得一点样子都没有了，好好的衣服也被抓得稀巴烂。

给狗洗澡时，宋明凯还在生气，太明显了，要不是饭桌上听到了那么些话，他的心情会更好，遛狗时也不会心不在焉，亿花花也不会受人凌辱。李佳青本来也窝着一肚子火，见宋明凯蔫蔫地样子，反而古怪地笑了。

“这下你的贵妇梦破了。不，是把你的狗养成贵妇狗的梦破了。要不把它扔了，重养一只大狗吧，不光不会受人欺负，还可以欺负别人。”

亿花花好像听懂了女主人的绝情，直冲李佳青狂叫。李佳青还在唠叨：

“你没看出来吗？这个狗就是个贱命，被罗威纳干了一次，还要跑到桥底和野狗偷欢。”

“偷欢？我说，你和你那个龙哥是怎么回事啊？你们怎么认识的？”

“操你妈，宋明凯，你不说话没人把你当哑巴。怎么认识的？遛狗时认识的怎么啦？你到底想说什么？”

“我想说什么你还不清楚吗？啊，你们恬不知耻地居然当着那么多人抱在一起。”

“真他妈没劲。小农意识。你除了欺负女人你还能干什么？”

“我能干什么？我能干什么？”他一把薅过李佳青，就往床上扛。刚刚还气得头发快竖起来的李佳青，这时却绵软了，直咬他的肩，低声喊，“你能不能动作轻点？孩子刚睡呢。”

也是剥李佳青衣服的时候，宋明凯突然想起了马伊丽。那时他和她租住在许西村，成天到晚就是想着怎么和她做爱。到后来，马伊丽都怕了。有一天，他追到阳台上，阳光下的马伊丽浑身散发着令人战栗的气味。看到宋明凯狰狞的样子，马伊丽说：“你的样子太逗了，你让我想起石康说过的一句话，活了半辈子，只为个鸡巴四处奔波。”他当时听了女人的话，又兴奋又悲壮，好像被女人看穿了真相，就找到了存在的价值。然而，现在呢，过去了快十年，他为人处世的样子一点都没变，干什么都还是那么性急，从来只想着自己。做完后，李佳青还温柔地摸着他的阴囊，说：“怎么这回一首歌都没放完？”

女人的话搞得他无比悲伤。但更多的，他是在为自己莫名的兴奋感到羞耻。迷迷糊糊中，毛还没干的亿花花也趁乱爬到了他们中间。他一下就醒了，直冲亿花花龇牙，吓得亿花花箭一般地跳到了梳妆台。好像它也愤怒得不行，直冲宋明凯低呜。李佳青揉着眼睛说：“你疯了，你不是那么喜欢你的贵妇狗吗？怎么现在开始嫌弃它了？”

11

余志明天天说要走，但到了秋天，他还在俱乐部待着。宋明凯尽量减少和余志明单独相处的机会。然而，余志明像兴奋得不行，但凡有机会，就要和人卖弄他的嘴皮子。宋明凯当时想余志明可能碰到了什么好事，要么是婚姻上有转机，要么就是他那在董事会里的亲戚又给他弄到了好职位。这让宋明凯有些不安。秋天，董事会组织俱乐部的部门经理去美国旅游，说是要组队横穿美国 66 号公路。余志明也去了，这更加深了宋明凯的担心。在这条极富传奇色彩的公路上玩越野时，宋明凯有些心不在焉。余志明的车在队伍里绕着 S 型超车，一路上都是志得意满的骄横架势。旅行结束，从飞机上下来，一行人都疲惫不堪地站在那里取行李，余志明还走到宋明凯跟前说了一句：“怎么样？美国好吧，好好努力准备移民吧。”

余志明好像早忘了之前的尴尬。看样子，他是在做这方面的准备了。

李佳青在出口等他。宋明凯坐上车，收到一条短信。原来是董事会的秘书小林。短信有些莫名妙，只有一句：“恭喜你，宋部长。”

他回复了个“嗯?”李佳青已经发动了汽车,小林又回过来了。

“董事会任命你现在分管事业发展部。”

“什么?不是余志明吗?”

“余志明在广告部应酬下还行,但要在事业部干,恐怕……”

“可他今天怎么还那么开心?”

“谁知道呢?他的心思根本就不在工作上。他老婆就够他操心的了。”

他还没回复了,小林的短信又过来了。“你不知道吗?他在老婆的旅行照片中发现了另外一个男人的影子。我有时真是看不起这些吃软饭的家伙,以为有点关系,就可以搞定一切。”

原来是这样。

宋明凯走神了。他想起老总在66号当着众人说过的话:“只要你行,我才不管你和我是不是一个姓,我都给你股权。”当时他听了这话心里一震,好像有些东西不是他琢磨的味道了。多豪迈的话啊:“赢了算你的,输了算我的。”过去他对这个立志转型的煤老板是有所保留的。他没有想到的是,在他一门心思和竞争对手玩心眼时,人家考虑的却是那么高远的格局,都股权改革了。

李佳青见男人拿着手机忙个不停,心里已经有了气。“这是还没玩够吗?回来了还这么忙?”

“没有。工作上的事。”

“工作?你真把自己当成了日理万机的总理了。”她停了下,又说,“那不是余志明的车吗?怎么,他是不是习惯了在美国开车,怎么到了太原也是这么横冲直撞?”

余志明真像是在美国66号公路还没飙够车似的,开着车一直往前冲。上了滨河东路,余志明早没了踪影。李佳青还问了句,“这个余志明是不是又喝了酒?”宋明凯没接茬。滨河路长风街口这一段并不好走。这时的北方,已经有了萧索气息,荒凉的村庄压得人心事重重。但他没功夫想余志明的事。李佳青身上的味道搞得他蠢蠢欲动。人到中年,李佳青也有了些气质。就是再忙,她也知道收拾,出门前总要洗头洗澡,走到哪里都有一股肥皂的清香。他在想,什么时候把升职的事告诉女人比较合适。

宋明凯的头跟着音乐直晃。他头一次对李佳青充满了忠贞不贰的柔情。他右手去摸李佳青时，还不忘讲一个笑话，说现在的司机开车老有个坏习惯，右手不是在档上，就是在摸副驾驶的胸。李佳青笑得肆无忌惮，直骂几天没见，怎么男人就成了这样。过了长风街，终于可以正常行驶了。

“猴急什么呀。我开车呢。手规矩点。不知道现在的新交规吗？小心被摄像头照到。前面那辆车怎么啦？怎么尾灯也不打？”

“肯定又是个新手。”

“超了他，离他远点。”宋明凯向前倾着，好像在指挥一场战斗。

那人不知道在车里鼓捣什么，李佳青按了两次喇叭，对方都毫无反应，仿佛整条滨河东路都是他家的后院。

“我他妈现在特看不惯那些开奔驰宝马的，尤其是年纪轻轻就开辆豪车。看到她们，我就忍不住想别她们一下。”

“哈哈，李佳青，这话我一同事也说过呢。现在的女人不知怎么啦，火气总是那么大，好几回当着一办公室的人说，那些开豪车的，不是日她们的人厉害，就是日她们妈的人厉害。”

李佳青若有所悟地扫了男人一眼，好像明白了自己为什么一直开不起豪车，原来是日自己的人不厉害呀。她又疑惑地看了下右边的后视镜，宋明凯正在那里闭目养神。这个男人现在开口闭口就是他同事，这才出门几天呐。一股屈辱的愁苦滋味从舌尖处溢出来。可男人却浑然不觉自己的即兴感慨给女人带来了多大的困扰，又尖叫道：“咦，那不是余志明吗？”

就是他。李佳青按着喇叭和他示意时，余志明却毫无回应。正想超他时，余志明却踩开了油门。他给余志明打电话，半天都没人接。到后来干脆打不通了。

回到家，宋明凯一件一件取出从美国带回来的礼物，李佳青却像是根本不在乎他买了什么。他拿出来一件，她往边上放一件，还说：

“也不知道堆堆在他姥姥家待不待得习惯？”

“明天就把他接回来。我给他买了不少跑车飞机呢？”

“接他回来干吗？”

李佳青两眼直直地望着他。他停下了手中的动作，走进了卧室。不知为什么，李佳青大呼小叫时，他并不专心，眼皮直跳。李佳青问他怎么了，他说：

“左眼皮老跳。”

“也许是太累了。你们在美国没找小姐吧？”

“说什么呢？”

“我可知道你们这些老男人，见到美国妞两眼就放光。”

“我不喜欢美国女人。皮肤糙，汗毛又长，跟个牲口似的。”他像想起了什么，又说，“我总感觉哪里不对劲，这个余志明不会想不开吧？”

女人本来扭着腰，这时也停了下来，“有什么想不开的？难道是因为看到了美好的资本主义国家，受到了刺激？”

“谁知道啊。”

到了第二天，他才知道余志明出事了。余志明连车带人从迎泽大桥上掉了下去。好几个同事都说余志明肯定是因为工作上的事受到了打击。要不然怎么偏偏选择从美国一回来就寻短见？

宋明凯连续几天都睡不好。他老是大清早跑到迎泽大桥下面，一坐就是半天。桥墩上“转型跨越发展”的字样还在。和马伊丽刚好上那会儿，大冬天，两人还在那照过相。她穿着他的羽绒服，身子缩在里面。她伸手整理乱发的神情，像是迎风对着他大喊。她当时是想和他说什么吗？他定了定神，宽阔的河面，虽然是围堵起来的死水，但在路灯的映射下，竟也有些烟波浩渺的迹象。正恍惚间，一个穿着红衣服的女人从桥上跳下来了。

他什么都没想。跳进水里的那一刻，他觉得突然轻松了，像是在飞翔。浮起来换气时，听见很多人在朝他喊。他什么都顾不上，又沉入水中。搂住女人往上浮时，宋明凯感觉脖子被一双手缠紧了。他换了个姿势，托住女人的腰往上走。

这时，岸边已经有警灯在闪了。宋明凯只觉得浑身像是被针在扎，淤泥的气味呛得他快要窒息。他差点被女人的手掐死。模糊中，他好像看到了扛着摄像机的马伊丽。但他不敢确定，这是不是在做梦。

12

总会在不经意间想起她，那个声称要和他过一辈子的女人。这个世界还有许多和他一样有病的人吗？明明知道前途一片渺茫，仍然巴巴地满怀幻想……这算不算是奇葩？

大四时，马伊丽已经开始和中介公司接洽，天天往国贸大楼跑。宋明凯也跟着去了两回。马伊丽兴奋地问这问那，他坐在那里什么都没想。有什么好想的呢，人家都快成国际友人了，他就是撒开蹄子追也追不上。

过圣诞节时，马伊丽非要去逛金店。走进北美新天地，宋明凯的腿就有些软。他浑身不自在。马伊丽坐在那里一件一件试铂金戒指时，他终是没忍住，咳了口痰，张嘴就吐在了地上。旁边过来一个打扫卫生的，鄙视地看着他："你以为这是你们乡下？"

宋明凯当下就想跑出去。马伊丽却喊他，问脖子上的链子好不好看。

"铂金有什么好？就是不锈钢。人家外国人从来就不戴这个。"

"我怎么不知道呀？"

"你不知道的多着呢？成天戴些假冒伪劣产品也不嫌败兴。"

"我说宋明凯你没事儿吧？你要是嫌我没品味，可以找你那个乡下的女朋友啊。"

他阴着脸，没敢继续和她争。他知道，要是不忍两句，马伊丽有本事把他从前的胡说八道全部翻出来。事实上，他和她之间早就有矛盾。他听不得她和人说她妈好赖也是个官员。她妈不过就是吕梁人寿保险的一个部门副经理，而她呢，说话的口气好像她妈真是个不得了的大干部。她总说她爸如何有意思，来太原郊区买个小别墅也要带个风水先生。她说这些时，可能本意也只是和他分享父母的趣事，让他了解他们，但他却听出了更多炫耀的成分。

寒假的时候，她飞到三亚和父母晒日光浴去了。过了两天，马伊丽从海边打来电话，说了几句，两个人又起了争执。马伊丽问他在干吗，他说在和人打牌，她明显有些生气。

“这就是你天天说的努力吗？你所谓的努力就是早上起来撸一管儿，中午出去喝一会儿，晚上打几盘儿吗？”

“我发现你现在特喜欢对我的人生做总结，不要成天鄙视我，好好的生活怎么经你一总结，都变得那么恐怖了？人家热火朝天地思念你，你却冷嘲热讽。有点良心好不好？”

“这还不是为了提前适应一个人独处，你没听过刘德华的《练习》吗？”

“没有，给我唱一下。”

结果因为马伊丽的歌，两个人忘了继续吵下去。唱完歌，马伊丽又说她和父母沟通过了，想在出国前带他见见父母。

马伊丽回到太原的那天晚上，宋明凯还在红蜻蜓健身俱乐部上班。正准备收拾东西走呢，也在那兼职的余志明走过来，说：“我那有两个顾客一会儿想请我们喝酒。”宋明凯想也没想就答应了。他给马伊丽打电话，说姨夫突然生病了，亲戚们还没赶过来，他得先在医院照顾一晚。

应该说，余志明的这两个女顾客长得都还算迷人。余志明一直和她俩谈笑风生。过了会儿，宋明凯坐着难受，便借口上卫生间。那个时候，他真希望马伊丽给他打个电话，这样就可以免去许多尴尬。没想到余志明跟了进来。

“怎么样？那个少妇不错吧？一看就是个骚货。”余志明动不动就把骚货挂在嘴上，可不全是想聊聊她们，加深一把兄弟情谊。他就是喜欢冒犯女人之前，先意淫一把。

“那是你的菜。我可不喜欢老女人。”

“那另一个呢？”

“还行，就是皮肤有点差。”

“眼光不错么。怎么说呢，这个小店郊区的姑娘原先还在地里收拾庄稼呢，突然有一天城市就圈到她们家了。你知道她家有多少地吗?”见宋明凯没吭声，余志明又说了句，“二十多亩。一亩地都是几十万。光补偿款得有多少钱?你自己算算吧。”

余志明喜欢的那个少妇，在桌子上两个人一直眉来眼去的。吃完北京小龙虾，余志明又提议去百度明珠唱歌。余志明抱着少妇在那里跳舞，剩下宋明凯和这个身体结实的姑娘坐着。尽管他和马伊丽的关系接近糟糕，但现在面对一个陌生姑娘，尤其是还在这么暧昧的环境下，他竟然对她没什么想法。又喝了些啤酒，经不住余志明和少妇的怂恿，宋明凯也认为不调戏下对方，好像就太不尊重她了。

可长相结实的姑娘对他没什么热情。表面上还有一搭没一搭地和他聊天，眼睛却没看他。他问她是哪里人，做什么工作。对方终于说了句扫兴的话：

“你别在我身上浪费时间了。”

“什么意思?你有男朋友了?”

“这和我有没有男朋友没关系。”

“也许处一处你会发现我也不错。”

“你是哪里人?”

“临县的。河南临县。”

“这就对了。”

“对什么呀?”

“我不会找外地人。我要找男朋友，铁定只会找本市的。异地恋不可能有结果。”

女人说得那么斩钉截铁，好像她命中注定只会嫁给太原人。他向来都非常自信。连煤老板的女儿马伊丽都搞定了，可一个城中村的姑娘却嫌他是外地的。晚上，他给马伊丽打了半天电话。女人在那头迷迷糊糊的，却仍朝他撒着娇。宋明凯难过的心又才稍稍好受了些。那种好受好像是快要掉下悬崖，又拼命抓住了一根烂藤子。

马伊丽的父亲原先在临县开了个小煤窑，后来又在离石弄了房地产。据说他们家在全国各地有十来套房子，但平时一家人聚会都还是会回离石。他见她父母的那天，她的亲戚朋友来了三桌，原来第二天就是马伊丽奶奶过七十大寿。马伊丽她爸说亲戚来得多，得买几辆面包车接送，结果就提回来四辆商务别克。马伊丽和他说起她爸的举动时，宋明凯听得心惊肉跳。人家买车就跟买白菜似的。而他呢，他凭什么和这些段位的人平起平坐？面对那么多陌生人，宋明凯有些手足失措。众人乱七八糟的问题搞得他很被动。但，到底是应付过来了。

事后，马伊丽还和他说："我们家人都说你特稳重，还说我不是你的对手，让我小心些。"

"他们是说我长得太着急吧？"宋明凯想努力挤出点笑容。

"哪有人这样说你。你把我们家人想成什么样了？连我爸都夸你呢。我爸很少夸过人。"

"他夸我什么啦？"

"他说你长得帅。"

"然后呢？"

"然后当然是提醒我啊。他说男人帅又不能当饭吃，那些长得帅的家伙都特别花心。"

"看来你爸不喜欢我。"

"什么呀？他只是担心，怕你伤害我。你难道不理解父亲对一个女儿的溺爱吗？"

离石之行对宋明凯的触动很大。他以前从没想过原来一家人可以过得这么其乐融融。太不符合他对有钱人的想象了。怎么什么好事都让他们赶上了呢？书上不是老说人有钱了就变坏吗？马伊丽她爸又是开煤窑，又是弄房地产，怎么还会把家庭经营得这么好？也许是想到了自己的家境，他莫名其妙地有些嫉妒马伊丽。

快毕业了，有人分手，也有冲动的人竟然想着结婚。宋明凯头一回听马伊丽说起她朋友要结婚，还惊讶得不行，好像真有人不要命了。什么都没稳定呢，就结婚，这不是在找死吗？等到马伊丽真的拖着他要去国贸大酒店参加婚宴时，宋明凯心慌了。见了面，身穿旗袍的新娘问他做什么生意，他嗫嚅着，不知如何应答。还是马伊丽巧妙接过了话题：

"他在红蜻蜓健身俱乐部当教练呢？你们想要健身可以去找他。"

“那肯定啊，我老公天天在生意场上应酬，就是没时间锻炼，你到时给弄个时间表。”

“没问题。保证你老公的身体也会变得像我男友这么棒。”

声势浩大的婚礼一直折腾了两个多钟头。两个钟头里，宋明凯就像中了暑，头重脚轻，马伊丽和他说什么，他也没听见。出了门，他才想起要和她吵：

“我是不是特丢你的人？我是不是浑身上下一无是处，就这身体值得你拿出来说一说？”

“你又发什么神经呀？我把你介绍给了家人，介绍给了朋友，我向世人宣告你就是我的男人了，你还要怎样？”

“你看你们有钱人在一起聊得多有意思啊，偏偏拿我的身体开玩笑。怎么，你是不是觉得和我在一起时被我干得很过瘾？”

“你真没有良心。宋明凯，你说的是人话吗？”

“我说的不是人话。我是畜生好了吧？我知道，你一直都瞧不起我。是的，我是从乡下来，可我从乡下来怎么啦？我从乡下来，还不是照样把你干了？”

“好好好，宋明凯，这可是你说的。你是不是认为把我干了很骄傲？你觉得把我干了就找到存在的价值了？”

“马伊丽，你别和我谈什么大道理。我受不了你一直装好人，你明明就要出国了，还假装对我这么好。你能不能放我一条生路，让我多恨你一点？”

“对不起。对不起。”马伊丽扑过来，又是掐又是亲，嘴里还一直说她混蛋，“我说过我出国了还会回来，你怎么又反复了？我们能不能珍惜现在的好时光？都快毕业了还这样说话，多伤和气啊。别这样对我，好不好？求你了。”

本来宋明凯要是道个歉，两个人屁事也没有。可他的牛脾气上来了。他骄傲得好像目前的恋爱根本不值得他停下来好好珍惜。他推开了她，掉头就跑。也是在往前跑的时候，他意识到，不管他怎样努力，他和那些有钱人都是有差距的。不说别人，就是在姨夫跟前，他也没什么底气。他住的是姨夫的房子，连学费也是姨夫交的，而母亲王梅香好像也适应了在这里做一个老妈子，侍候孟爱民一家老少。想着自己读了几年大学，竟然只是沉迷在和马伊丽的男女私情中，光顾着贪恋男欢女爱，从来没有想过好好折腾，改变下命运，宋明凯不禁悲从中来。他眼睛冒着火，牙齿咬得咔嚓响，想要和人打一架。

马伊丽打来电话，问他在哪里。

“你不要找我了。我们玩完了。”

“你怎么能这样对我？你能不能像个男人好好说？有本事你当面和我说。”

他在电话里又哭又吵，好像这辈子受了莫大的委屈。他听见她说了那么多好话，她一直在说对不起。她说过去如果真有做得不对的地方，也不是故意的。

“我早就计划好了，留学一回来，就和你结婚。”

“别骗人了。你以为我是三岁小孩。你爸是希望你出去，然后移民好不好？”

“就是移民，到时你也可以和我一起出去啊？”

“我出去干什么？吃软饭吗？”他终于把心底多年来的恐惧说了出来。他说了出来，反而有种特别的轻松，好像那个邪恶的东西再也不能控制他了。

“宋明凯你有点良心好不好？我哪里对你不好了？我的事情你从来不关心，现在又开始找我的茬。你什么毛病呀你？”

“你的事情都重要，你要出国，你要成大气候，我都知道。”

“我怎么觉得认识你以后，我的生活就变得那么难？”

“既然都这么难了，那我们在一起还有什么意思？”

“你随意。”

大太阳底下，他眼泪流得哗哗的，走路也不看红绿灯。他把手机举在耳边，生怕漏掉她的话，其实在嘈杂的街上，他什么也没听清。结果一辆左拐的车没看见他冲过来，车子刹住的时候，他已经被撞到了几米开外的地方。

体检结束，宋明凯没有什么大毛病，就是脸上擦破了点皮，肋骨断了两根。回临县休养了两个月，就差不多恢复了。脸上多了道若隐若现的疤，反而衬得他更有男人味，给人感觉好像这是那场要死要活的初恋的意外馈赠。

这个时候，姨夫孟爱民的生意越做越大，又在长风街上开了分店，打电话让他来独当一面。但他来到太原并没有在五金店里做事。他参加了那一年的全市教师资格认证考试，去二十二中当了名体育老师。也是那时候，他才知道马伊丽并没有出国，据说是中介公司做的假成绩单被签证官发现了。他想起最后一回聊天，马伊丽说她出国时就带两本武侠，而他呢，当时不知道事情的严峻性，还笑着说，出去了就应该呆在纯英文的环境里，还看什么中文武侠啊，要看也要看英文的。马伊丽却说："我解思乡之苦不行么？"他当时就来了一句："解思乡之苦想想我的鸡巴就行了，还用看中文啊。"他不知道当时为什么会说得那么轻浮。搞得他好像真是一个无聊的人。谁能想到马伊丽竟然没出成国呢？现在的马伊丽开着一辆宝马，天天去山西电视台上班。同学结婚的时候，他还见过她。她看上去变化不少，头发收拾得更精干了，知道用什么样的发型衬她的长脸。后来，他电话也换了，也没想到要告诉同学。有段时间，他无聊，还会上 QQ，看看马伊丽的状态，但后来，他连网也懒得上了。

他以为自己和马伊丽彻底断了来往。

13

知道儿子掉进了河里，宋国柱也从东北赶回来了。似乎因为宋明凯的被淹，一家人才意识到了这么多年竟然都没怎么在一起。

那是一段难得的好时光。连孟爱民也越来越慈祥了，生意场上的事他偶尔也发表点意见，但多数时候都是表弟作决定。宋明凯看着家人们的言行，突然对姨夫这么早就从家庭生活中退居二线了非常羡慕。简直是老谋深算啊。好像被水呛了一次，宋明凯更加清楚地看到了自己。他常常羞于谈及自己的亲人，可现在看到大家其乐融融地相处，有些走神：过去的那些生硬和尴尬到底是因何而起？他好像是在故意逃避和家人相处，也许他内心里早就看不起自己，看不起自己那一家人。是自己太敏感吗？他有多久没和家人在一起了啊。

他甚至还给了孟爱民一包礼品，说是去美国买的。孟爱民看了看包装，说："怎么商标都是韩语？"李佳青在一边帮腔："抗美援朝时，美国不是帮了韩国的忙嘛，后来韩国成了四小龙，到处出口，美国啊，就是个大杂烩，会把世界上所有的好东西变成自己的。"宋明凯也说："去了加州，还没下飞机，就看见到处是绿油油的，待了几天，走到哪里都不方便，和太原比起来，那地方就是一农村。"在孟爱民的概念里，农村就是落后的同义词，都那么落后了，为什么还有人往那里跑？孟爱民疑疑惑惑地看了看，好像是在极力回想怎么用自己的历史知识把美国和韩国的各种军事关系、各种经济关系搞清楚，又好像是在怀疑宋明凯有没有真的去过美国。

等到孟爱民走了，李佳青才嘀咕："你不是在门口韩国店买的吧？"

宋明凯瞪了她一眼，没接话。

李佳青又说："你不会给我们娘儿俩买的也是冒牌美国货吧？"

宋明凯说："想什么呢？差点连命都丢了，你还挑三拣四。"

李佳青听明白了。她说："我在网上看到，好多人有了两个钱，想着出国旅游，结果都是被香港、台湾的导游骗了。说是带你去免税店，其实是他们自己在居民区开的黑店，骗的就是这些刚有两个钱但什么都不懂的土豹子。"

宋明凯说："我都回来了，你和我讲这些，这不是明摆着败我的兴吗？"

宋国柱可能在客厅听到了两口子的争吵，敲开门说："我才从电视上看到，知道世界旅游日不要门票呢，要不你们跟我到黑河转一转吧。"

听到要去东北，宋天成兴奋得不行。他说爷爷和他说了许久了，说黑河有金钱豹，说黑河可以看到俄罗斯。真不知道这个小家伙脑袋里都装了些什么。既然这事儿提上了议事日程，宋明凯把公司的事稍微交代了下，就去买了飞机票。

黑河比想象中要好，简直有点异国风情。但细看，和太原的某些街道又没什么两样，都是那么面目生硬。宋国柱说是给他们当导游，但他在这里待了十多年，自己也从没好好玩过。到了后来，更像是宋明凯带着宋国柱逛。他们去旧城转了转，看着不断拍照的游人，宋国柱有点不自在。见一俄罗斯女人胸罩都没穿，半个奶露在外面，他当着儿子的面大声感慨：狗日的。宋明凯有点尴尬。他想起刚上大学到太原的时候，也是和同学去公园玩，见到什么他都是眼光直直的，走路也是怯怯的。他不太记得是怎么慢慢融入城里的生活，他只觉得自己畏缩，迟钝，却接连被人误认为稳重，然后把一切所作所为当成了自然而然的奋斗……后来，到了动物园。在动物园里，宋国柱自然高兴多了。当然，更高兴的是宋天成。他在公园里上蹿下跳，简直像个小豹子。

“快过来，堆堆，看看这是什么？”宋国柱在那里喊。

“猫。大猫。”宋天成攀住栏杆使劲辨认。

“可怜的孩子，天天待在城里，连个豹子都没见过。这就是金钱豹啊。”

豹子在栏里百无聊赖地走来走去。宋明凯看了看卡片上的介绍，不知怎么就想起了养过的那只吉娃娃。他想起李佳青动不动就叫它小豹子。她喊着小豹子的时候，宋明凯总是浑身是劲地欺负她。他兴致勃勃地观察着金钱豹，可宋天成看了两眼就没了兴趣。问他想干吗？他说他才不想看这个土里土气、没精打采的豹子呢，他想去吃必胜客，想去玩过山车。他的声音一句比一句高，到最后都像是在喊了。

“现在的小孩真是不一样了。什么都懂，哪像我们当年，当年明凯连个玩具车都没玩过呢。”宋国柱好像不是在叹惜他曾经有多穷。

“这么说爸爸当年就是个土豹子啰？”宋天成为自己用了这么一个比喻高兴得快要跳起来。

“谁说你爸土了？可不敢这样说。你不知道你爸一下班就感慨，说又有谁说他好，一点土味儿都没有。宋明凯，不是我埋汰你吧？这可都是你自己说的。”李佳青好像因为想起了过去的某些细节而开心得很。

宋明凯没有在土豹子这个问题上继续争论。他奇怪的是，儿子从哪里知道这些东西的。念大学那阵儿，姨夫有时带他找临县老乡玩，做生意也要和临县老乡合作，买房也是找熟人，好像到了太原，非得抱成团生活，他们这些外地人才能不至于被欺负。就连李佳青也是，今天要去服装城看她什么表姐，明天要到长风街参加堂弟的婚礼，她根本没想着要尽自己的努力奋斗打造自己的新天地。到了后来，宋明凯不干了。他买别墅，非要挑个熟人少的楼盘。生活倒真朝他所期望的那样，一步步变得更加美好，但不知为什么总有些失落。

宋明凯正发呆时，电话响起来了，是马伊丽。他一下就听出了她的声音。但他还是假假地问了句，装作什么都不知道。原来是电视台知道了宋明凯救人的事，马伊丽想做一期谈话节目。这样的事能谈出些什么呢？他死活想不出来。马伊丽却诱导开了：

"你不觉得现在的社会很奇怪吗？在酒桌上办公，在办公室聊天；在乡下砍树，在电脑上种花；大街上见死不救，看言情剧却泪流满面。我就想和你聊聊这些。"

"这也很正常啊。我就是这样的一个人。"

"不一样，你和别人不一样。你敢跳到冰凉的汾河去救人，那得需要多大的勇气？再说也算是为了做个道德模范，配合下国民素质教育的成果么。你就帮我一个忙吧。求你了，答应我。"

他本来还想说说他和余志明的过节，说说他内心的愧疚，他想说他救人，和什么道德建设毫无干系。他理应做到的事，怎么就能被人拉着大旗当成虎皮胡说呢？她怎么也变得这么庸俗了？配合？他配合她，那谁来配合他？好像过去他辛辛苦苦对她建构起来的所有美好印象，就被她这么一句话给毁灭了。还能说什么呢？他知道，这个时候再说什么都显得多余。何况她都求他了。他想起分手前，马伊丽也是哭着求过他的。她总说是她死乞白赖地求他，可他觉得是自己看她的脸色了。挂了电话，李佳青偏过头来问是谁。宋明凯说是一个朋友。李佳青哦了一声，又笑着骂宋天成越来越野了。

"和你一个德行。才多大，就知道哄小姑娘开心了？"

这么快，宋天成就和一个小姑娘玩熟了。两个孩子谈得欢天喜地，他听了半天，居然没怎么没听懂。妻子嘴里的嘟囔，他也听到了。搞不清她到底是嫌恶，还是骄傲。他从没在意过妻子的想法。意识到这一点，他有些愧疚。宋天成怎么会像他呢？一点都不像。他再也不会经历他的那些苦难。他的过去，早被甩到了一边。看着儿子稍显稚嫩的脸，宋明凯想不起自己当年都干了些什么。唯一可以肯定的是，时代早就变了。